嫌疑犯

SUSPECT

Robert Crais

羅伯・克萊斯——著　尤傳莉——譯

獻給 Gregg Hurwitz
朋友、愛狗人、寫作人。
以及他漂亮的團隊：
Delinah、Rosie、Natalie 與 Simba

序幕　綠球

瑪姬癡迷而專注地盯著彼得。他黝黑的臉在微笑，一手藏在那件沉重且龐大的海軍陸戰隊綠色作戰背心裡，而且他在柔聲跟她說話，用她最愛的那種高音調、尖細的聲音。

「真乖，瑪姬。你是有史以來最乖的小妞。你知道的吧，陸戰隊小妞？」

瑪姬是一隻將近四十公斤、黑色與黃褐色夾雜的德國牧羊犬。她三歲大，全名是「軍事工作犬瑪姬T四一五」，她左耳內側有「T四一五」的刺青。彼得．吉布思下士是她的領犬員。自從一年半前在加州的海軍陸戰隊基地潘柏頓營認識以來，他們就彼此相屬。現在是他們第二度外派，來到阿富汗伊斯蘭共和國，擔任巡邏與爆裂物偵測小組。

彼得柔聲說，「我們可以走了吧，寶貝小妞？你會幫爹地找到壞東西吧？你準備要工作了嗎？」

瑪姬的尾巴砰砰拍打著泥土地。這是他們常常玩的遊戲，所以瑪姬知道接下來會有什麼，而且她就是為了這一刻的喜悅而活。

眼前他們在阿富汗共和國的賈巴省，早上八點四十分。氣溫是四十三度，接下來還將會上升到將近四十九度。

沙漠的太陽狠狠照在瑪姬的一身厚毛上，同時在她後方二十公尺，是三輛悍馬車所組成的鬆散車隊，裡頭坐著十二名海軍陸戰隊員。瑪姬認識其他海軍陸戰隊員，但他們對她而言不重要。彼得跟他們在一起很放鬆，所以只要彼得在附近，瑪姬就會忍受他們。他們是熟悉的人，但不是團隊。彼得是團隊。瑪姬和彼得一起吃、一起睡、一起玩，二十四小時，全年無休。她愛他、仰慕他、保護他、捍衛他，要是沒了他，她就會覺得迷失。當其他海軍陸戰隊員太靠近時，瑪姬就會發出低沉的吼聲以示警告。她天生會護衛並保護屬於自己的，而彼得就是她的。他們是團隊。

這會兒，瑪姬完全專注在彼得身上。其他一切都不重要也不存在。瑪姬眼中只有彼得，而且她歡喜地期待著他們即將玩的遊戲，此時她身後一個聲音喊過來。

「唷，彼得。我們好了，大哥。出發吧。」

彼得看了其他人一眼，然後朝瑪姬露出更大的笑容。

「你想看嗎，小妞？想看我有什麼嗎？」

彼得從作戰背心底下拿出一顆螢光綠的球。

瑪姬雙眼緊盯著那顆球，同時猛地起身，四腳直立，低鳴著要彼得丟出球。瑪姬好渴望追逐那顆綠球。那是他們最喜歡的玩具，也是她最喜歡的遊戲。彼得會用力把球丟得很遠，接著瑪姬會迅速追上去；她會滿心堅定而喜悅地找到球，緊緊咬在嘴裡，得意地帶回來，而彼得總是會等著要給她滿滿的愛與讚許。追逐綠球絕對是她最喜歡的遊戲，不過現在彼得讓她看綠球，只是一種對未來喜悅的承諾。瑪姬知道例行程序，而且也接受。要是她發現了彼得教過她要找的那些氣味，就會得到綠球的獎賞。這是他們的遊戲。她必須找到正確的氣味。

彼得又把球塞回作戰背心底下，他的聲音從尖細轉變為堅定。他是老大，而現在他就用老大的聲音說話。

「讓我看看你的本事，瑪姬隊員。找出壞東西。找、找、找。」

找、找、找。

瑪姬受過巡邏和偵爆的訓練，所以她是雙功能軍犬。她會聽從命令而攻擊，會追逐並逮捕逃跑的人，而且非常善於控制群眾。不過她的主要任務，就是嗅出隱藏的彈藥、大砲，以及路邊的炸彈。而阿富汗叛軍的首選武器，就是各種土製炸彈。

瑪姬不知道什麼是土製炸彈，但是她也不必知道。她被教導認得十一種爆裂物材料，是叛軍最常用在他們炸彈中的。包括硝酸銨、導爆線、氯酸鉀、硝化纖維、C4炸藥，以及RDX炸藥。她不知道這些東西可能會殺了她，但這也不重要。她會為了彼得搜尋這些東西，因為取悅彼得是最重要的事。只要彼得開心，瑪姬也會開心。他們兩個是團隊，而彼得是她的老大。他會丟出綠球。

藥。她不知道這些東西可能會殺了她，但這也不重要。

在彼得的命令之下，瑪姬大步走在狗繩的末端，另一端扣在彼得身上的一個金屬D形環上。她很清楚彼得期望她怎麼做，因為彼得訓練過她，而且同樣的任務他們已經執行過幾百次了。他們的職責就是走在海軍陸戰隊車隊前面二十公尺，沿著馬路尋找土製炸彈。他們走在前頭，而他們的性命和後頭那些海軍陸戰隊員的性命，就都要靠瑪姬的鼻子。

瑪姬左右轉著頭，先檢查高處的氣味，然後低頭嗅著靠近地面的氣味。她身後的人類如果專心聞，或許有辦法分辨出五、六種不同的氣味，但是瑪姬長長的牧羊犬鼻子給了她一種人類無法理解的嗅覺圖像世界：她聞到了腳下的塵土，還有幾個小時前走過這條路的那群山羊，以及帶著那群山羊的兩個年輕男性牧羊人。瑪姬聞到了其中一隻山羊有傳染病，還知道兩隻母山羊處於發情期。她聞到了彼得剛冒出的新汗水、乾了之後滲入他衣服的汗水、他呼出的氣、他收在長褲口袋裡那封有香水味的信，以及他藏在作戰背心底下的綠球。他聞到了他用來清理步槍的武器保養油，聞到他步槍上殘留的火藥，像是一層死亡的細塵。她聞到路旁不遠處那一小片棕櫚樹林，聞到有幾隻野狗前一夜曾睡在那棕櫚樹下，離開前還排便、撒尿過。瑪姬痛恨野狗。她花了片刻嗅嗅空氣，看他們是否還在附近，然後判定他們離開了，然後就不管他們的遺臭，專心尋找彼得希望她發現的那些氣味。

光線充滿了她的眼睛，同時氣味充滿了她的鼻子，全都混合在一起，就像人類在圖書館書架上看到幾百種顏色，可以視而不見。但是就像人類可以把焦點放在單獨一本書上，看見其顏色；瑪姬也不去管那些她沒興趣的氣味，專心要找出那些能帶來綠球的。

這一天，他們的任務是要檢查一段八公里的泥土路，終點是一個小村子，他們相信叛軍在那邊貯藏了武器。這一群海軍陸戰隊員會盯緊那個村子，保護正在搜尋的瑪姬和彼得，並取得任何他們所發現的武器或爆裂物。

他們慢慢走過幾公里，逐漸接近那個小村子，瑪姬一直沒有發現她要尋找的氣味。高溫愈來愈嚴酷，瑪姬的毛摸起來都是熱的，舌頭也垂掛在嘴外。她立刻感覺到狗繩輕輕扯動一下，然後彼得走近。

「你很熱吧，寶貝？這個給你——」

瑪姬坐下，渴求地喝著彼得手裡那個塑膠水瓶裡的水。後頭的車隊就地停下，有個人朝他們喊。

「她還好嗎？」

「現在給她喝點水就好。到了那個村子，我要讓她離開太陽底下一陣子。」

「收到。再走兩公里半？」

「沒問題。」

又走了一公里半，他們經過另外一片棕櫚林，看到棕櫚樹頂上方露出了三棟石造建築物的頂部。同一個海軍陸戰隊員的聲音又喊過來。

「抬頭看。村子就在前面了。要是有人朝我們開火，就會是從那邊來的。」

來到往小村的最後一個轉彎時，瑪姬聽到了鈴鐺聲和咩叫聲。她停下，豎起耳朵，彼得也停在她旁邊。緊接著車隊也就地停下，還在他們後方的一段距離外。

「怎麼了？」

「她聽到了什麼。」

「找到土製炸彈了嗎？」

「不，她是在聽。聽到了什麼。」

瑪姬朝空中迅速而短促地連嗅了幾下，聞到了第一絲氣味，同時第一隻山羊在微微晃動的熱浪中出現。兩個十來歲少年走在一小群羊的右邊、靠近前方，而另一個比較高、比較年長的男子走在左邊。比較高的男子舉起一手打招呼。

瑪姬後方的那個海軍陸戰隊員喊了一個字，三個逐漸接近的牧羊人停下腳步。山羊繼續前進，接著發現牧人都沒動，於是鬆散地成群徘徊著，距離瑪姬有四十碼。在無風上升的熱氣中，他們的氣味要幾秒之後才會傳過來。

瑪姬不喜歡陌生人，這會兒疑心地觀察著他們。她又聞了空氣，嗅嗅嗅，然後用嘴吐氣。那個比較高的牧羊男子又舉起一手，帶著他們氣味的分子終於到達瑪姬的鼻子。她注意到他們不同且複雜的體臭，呼出的氣息中有芫荽子、石榴、洋蔥，以及彼得教過她要尋找的第一絲模糊氣味。

瑪姬低嗚，扯著狗繩。她看了彼得一眼，接著注視那牧羊人，於是彼得知道她有發現了。

「長官，我們有發現了。」

「是路上有什麼嗎？」

「不是。她正在盯著那些牧羊人。」

「或許她對那些山羊有興趣。」

「是人。她才不在乎那些山羊呢。」

「他們帶了武器？」

「距離太遠。她聞到了什麼，但是錐形遺嗅區太大了。這些人可能衣服上有殘留的火藥，也可能帶著槍，不曉得。」

「村子裡的建築物就在那邊，我不喜歡我們停在這裡等。要是有人攻擊我們，就會是從那個村子。」

「讓他們走過來吧。你們先待在後頭，我們會去好好聞一下。」

「收到。我們會掩護你們。」

海軍陸戰隊員分散在路邊，同時彼得揮手要那些牧羊人上前。

瑪姬的腦袋左右轉動，尋找最強烈的氣味，因為期待而生氣勃勃。那氣味隨著三個牧羊人走近而愈加強烈，她知道彼得會很高興的。他會很開心她發現了那個氣味，會用綠球獎勵她。彼得開心，瑪姬開心，團隊開心。

三個牧羊人更接近，錐形遺嗅區縮小了，瑪姬焦慮地低鳴著。較年長的那個少年穿著寬鬆的白襯衫，年幼那個則穿著褪色的藍T恤，兩個人下身都是鬆垮的白長褲，腳上都穿著涼鞋。較高的那名男子留著大鬍子，穿著長袖鬆垮的寬大襯衫和褪色的長褲。他的袖子滿是縐褶，舉手時袖子就往下垂墜。他的身體散發出累積好幾天酸汗的臭味，但是目標氣味現在也更濃了，是來自那個比較高的男子。瑪姬的確定感透過狗繩往上傳達，於是彼得也知道了，就好像他們是一體的，不是人與狗，而是某種更棒的。團隊。

彼得把步槍扛上肩，厲聲要那個男子站住。

那男子站住了，微笑著舉起雙手，此時羊群圍繞著另外兩名少年。

那男子對兩個少年講話，少年們停下腳步，瑪姬也嗅到了他們的恐懼。

彼得說，「待著，小妞。待著。」

彼得走到她前方，步向那個高個子男子。瑪姬痛恨彼得離開她。他是老大，於是她聽從，但她聽到他的心跳加快，聞到了他皮膚上猛冒的汗水，於是知道彼得很害怕。他的焦慮透過狗繩傳到瑪姬身上，於是她也變得焦慮起來。

瑪姬離開原地追上他，肩部頂了一下他的腿。

「不，瑪姬。待著。」

她聽命停下，但是發出一聲低吼。她的職責是保護與捍衛他。他們是團隊，他是老人。她德國牧羊犬血統的每一股DNA都在大喊著，想擋在彼得和那些牧羊人之間，警告他們退後，否則就要攻擊了；但是取悅彼得也在她的DNA裡。老大開心。團隊就開心。

瑪姬又離開原地，再度擋在彼得和那些陌生人之間，現在那氣味太濃了，於是瑪姬做了彼得教過她的，她坐下了。

彼得用膝蓋把她撥到旁邊，舉起步槍朝其他海軍陸戰隊員吼出警告。

「他身上有炸藥！」

那高個子男人引爆了，衝擊波把瑪姬狠狠往後甩，讓她頭朝下摔出去。她短暫失去意識，醒來後發現自己側躺著，茫然又困惑，同時碎片和塵土落在她的皮毛上。她什麼都聽不到，耳裡只有一個高音調的鳴響，鼻子被一種非自然的、帶著辛辣臭味的火灼傷了。她的視線模糊，不過在掙扎著起身時逐漸清晰。她後方的那些海軍陸戰隊員們在大叫，但是她聽不懂在叫什麼。她的左前腿撐不住身體的重量，又側摔在地上，但立刻再度站起來，用其他三條搖晃不穩、刺痛得像是被螞蟻咬過的腿撐起身子。

那個絡腮鬍男子成了一堆冒煙的布料和破爛的皮肉。幾隻山羊倒地尖叫著。那個較年幼的少年坐在塵土裡哭，大的那個則踉蹌地緩緩轉著圈，袖子和臉上有一道道紅痕。

彼得癱倒側躺在地上呻吟。他們還是以狗繩連接著，他的痛苦和恐懼傳到她身上。

他是團隊一員。

他是一切。

瑪姬瘸著腿走向他，拚命舔他的臉。她嚐到他鼻子和耳朵和脖子流出來的血，滿心覺得必須撫慰他、療癒他。

彼得翻身，對她眨眼。

「寶貝小妞，你受傷了嗎？」

彼得腦袋附近的泥土地忽然揚起一陣泥土，同時一個響亮的爆裂聲掠過空氣。

她身後的海軍陸戰隊員喊得更大聲了。

「狙擊手！村子裡的狙擊手！」

「彼得倒下！」

「我們要開火反擊——」

一打自動步槍瘋狂的響亮脆響讓瑪姬畏縮，但是她舔彼得的臉舔得更起勁了。她要他起來。

她要他開心。

一個沉重的雷鳴聲好近，她後方的地面都隨著爆炸而搖晃，更多沙塵和發熱的碎片刮過她的毛皮。她又畏縮，好想跑，但還是繼續舔著彼得。

療癒他。

撫慰他。

照顧彼得。

「迫擊砲！」

「我們被迫擊砲攻擊了！」

又是一陣土塵從他們旁邊的路面揚起，彼得緩緩解開扣在他安全帶上的狗繩。

「去，瑪姬。他們在朝我們開槍。去吧。」

他的聲音好微弱，把她嚇到了。老大是堅強的。老大是團隊。團隊是一切。

又有雷擊搖撼地面，接著是更多，然後忽然間，某個可怕的東西猛擊瑪姬的臀部，打得她飛離地面，她嘶喊著落下，痛得又咬又吼。

「狙擊手射中狗了！」

「天殺的，把那個混蛋幹掉！」

「路易士，強森，跟我來！」

那幾個海軍陸戰隊員奔向村裡的建築物時，瑪姬沒注意。她朝臀部那可怕的疼痛又叫又咬，然後拖著腳步回到彼得身旁。

彼得想把她推開，但力氣好微弱。

「去吧，寶貝。我沒辦法起來。離開——」

彼得伸手到背心底下，拿出那個綠球。

「去拿球，寶貝小妞。去吧——」

彼得想丟出那綠球，但球只滾了沒幾呎。彼得吐血，顫抖，在那幾秒鐘，他全身的一切都改變了。他的氣息，他的滋味，全都不一樣了。她聽到他的心臟愈來愈慢，他血管裡的流速也減緩。她感覺到他的靈魂脫離身體，感到一種從來未曾有過的哀傷與失落。

「彼得！彼得，我們來了，大哥！」

「空中支援馬上就來。你撐著！」

瑪姬舔著彼得，想逗他笑。她每回舔他的臉，他都會大笑的。

又一個高音調的呼嘯聲掠過她，接著又一陣土塵噴向空中。然後有個重物狠狠擊中彼得的背心，瑪姬覺得自己的胸部也像是被捶了一拳，聞到子彈酸酸的煙霧和發燙的金屬。她朝彼得背心上的那個洞猛叫。

「他們在朝那隻狗開槍！」

更多迫擊砲落到路旁，又是一陣塵土和熱燙的金屬碎片如雨落下。

瑪姬嚎叫又猛吠，拖著身子護在她的老大身上。彼得是團隊一員。她的職責就是保護自己的團隊。

她朝著如雨落下的碎片猛咬，朝著遠處那些有如可怕黃蜂般繞著建築物打轉的金屬大鳥猛吠。接下來幾聲爆炸後，一片驟然的寂靜充滿沙漠，接著是海軍陸戰隊奔跑著衝過來。

「彼得！」

「我們來了，大哥——」

瑪姬朝他們齜牙咆哮。

保護團隊。保護她的老大。

她背部的毛憤怒地直立，雙耳前豎以接收他們的聲音。那些巨大的綠色人影高高地圍繞著她，她露出發亮的牙齒，看起來好嚇人。

保護他，保護團隊，保護她的彼得。

「耶穌啊，瑪姬，是我們啊！瑪姬！」

「他死了嗎？」

「他完蛋了，要命——」

「她也完蛋了——」

瑪姬朝他們作勢又咬又撲，那些人影往後跳。

「她瘋了——」

「不要傷害她。狗屎，她在流血——」

保護團隊。保護與捍衛。

瑪姬又叫又抓，又吼又吠，一跛一跛地繞著圈子面對他們。

「醫師！醫師，耶穌啊，彼得倒下了——」

「黑鷹直升機飛來了！」

「他的狗不讓我們——」

「用你的步槍！不要傷害她！把她推開——」

「她中彈了，老兄！」

有個東西朝她伸來，瑪姬用力咬下，以每平方吋超過七百磅的咬合力緊緊箝著那玩意兒。她緊咬不放，發出低吼，但接著，另一個長長的東西往前伸，接著又是另一個。

瑪姬鬆開嘴巴，朝最接近的那些男人撲去，抓住肉撕開，然後又回到彼得前方的位置。

「她認為我們要傷害他——」

「把她推開，拜託——」

「別傷害她，該死！」

他們又推她，某個人丟了一件外套罩住她的頭。她扭著想甩開，但現在那些人撲過來壓著她。保護彼得。彼得是團隊一員。團隊就是她的命。

「老兄，她受傷了。要小心——」

「我抓住她了——」

「操他媽的人渣居然射她——」

瑪姬扭著身子忽然歪倒。她又氣又害怕，想隔著那外套咬人，但感覺到自己被舉起來。她感覺不到痛苦，也不曉得自己在流血。她只知道自己得陪著彼得。她得保護他。沒了他，她就迷失了。她的職責就是保護他。

「把她送上黑鷹。」

「我抱住她了——」

「把她跟彼得放上去。」

「這隻狗是怎麼回事？」

「這是她的領犬員。你得送她到醫院——」

「他死了——」

「她想要保護他——」

「媽的少廢話，趕緊飛走就是了。把她送去找醫師。這隻狗是海軍陸戰隊員。」

瑪姬覺得一股深沉的震動搖撼她的全身，同時航空燃油的濃濃廢氣從蓋在她頭上的那件外套滲進來。她好害怕，但是彼得的氣味很近。她知道他就在自己幾呎外，但她也知道他離得很遠，而且愈來愈遠了。

她想爬近他，但她的腿不聽使喚，而且有幾個人往下按著她，過了一會兒，她好鬥的吼聲便轉為低鳴。

彼得是她的。

他們是團隊。

他們是兩個成員的團隊，但現在彼得走了，只剩瑪姬孤單一個了。

第一部

史考特與絲黛芬妮

1

凌晨兩點四十七分
洛杉磯市中心

他們會在那個愚蠢的時間、來到那個丁字路口的那條街上，都是因為史考特．詹姆斯肚子餓了。絲黛芬妮順著他的意思，關掉了巡邏車引擎。那一夜，他們大可以在任何地方，但是他偏偏引導她去那裡，停在那個寂靜的岔路口。那一夜好安靜，他們當時也談到這一點。

安靜得不自然。

✦

他們停的地方離海港高速公路三個街區，四周是一排排破爛的四層樓房，每個人都說，只要道奇隊離開切瓦士山谷，這些樓房就會被拆掉，蓋新的體育館。這一帶的樓房和街道空無一人。沒有遊民。沒有車輛。那一夜任何人都沒有理由在這裡，就連洛杉磯市警局的巡邏車也不例外。

絲黛芬妮皺起眉頭。

「你確定我們要去哪裡找？」

「我知道我要去哪裡找。先等一下就是了。」

史考特想找一家通宵營業的麵店，是一個蘭帕特區搶劫組的警探狂誇過的。就是那種短暫冒出來的小店，佔領一個空店面兩三個月，在推特上大肆自我宣傳，然後又消失；那個搶劫組警探說這個店裡有全洛杉磯最棒的日式拉麵，走拉丁美洲加日本的融合料理風，有別處吃不到的風味。芫荽牛肚、鮑魚辣醬，還有好吃得要命的墨西哥辣椒鴨肉。

史考特正想搞清楚自己怎麼會迷路時，忽然聽到了那個聲音。

「你聽。」

「什麼？」

「噓，你聽。關掉引擎。」

「你根本不曉得這地方在哪裡，對吧？」

「你一定要聽這個。仔細聽。」

洛杉磯市警局的制服警員絲黛芬妮・安德司是三級警員，已經有十一年資歷，她把車子打到停車檔，關掉引擎瞪著他。她有一張棕褐色的細緻臉孔，眼角帶著皺紋，一頭黃棕色的頭髮。

史考特・詹姆斯是三十二歲的二級警員，七年資歷。他咧嘴笑著碰觸一邊耳朵，示意她仔細聽。絲黛芬妮一時之間似乎很茫然，然後露出大大的笑容。

「好安靜。」

「真瘋狂，嗯？沒有無線電通報。沒有那些吱喳嘮叨。我甚至聽不到高速公路的聲音。」

這是個美好的春天夜晚，氣溫大約攝氏二十度，天空清朗；就是會讓人打開窗子、穿著短袖的天氣，史考特很喜歡的那種。他們這一夜的通報紀錄還不到平常數量的三分之一，所以這趟值班很輕鬆，但是也讓史考特覺得無聊。因此，他們就去找那家很難找的拉麵店，此時史考特開始相信那店可能不存在了。

絲黛芬妮伸手要發動引擎，但史考特阻止她。

「我們就在這裡坐一會兒吧。像這樣的安靜，你聽見過幾次？」

「從來沒有。這裡好冷清，搞得我心裡發毛。」

「別擔心。我會保護你的。」

絲黛芬妮大笑，史考特好愛街燈映在她眼珠內的光澤。他想碰她的手，但是沒有真的去做。

他們搭檔已經十個月，但現在史考特快離開了，他心裡有些話想說。

「你一直是個好搭檔。」

「你要跟我講一堆感傷的話？」

「是啊，算是吧。」

「好吧，唔，我會想念你的。」

「我會更想念你的。」

這是他們的小玩笑。每件事都要比賽，就連誰會比較想念對方都要比。他又很想碰她的手，但接著她把他的一隻手拉過來，雙手用力握了一下。

「不，你才不會。你會去踢屁股，抓壞蛋，有所發揮。那是你想要的，我也再開心不過了。你是男子漢。」

史考特大笑。他在就讀南加州的雷德蘭茲大學時打了兩年美式足球，一邊膝蓋受傷，於是兩年後加入洛杉磯市警局。接下來四年，他晚間去上課，拿到了他的大學文憑。史考特．詹姆斯是個有目標的人。他年輕、堅定、好勝，想跟最優秀的人並肩工作。他申請調到洛杉磯市警局的都會司已經過關，這個菁英的制服部門支援全市各分區的警察。都會司是一支受過高度訓練的後備警力，負責臨時犯罪鎮壓、設立路障，以及高度衝突的警衛行動任務。他們是最棒的，而且都會司轄下還包括洛杉磯市警局最菁英的制服部門——特警隊，那是菁英中的菁英。對於想加入特警隊的警員來說，進入都會司是第一關。這個週末，史考特就要調到都會司了。

絲黛芬妮還握著他的手，史考特正在好奇這是什麼意思，此時一輛巨大的賓利轎車在街道盡頭出現，簡直就像一條飛毯似的，跟周遭破敗的環境格格不入。那輛車的車窗緊閉，深色玻璃，發亮的表面上一塵不染。

絲黛芬妮說，「看看那輛賓利車。」

那輛車慢吞吞駛過他們旁邊，時速只有大概三十公里。車窗玻璃好暗，看不到裡頭的駕駛人。

「要不要攔下他？」

「什麼理由？因為有錢？他大概是迷路了，跟我們一樣。」

「我們不可能迷路。我們是警察。」

「或許那輛車也正在找那家蠢拉麵店。」

「你贏。我們別管拉麵了，去找點炒蛋來吃。」

絲黛芬妮伸手要發動車子時，那輛慢動作的賓利車已經駛離他們三十碼，正朝向下一個丁字路口。它一到路口，一個低沉的轟鳴聲打破寧靜，同時一輛黑色的肯沃斯卡車從交叉的那條路衝過來，攔腰狠狠撞上賓利，力道大得那輛超過兩噸的轎車完全翻過去，摔在對街，右側朝上。肯沃斯則往旁打滑停下，擋住街道。

絲黛芬妮說，「我的老天哪！」

史考特打開車上的警燈，開門下車。警燈照得街道和周圍建築物蒙上一層藍色萬花筒般的閃爍藍光。

絲黛芬妮下車時按了肩上的無線電麥克風，同時找著街道牌。

「我們人在哪裡，這是什麼街？」

「哈墨尼路，在海港高速公路南邊三個街區。」史考特說。

「警車編號二A二四，我們在哈墨尼路，海港高速公路南邊三個街區、威爾夏大道北邊四個街區。請派救護車和消防車過來。警員正在協助處理。」

史考特領先三步，比較接近那輛賓利車。

「我去處理那輛賓利，你去找那輛卡車。」

絲黛芬妮開始小跑，兩個人分道揚鑣。街道上沒有其他人車移動，只有蒸汽從賓利車引擎蓋底下嘶嘶往外冒。

他們才走到一半，卡車裡爆出陣陣亮黃的閃光，同時一波急速錘擊的聲響在樓房間迴盪。史考特原以為是卡車裡的駕駛室有什麼爆炸了。然後一堆子彈穿入他們的巡邏車和那輛賓利車，伴隨著鋼雨般的轟響。史考特本能地往旁跳，同時絲黛芬妮倒地。她尖叫一聲，雙手抱住胸部。

「我中槍了。啊，要命——」

史考特趕緊趴在地上，護住自己的頭。子彈在他周圍的水泥地上打出火星，在街道上鑿出一道道溝痕。

動起來。做點事情。

史考特往旁邊翻滾，抽出身上的手槍，盡快朝閃光處開槍。他撐起雙腳，然後呈鋸齒線跑向絲黛芬妮，此時一輛老舊的、深灰色的福特Gran Torino車尖嘯著沿街駛來，煞車停在賓利車旁，但是史考特幾乎看不到那輛車。他邊跑邊盲目地朝卡車開槍，同時左閃右閃地跑向自己的搭檔。

絲黛芬妮雙手抱緊自己，像是在做仰臥起坐。史考特抓住她一隻手臂。這時他意識到卡車裡頭的那兩個人已經停止射擊，心想剛剛絲黛芬妮尖叫時，說不定就已經被擊中要害了。

兩名戴著黑面罩、身穿厚外套的男子迅速下了那輛福特Gran Torino車，拿著手槍朝賓利車開火，子彈擊碎了玻璃，在車身上射出一個個洞。賓利車的駕駛人沒下車。他們開火時，又有兩個戴著面罩的男子從卡車上爬下來，拿著ＡＫ－四七自動步槍。

史考特抓著絲黛芬妮往他們的巡邏車拖，在她的血跡中滑了一下，然後又繼續往後拖。

第一個下卡車的男子高而瘦，立刻朝賓利車的擋風玻璃開火。第二個體型粗壯，腰帶上方的大肚腩凸出。他的步槍轉向史考特，ＡＫ－四七爆出連串黃色的火花。

有個什麼狠狠地捶中史考特的大腿，讓他手裡抓的槍和絲黛芬妮都鬆手。他重重跌坐在地上，看到自己那隻腿湧出鮮血。史考特撿起他的手槍，又開了兩槍，然後他的手槍沒子彈了。他起身跪著，再度握住絲黛芬妮的手臂。

「我快死了。」

史考特說，「不，你沒有。我向上帝發誓你沒有。」

第二顆子彈穿入他的肩膀頂端，轟得他往後倒。史考特手裡的絲黛芬妮和手槍又脫手，他的左臂變得麻痺。

那個胖大男子一定是以為史考特死了，於是轉向他的朋友們。而當他轉身時，史考特就往旁朝警車爬，拖著一條沒用的腿，用沒受傷的那隻腿頂著地面移動。巡邏車是他們唯一的掩護。要是他能爬到車上，就可以利用它當成武器或盾牌，去救絲黛芬妮。

史考特一邊往後退，同時按了肩膀的麥克風鍵，在自己膽敢的範圍內盡可能大聲地用氣音說話。

「警察倒地！有人開槍！有人開槍！二A二四，我們在這裡快死了！」

灰色轎車裡出來的那兩名男子打開賓利車的車門，朝裡開火。史考特看到了裡頭的乘客們一眼，但只看到了影子。然後槍聲停止，絲黛芬妮在他身後喊。她的聲音裡有冒泡的血，讓他心如刀割。

「不要離開我！史考特，不要離開！」

史考特更用力頂著一隻腿，拚命爬向巡邏車。車裡有霰彈槍。車鑰匙就插在啟動器裡。

「不要離開我！」

「我沒有要離開，寶貝。我沒有。」

「回來！」

史考特離巡邏車還有五碼時，那個大塊頭男子聽到絲黛芬妮的聲音了。他轉身，看到史考特，然後舉起步槍開火。

史考特．詹姆斯感覺到第三顆子彈穿入他胸部右下側背心的衝擊力。那疼痛好強烈，接著很快地，隨著他的腹腔充滿血液，就更痛了。

史考特緩緩停下。他還想再爬，但是沒了力氣。他一肘撐地往後靠，等著那大塊頭再朝他開槍，但那大塊頭又轉向賓利車。

警笛的聲音逐漸接近。

賓利車裡有黑色的人影，但是史考特看不到他們在做什麼。灰色轎車的駕駛人回頭看那些槍手，轉頭時拉起自己的面罩。史考特看到那男人臉頰上的一抹白色，然後賓利車內外的幾個男人紛紛跑向灰色轎車，上了車。

那大塊頭男子是最後一個。他在打開的轎車門旁猶豫片刻，再度看著史考特，舉起步槍。

史考特大叫。

「不！」

史考特想跳開，同時警笛逐漸轉成一個撫慰的聲音。

「醒來吧，史考特。」

「不！」

「三，二，一——」

在他中彈那一夜的九個月又十六天之後，在他目睹自己的搭檔被謀殺的九個月又十六天之後，史考特．詹姆斯尖叫著醒來。

2

史考特醒來時，正猛撲著想避開射擊路線，他總是很驚訝自己沒跳出心理諮商師的長沙發。從經驗中，他知道自己其實只是稍微傾斜一下。他每回從催眠的增強回溯中醒來，都是同樣的方式：在那個大塊頭男人舉起AK－四七自動步槍時，他跳出記憶中的夢境。這會兒史考特小心翼翼地深呼吸幾次，努力讓他猛跳的心臟緩下來。

古德曼的聲音從昏暗房間的另一頭傳來。查爾斯．古德曼，心理醫師。古德曼是洛杉磯市警局的特約醫師，但不是警局的僱員。

「深呼吸，史考特。你覺得還好嗎？」

「我沒事。」

他的心臟怦怦跳，雙手顫抖，前胸一片冷汗。但就像他夢中的劇烈猛撲——在古德曼醫師看來只是小小的搖晃——史考特很擅長把自己的感覺輕描淡寫。

古德曼是個超重的四十來歲男人，下端尖尖的絡腮鬍，腦後綁著馬尾，腳穿涼鞋，腳趾甲有甲癬。他小小的診間位於一棟兩層灰泥樓房的二樓，就在影視城的洛杉磯河道旁。史考特的第一個心理諮商師有個體面得多的診間，是在洛杉磯市警局行為科學組位於唐人街的辦公室，但是史考特不喜歡她。她讓他想起絲黛芬妮。

「要不要喝點水？」

「不，不用。我很好。」

史考特雙腿下了沙發，因為肩膀和身側的緊繃而皺了一下臉。他坐太久就會變得僵硬，所以站起來活動有助於舒緩疼痛。而且他剛脫離催眠狀態，就像從一條陽光普照的街道走進一家昏暗的酒吧，也需要幾秒鐘調整。這是他第五次以增強回溯的催眠方式回到那一夜，但這次回溯卻留給他一些困惑和不確定。然後他想起來是什麼了，於是看著他的心理諮商師。

「鬢角。」

古德曼打開一本筆記本，準備要寫。古德曼老是在寫。

「鬢角？」

「開那輛汽車逃走的男人。他有白色鬢角。很濃密的白色鬢角。」

古德曼在本子上趕緊記下，然後往前翻。

「你之前沒提到過鬢角吧？」

史考特努力回想。是嗎？他是一直記得鬢角，只是忘了提起而已嗎？他問自己，但已經知道答案了。

「我之前不記得鬢角的事情。但是現在我想起來了。」

古德曼又猛寫一陣，但是他迅速的記錄只是讓史考特更懷疑。

「你覺得我是真的看到了鬢角，或只是想像出來的？」

古德曼舉起一隻手，直到寫完他的筆記，這才開口。

「我們先別往那個方向推。我要你告訴我你記得什麼。不要懷疑自己。告訴我你記得的就好了。」

他清楚記得自己所看到的。

「我聽到警笛的時候，他轉向那些槍手，一邊轉頭、一邊拉起自己的面罩。」

「他套著同樣的面罩？」

史考特之前對五個槍手的描述都一樣。

「對，黑色針織滑雪面罩。他把面罩往上拉開一些，於是我看到了鬢角。很長的鬢角，在耳垂下方這裡。有可能是灰色的，像銀色？」

史考特摸著自己耳朵旁邊的臉側，想讓記憶中的影像更清晰——在昏暗光線下一張遙遠的臉，但是有白色的閃光。

「描述一下你當時所看到的。」

「我只看到他一部分下頷。他有白色的鬢角。」

「皮膚是什麼色調？」

「不曉得。或許白的吧，或者是拉丁美洲裔，也可能是膚色比較淺的黑人。」

「不要用猜的。只要描述你清楚記得的就好。」

「說不上來。」

「你記得他的耳朵嗎？」

「看到一部分，但是太遠了。」

「頭髮呢？」

「只記得鬢角。他面罩只拉起一部分，但這樣就足以讓我看到鬢角了。耶穌啊，現在我記得好清楚。會是我編造出來的嗎？」

史考特閱讀過很多有關虛構記憶的文章，還有催眠之下恢復的記憶。這類記憶通常會被懷疑，而且洛杉磯地檢署的檢察官從來不會採用。類似這樣的東西太容易被攻擊了，而且會形成合理的懷疑。

古德曼闔上他的筆記本，筆夾在裡面。

「你指的編造，是指你想像自己看到了一些其實沒看到的東西？」

「對。」

「你告訴我吧。為什麼你要編造？」

史考特最痛恨古德曼以典型心理諮商師的態度對待他，要史考特自己想出答案，但史考特來跟他進行心理諮商七個月了，於是他不情願地接受了他的例行問題。

史考特在槍戰兩天後甦醒，對那一夜的種種事件仍記憶鮮明。接下來三星期，負責調查的總局兇殺分隊警探們密集詢問他，史考特盡可能描述了五個槍手的模樣，但除了沒有臉的剪影之外，他無法提供任何進一步的辨認細節。五個人全都戴了面罩、手套，從頭到腳都包得緊緊的。

沒有人瘸腿或缺了手腳。史考特沒聽到他們說話的聲音，也無法提供眼珠、頭髮、皮膚的顏色，或是諸如刺青、珠寶、疤痕、任何偽裝的辨識資訊。在彈殼、肯沃斯卡車，以及棄置在八個街區外的那輛福特灰色Gran Torino車上頭，都沒找到任何指紋或可用的DNA。儘管這個案子是由洛杉磯市警局兇殺分隊裡所挑出的幾個菁英警探所負責，但他們沒找到任何嫌疑犯，所有的線索都查不出頭緒，於是整個調查就無可避免地停擺下來了。

史考特．詹姆斯中彈後的九個月又十六天之後，當初朝他開槍、並謀殺了絲黛芬妮．安德司的那五個人還是逍遙法外。

他們還在那裡。

謀殺絲黛芬妮的那五名男子。

那些殺人兇手。

史考特看了古德曼一眼，覺得自己臉紅了。

「因為我想幫忙。因為我想覺得自己做了些事情，去協助抓到這些混蛋，所以我就編造出一些鬼扯的描述。」

因為我活著，而絲黛芬妮死了。

看到古德曼一個字都沒寫，史考特鬆了口氣。古德曼只是露出微笑。

「這件事我覺得很有鼓舞意義。」

「有關我編造記憶？」

「沒有理由相信你是在編造什麼。打從一開始，你所描述那一夜的各大元素就都很一致，從你和絲黛芬妮的談話，到那些車子的廠牌和車款，還有那些槍手開槍時所站的位置。你之前所描述的一切，只要可以確認的，全都確認過是沒問題的。但是那一夜發生了那麼多事，又發生得那麼快，而且是在這麼可怕的壓力之下，很自然會遺失掉一些小東西的記憶。」

古德曼描述記憶時總是興致勃勃。記憶是他所擅長的。他身體前傾，大拇指和食指湊近了只剩一條縫，讓史考特看看他所謂的「小東西」有多小。

「別忘了，你在我們的第一次回溯時想起了彈殼。另外，你本來一直不記得在看到肯沃斯卡車之前有聽到引擎聲，直到我們的第四次回溯，你才想起來的。」

我們的回溯。講得好像史考特挨子彈、絲黛芬妮死掉時，古德曼就在現場。儘管如此，史考特必須承認古德曼說得有道理。直到史考特的第一次回溯，他才想起那個大塊頭的步槍裡跳出來的彈殼，像是黃銅彩虹般發亮；而且直到第四次回溯，他才記起自己曾聽到肯沃斯卡車的引擎聲。

古德曼身體前傾得好厲害，搞得史考特擔心他會從椅子上摔下來。他現在完全講得入迷了。

「當你開始回想起小細節——在當時的壓力之下遺忘的小細節——研究顯示，你可能會開始想起愈來愈多事情，每個新的記憶又會引導出另外一個，就像水壩裡的水滲出一道裂縫，愈來愈快，直到水壩垮掉，水大量沖出來。」

史考特皺眉。

「意思是，我的腦子會解體？」

古德曼對史考特的皺眉報以微笑，再度打開他的筆記本。

「意思是，你應該覺得振奮。你想要探討那天夜裡發生了什麼。我們現在就是在做這件事。」

史考特沒有回答。他以前相信自己想要探索那一夜，但現在他愈來愈想忘記，卻似乎忘不掉。他一直予以重溫、回顧，不斷執迷地思索，痛恨那一夜，卻無法拋開。

史考特看了一下時間，發現只剩十分鐘，於是站起來。

「我們今天就到此為止，好嗎？我要好好想一下這件事。」

古德曼沒有闔上筆記本，而是清了清嗓子。這是他改變話題的方式。

「我們還有幾分鐘。我想跟你確認幾件事。」

確認。這是諮商師的專有術語，表示要針對史考特不想談的事情，問出更多問題。

「沒問題。是有關什麼的？」

「關於回溯是不是有幫助。」

「我想起鬢角了。你剛剛才跟我說這個細節有幫助的。」

「不是有助於你回想，而是有助於你處理這個創傷。你現在的惡夢少一點了嗎？」

打從住院第四天開始，史考特每星期都會被惡夢破壞睡眠四或五次。大部分都像是那一夜事件的零碎片斷，像是從一部長片裡頭剪接出來的——大塊頭男子朝他開火，大塊頭男子舉起自動步槍，史考特在絲黛芬妮的鮮血裡打滑，還有子彈穿入他身體的衝擊。但是後來，被迫害妄想的惡夢愈來愈多，夢到那些戴著面罩的男子在追獵他，從他的衣櫥跳出來，或者躲在他的床底下，或從他的車子後座冒出來。他最近一次作惡夢，就是昨天夜裡。

史考特說，「少很多。我已經兩三個星期沒作惡夢了。」

古德曼在他的筆記本上寫下了。

「你認為這是回溯帶來的效果？」

「不然還能是什麼？」

古德曼滿意地點了個頭，又寫了些字。

「你的社交生活怎麼樣？」

「還好，如果你指的是跟一堆男人去喝杯啤酒。我沒交女朋友。」

「你會想嗎？」

「如果要證明我心理健康，就得去跟別人不花腦筋地閒聊嗎？」

「不，完全不是。」

「我只是想找個能理解、體恤我的人，你知道？可以了解我有什麼感受。」

古德曼露出鼓勵的笑容。「等到時機成熟的時候，你會碰到適合的人。很少有什麼能比談戀愛更療癒。」

很少有什麼能比遺忘更療癒，或是比抓到那些壞蛋更療癒。但這兩樣似乎都不太可能發生。

史考特看了時鐘一眼，懊惱地看到還有六分鐘。

「今天可以到此為止嗎？我累了，而且我還得去工作。」

「還有一件事。談一下你的新工作吧。」

史考特又看了一眼時鐘，愈來愈不耐。

「有什麼好談的？」

「你領到你的狗了嗎？上次你來的時候提到過，說那些狗正要送來。」

「上星期送來了。主任訓練員要先檢查，才能決定是否接受那些狗。他昨天檢查完畢，說可以分配給我們了。我下午就要去領我的狗。」

「然後你就要回到外勤工作了。」

史考特知道這個話題會談到哪裡，而且他不喜歡。他們以前就談過。

「等我們通過認證之後，沒錯。警犬隊的警員就是要做外勤的。」

「跟壞人面對面。」

「這份工作的性質就是這樣啊。」

「你上回差點死掉。你會擔心這種狀況再度發生嗎？」

史考特猶豫著，但是知道最好不要假裝自己不怕。當初回到警局後，史考特不想再開巡邏車，也不想坐辦公桌，後來他得知都會司的警犬隊有三個缺，就很努力到處遊說去爭取這個工作。九天前，他才完成了警犬隊的領犬員訓練課程。

「我想過，我當然擔心了，但是所有警察都想過這種事。這就是我不想辭職的原因之一。」

「並不是所有警察都曾在同一夜被開槍擊中三次，而且失去了自己的搭檔。」

史考特沒回應。打從在醫院醒來那一天，史考特想過一千次要辭職。他大部分的警察朋友都跟他說，他不肯選擇因公受傷而退休根本是瘋了，而且洛杉磯市警局人事科也跟他說，以他的受傷嚴重狀況，他永遠沒辦法回到原來的工作。但是史考特堅持要繼續當警察，堅持做物理治療。他遊說他的指揮官們，還努力說動他都會司的上司讓他去警犬隊。史考特會半夜醒著，為所有的堅持和遊說想理由：或許他不曉得還能做什麼，或許他的生活裡沒有別的了，或許他是想說服自己他還是槍擊之前的同一個人。那些無意義的字句填滿了空蕩的黑暗，就像他告訴古德曼和其他每個人的那些謊言和半實話，因為說假話要比說真話容易。他沒說出來的實話是：他覺得自己好像老早就死在那條街道上，就在絲黛芬妮的旁邊，而現在，他只是一個假裝活人的鬼魂。就連他選擇成為警犬隊警員也只是一種假象——假裝他可以當一個沒有搭檔的警察。

史考特忽然意識到這段沉默拖了太久了，而且發現古德曼正在等著他回答。

史考特說，「如果我辭職，那些殺了絲黛芬妮的混蛋就贏了。」

「你為什麼還一直來找我看診？」

「為了讓自己能活得心安。」

「我相信這是實話。但不是全部的實話。」

「那你告訴我啊。」

古德曼又看了時鐘一眼，然後終於闔起筆記本。

「看起來我們超過幾分鐘了。這回諮商的狀況不錯，史考特。下星期同一時間？」

史考特站起來，身側因為這個突來的動作而劇痛，他努力掩飾著。

「下星期同一時間。」

史考特開門時，古德曼又開口了。

「我很高興回溯能有幫助。希望你想起的夠多，足以得到平靜和寬慰。」

史考特猶豫著，然後走出去，下樓到停車場，這才說話。

「我希望我想起的夠多，足以遺忘。」

每天夜裡他都會想到絲黛芬妮，折磨他的是他對她的記憶——絲黛芬妮從他血淋淋的手裡滑掉，絲黛芬妮哀求他不要離開。

別離開我！

史考特，別離開！

回來！

在他的惡夢中，讓他最傷心的是她的雙眼和她懇求的聲音。

絲黛芬妮·安德司死時相信他棄她於不顧。而不管他現在或未來做什麼，都無法改變她臨終的想法。她死時相信他為了保住自己的性命而丟下她。

我就在這裡，絲黛芬妮。

我沒有離開你。

我當時正設法要救你。

每天夜裡，史考特想到絲黛芬妮時，都會這麼告訴她，但是絲黛芬妮死了，再也聽不見了。他知道自己永遠無法說服她了，只不過每次想到她，他還是會這麼告訴她，想說服自己。

3

古德曼診所樓房後方那個狹窄的停車場裡充滿了夏日的熱力，空氣乾得像砂紙。史考特的車太熱了，他還得用手帕去開車門。

這輛一九八一年款的藍色龐帝克火鳥Trans Am，是史考特在槍擊之前兩個月買下的。右後輪的擋泥板上方、介於從車尾燈到車門之間，有個嚴重的凹痕，藍色的烤漆上鏽跡斑斑，車上的收音機壞了，里程表顯示已經有二十萬公里。史考特當初花了一萬兩千元買來，打算當成週末計畫，要利用閒暇時間把這輛舊車重新整理得煥然一新，但是在槍擊過後，他就失去興趣了。九個月後，這輛車還是老樣子。

等到車內的送氣口開始吹出冷氣後，史考特就開車上了文圖拉高速公路，朝格倫代爾駛去。警犬隊的總部位於市中心中央區警局的都會司，但是訓練警犬的幾個基地分散在全市各地。主要的訓練基地在格倫代爾，那裡很寬敞，史考特跟另外兩個新的領犬員之前就是在那邊受訓，課程為期八週，由警犬隊資深的主任訓練員負責。陪同這些學員受訓的，是一批退休的巡邏犬，因為健康或受傷因素而不再值勤。這些退休警犬很容易配合，也知道自己該做什麼。從許多方面來看，這些狗是新手領犬員的老師，但是當訓練課程結束，這些參與訓練的狗就會回到原來住的地方，新手領犬員則會和預先訓練好的巡邏犬搭檔，開始為期十四週的認證流程。這對新手領犬員是個興奮的時刻，表示他們會開始跟他們的新警犬建立關係。

史考特知道自己應該要覺得興奮，卻只是隱約感覺到自己準備好要工作了。一旦史考特和他的狗認證合格，他就會獨自跟狗待在一輛車上，這就是史考特想要的。孤單一個人的自由。他跟絲黛芬妮作伴的時間已經夠多了。

史考特開過好萊塢交流道時，手機響了。來電顯示是洛杉磯市警局，於是他接了，心想大概是警犬隊的主任訓練員多明尼克．李蘭。

「我是史考特。」

一個男性的聲音說話了，但不是李蘭。

「詹姆斯警員，我是巴德．歐索，搶劫兇殺隊的。我是負責偵辦你那個案子的新警探，打來跟你自我介紹一下。」

史考特沒吭聲，繼續開車。他已經有三個多月沒跟負責偵辦他那個案子的警探說過話了。

「詹姆斯警員，你還在嗎？電話斷訊了嗎？」

「我在。」

「我是負責你那個案子的新警探。」

「我剛剛都聽到了。梅隆怎麼了？」

「梅隆警探上個月退休了。史丹格勒被調走了。我們這裡有一組新的人馬負責辦這個案子。」

梅隆警探是原先負責這個案子的人，史丹格勒是他的搭檔。自從兩個月前的那一天之後，史考特就再也沒跟梅隆或史丹格勒講過話了。那天史考特拄著拐杖走進警政大樓，在全兇殺分隊的辦公區裡，當著所有人的面向梅隆發洩，因為他們查了五個月，連一個嫌疑犯或新線索都查不出來。當時梅隆想離開，但是史考特抓住他，接著拐杖脫手而摔倒，於是他推著梅隆一起倒地。場面搞得很難看，史考特很後悔，而且有可能會害史考特無法繼續當警察。那次事件之後，史考特都會司的上司傑夫．施密特隊長跟搶劫兇殺隊的指揮官凱若．塔萍分隊長講好條件，把這件事壓下去。這是對一個曾在值勤時中彈重傷的警員表達同情之意。梅隆沒提交投訴報告，但是不准史考特再管偵辦的事情，也不再回他的電話。

史考特說，「好吧。謝謝你通知我。」

他不知道還能說什麼，但是很納悶歐索的口氣幹嘛這麼友善。「梅隆告訴過你之前發生的事嗎？」

「是，他說了。他說你是個不知感恩的渾球。」

「沒錯。」

操他的。史考特才不在乎梅隆怎麼想，也不在乎這個新接手的傢伙怎麼想，不過接著聽到歐索笑出聲來，他很驚訝。

「聽我說，我知道你跟他不對盤，不過我是新接手的。我想跟你碰個面，仔細研究檔案裡面的幾件事。」

史考特感覺到一抹希望的火焰。

「梅隆有查出什麼新線索嗎？」

「不，我想是沒有。這純粹是我自己的主意，我想盡快搞清那天夜裡發生的事情。你今天可以抽空過來一趟嗎？」

那抹希望的火焰逐漸變暗，成了一塊失望的餘燼。歐索聽起來很好心，但是史考特才剛溫習過那一夜發生的事情，一時之間實在不想再談了。

「我正要去上班，接著我有點事情。」

歐索暫停一下。這讓史考特知道，歐索明白史考特給了他一個軟釘子碰。

歐索說，「那明天呢？或者看什麼時候你方便？」

「我再打電話給你好嗎？」

歐索把自己的專線電話號碼給了他，然後掛斷。

史考特把手機扔在兩腿之間的座位上。他不久之前感覺到的麻木，現在被煩躁所取代。史考特不知道歐索想問他什麼，也不知道自己是否該提起鬢角的事情，雖然他根本不確定是不是真的看到了鬢角。

史考特切過幾個車道，轉向朝市區駛去。經過格里菲斯公園時，他按了歐索的號碼。

「歐索警探，我是史考特．詹姆斯。如果你現在人在辦公室，我可以彎過去一下。」

「我在。你還記得我們的辦公室在哪裡嗎？」

史考特露出微笑，想著歐索是不是想搞笑。

「我記得。」

「到了之後，盡量忍著不要揍任何人喔。」

史考特沒笑，歐索也沒笑。

接著史考特打給警犬隊的多明尼克．李蘭，跟他說自己暫時沒法過去看新來的警犬了。李蘭的吼聲像德國牧羊犬似的。

「為什麼不過來？」

「我要趕過去大船一趟。」

「去他娘的大船。那棟該死的大樓裡頭，沒有任何人或任何事比這些狗更重要。我讓你進我的警犬隊，不是為了要你去跟那棟大樓的人浪費時間的。」

搶劫兇殺隊的辦公室位於警政大樓的五樓。這棟大樓就在市政廳對面，樓高十層。面對著市政廳的大樓側面，有一塊三角狀薄薄的、尖尖的玻璃楔形，於是讓整棟大樓看起來像一艘船的船首，於是警察們就把這裡取了「大船」的綽號。

「搶劫兇殺隊找我過去。是有關我的案子。」

「你的案子？」

「是的，長官。我現在正要趕過去。」

李蘭的嗓子又粗啞了起來。

「好吧，那麼，一等你忙完，就抬起屁股滾過來吧。」

史考特從來不會穿著制服去古德曼的辦公室。他把制服收在一個運動袋裡，手槍則放在後行李廂一個上鎖的盒子裡。他在第一街下了高速公路，然後在大船的地下停車場換上制服。因為上次他跟梅隆鬧的那一場，他預料會有很多警探瞪著他看。史考特反正根本不鳥。他想提醒他們，他還是警察。

到了大廳，史考特把警徽和警察證拿給接待員看，跟她說自己要來找歐索。她打了個電話，然後換了另一張不同的證件卡，讓他夾在襯衫上。

「他正在等你。你知道在哪裡嗎？」

「我知道。」

史考特穿過大廳，設法不要跛行，其實沒那麼容易，因為他一隻腿裡有那麼多鋼釘和螺絲。那一夜被送到好撒瑪利亞人醫院的急診室後，史考特的大腿、肩膀、下腹部都動了手術。稍後同一個星期，又進行了三次手術；六個星期後，再加上兩次手術。大腿的傷讓他失去了三磅肌肉組織，還需要一根鋼釘和六個螺絲以重建他的股骨，而且留下了神經損傷。肩膀的重建需要三塊鋼板和八個螺絲，同時也留下神經損傷。這些手術後的物理治療很痛苦，但是他應付得還不錯。你只是非得比疼痛更強悍，再吃幾顆止痛藥就好了。

巴德．歐索四十來歲，那張胖乎乎的臉活像童子軍團長，頂著一頭黑色短髮。史考特走出電梯時，歐索正站在那裡等著他，這點他沒料到。

「我是巴德．歐索。很高興認識你，不過很遺憾是在這樣的狀況下。」

歐索的握手意外地有力，但是很快就放開，然後帶著他朝兇殺分隊的辦公室走。

「自從他們把這個案子交給我，我就天天都在研究那些檔案。那一夜發生的事情真可怕。你回來上班多久了？」

「十一個星期。」

禮貌的聊天。史考特已經不耐煩了，很好奇兇殺分隊的辦公區裡有什麼在等著他。

「我沒想到他們會讓你這樣。」

「讓我怎樣？」

「回來工作。你完全有資格因公受傷而提早退休的。」

史考特沒答理。他已經厭倦講話，而且後悔自己跑來了。

他們走向辦公區時，歐索注意到史考特肩膀上的警犬隊布章。

「警犬隊。那裡應該很有趣。」

「好多了。你說什麼搭檔就會照做，不會回嘴，而且那只不過是一條狗。」

歐索終於明白了暗示，閉上嘴巴，帶著史考特進入兇殺分隊。進門時，史考特覺得自己全身緊繃，但結果裡面只有五個警探四散在各處，沒有人看他們一眼，或以任何方式表示看到他。他跟著歐索進入一間小會議室，裡頭有一張長方形會議桌和五把椅子。桌首的地上放著一個大大的黑色檔案箱。史考特看到自己的供述筆錄攤在桌面上，還有些是賓利車裡那兩個男人——一個是房地產開發商埃瑞克．帕雷先，駕駛人，身中十六槍；另一個是他來自法國的表親，不動產律師喬治．貝洛瓦，身中十一槍——的親友供述筆錄。

歐索走到桌首，叫史考特隨便挑張椅子坐。

史考特繃緊肌肉，然後轉開頭坐下，免得歐索看到他皺臉。坐下通常會引起他身側一陣疼痛。

「要喝點咖啡或水嗎？」

「不用了，謝謝。」

一面畫著犯罪現場簡圖的海報板靠牆立在地上。上頭畫出肯沃斯卡車、賓利轎車、福特Gran Torino車，以及警車，還畫了絲黛芬妮和史考特。一個牛皮紙袋放在海報板旁的地上。史考特猜想裡頭裝著犯罪現場照片，於是別開眼睛。他再度抬頭時，發現歐索正在觀察他，而且歐索現在看起來不像童子軍團長了。他的眼神堅定而專注。

「我知道談這件事可能讓你很難受。」

「小事。你想知道什麼？」

歐索打量了他一會兒，然後說出問題。

「那個大塊頭為什麼沒斃了你？」

這個問題史考特已經問過自己一萬次了，但答案也只能用猜的。

「我猜是因為救護車。當時他們的警笛愈來愈接近了。」

「你有看到他們離開嗎？」

如果歐索閱讀過那些筆錄，那麼他已經知道答案了。

「沒有。我看到他舉起步槍。槍往上挪動，我往後倒，然後或許我就昏過去了。不曉得。」後來在醫院裡，醫護人員跟他說，他是因為失血過多而昏迷。

「你有聽到他們離開嗎？」

「沒有。」

「關上車門呢？」

「沒有。」

「救護人員抵達時，你還醒著嗎？」

「他們怎麼說？」

「我是在問你。」

「步槍舉起，我頭往後倒，然後我就在醫院裡了。」

史考特的一邊肩膀痛得要命，是一種深沉的痛，好像他的肌肉正要轉為石頭。那痛擴散到他背部，像是疤痕組織裂開了。

歐索緩緩點頭，然後聳了一邊肩膀。

「你猜救護車警笛嚇跑他們，很合理，但是很難講。你往後倒的時候，或許他以為你死了。或許他沒子彈了。也可能那把槍卡彈。有一天我們會問他的。」

歐索拿起一份薄薄的筆錄，身子往後靠坐。

「重點是，在昏過去之前，你的聽力都沒問題。在你的筆錄裡，你提到你和安德司警員正在聊當時有多安靜。你說她關掉警車引擎，好讓你們聽聽看有多安靜。」

史考特覺得臉紅了，一股強烈的罪惡感鑽進他胸膛正中央。

「是的。那是我的錯，是我要求她關掉引擎的。」

「你那時聽到了什麼嗎？」

「當時非常安靜。」

「我知道非常安靜，但是有多安靜？有什麼背景的聲音嗎？」

「我不知道。或許有高速公路的車聲吧。」

「不要用猜的。下一個街區有人聲嗎？還是狗叫聲？有什麼特別突出的聲音？」

史考特很好奇歐索想問出什麼來。梅隆或史丹格勒都不曾問過他有關背景的聲音。

「我不記得有。」

「關車門的聲音？引擎啟動的聲音？」

「當時很安靜。你到底想查什麼？」

歐索的旋轉椅轉向那張犯罪現場海報，然後湊過去，指著肯沃斯卡車開過來的那條小街。路口算過去第三戶的那家店面，標示著一個藍色的X記號。

「這家店在你中彈的那一夜遭了小偷。店主說他是在晚上八點鎖好門窗離開的，所以遭小偷是在八點之後、次日早上七點之前。我們沒有理由認為這樁竊案是在你和安德司到達現場時發生的，但是很難講。這事情我一直很好奇。」

史考特不記得梅隆或史丹格勒提到過這樁竊案，如果他們知道，應該會是他們調查的一個主要重點。

「梅隆從來沒問過我關於這樁竊案的事情。」

「梅隆不曉得。那家店的店主是尼爾森·申。你聽過這個名字嗎？」

「沒有。」

「他是批發商，糖果、香料和他從亞洲進口的一堆雜七雜八——有些東西進口到美國是不合法的。他因為被偷過太多次了，根本就懶得報案，而是自己去買了一把槍。結果六個星期前，在菸酒槍炮及爆裂物管理局的一個緝捕圈套中，有人供出他的名字。菸酒槍炮局去逮捕他的時候，他嚇壞了，說他需要一把全自動的M４卡賓槍，是因為他被偷了太多次。他給菸酒槍炮局一份日期清單，記錄他的店被偷了多少次。如果你好奇的話，過去一年是六次。其中一個日期，就是你中彈那天。」

史考特瞪著海報上標示著那家店的藍色X標記。絲黛芬妮關掉引擎時，他們傾聽著那片安靜，只聽了十秒或十五秒，就又開始講話。接著那輛賓利車出現，但是賓利的引擎很安靜，他記得當時還想著，那輛車移動時像在漂浮似的。

「我聽到了肯沃斯卡車的引擎轉動，就在車子從小街開過來之前，我聽到了大大的柴油引擎聲音。」

「就這樣？」

史考特不知道該說多少，又該如何解釋。

「這是新的記憶。我兩個星期前才想到當時我有聽到。」

歐索皺起眉頭，於是史考特又繼續解釋。

「那一夜在很短的時間內發生一大堆事情。我記得大事情，但有很多小事情都忘了。後來就逐漸回想起來。醫師說的確會有這樣的狀況。」

「好吧。」

史考特猶豫了一會兒，然後決定告訴他有關鬢角的事情。

「我看到了一眼那個逃走的司機。你在筆錄裡面不會看到，因為我才剛想起來。」

歐索身體前傾。

「你看到他了？」

「只看到側臉。他拉起面罩片刻，他有白色的鬢角。」

歐索把椅子挪近些。

「如果給你看六人組，你有辦法指認是哪一個嗎？」

六人組是一批六張的嫌犯照片，六個人看起來差不多。

「我唯一看到的，就是鬢角。」

「可以找個素描專家來跟你合作嗎？」

「我沒把他看得夠清楚。」

現在輪到歐索一臉煩躁了。

「種族呢？」

「我只記得鬢角。往後我可能會想起更多，但是不曉得。我的醫師說這種事情是，一個記憶有可能觸發另一個。我先是想起肯沃斯卡車的引擎旋轉，現在又是鬢角，所以接下來，我有可能想起更多事情。」

歐索好像仔細想了一下，最後往後靠坐在椅子上。他身上的一切似乎都變得柔和了。

「你吃盡了苦頭，老弟。我很遺憾你碰上這種事。」

史考特不曉得要說什麼，最後只是聳聳肩。

歐索說，「我希望你跟我們保持連絡。要是想起其他任何事情，就打電話給我。不管你覺得重要或不重要，都沒關係。也別擔心聽起來很蠢或很傻，好嗎？你想起的一切，我都想知道。」

史考特點點頭。他又看了一眼攤在桌子上的那些紙張，以及箱子裡的檔案。那是一個大箱子，史考特完全沒想到會有那麼多資料，因為之前梅隆跟他分享的很少。

史考特打量著那個箱子一會兒，然後目光回到歐索身上。

「我可以把檔案全部看一遍嗎？」

歐索跟著史考特的目光，看向那個箱子。

「你想把檔案全都看一遍？」

「一個記憶會觸發另外一個。或許我會看到一些事情，幫助我回想起別的。」

歐索考慮了一會兒，然後點頭。

「現在還不行，但是可以。如果這是你想要的話。你得在這裡看，不過讓你看沒問題。明後天打個電話來，我們再約時間。」

歐索站起來，史考特也跟著起身，歐索看到他皺起的臉。

「你還好吧？」

「是因為疤痕組織鬆開。醫師說大概要花一年，那種緊繃感才會消失。」

這是胡說八道，他跟每個人都是這樣掰的。

歐索沒再說什麼，直到他們來到走廊，朝電梯走。然後他的目光又凝重起來。

「還有另外一件事。我不是梅隆。他替你覺得難過，但是他認為你成了一個發瘋的討厭鬼，應該因為精神失常而強迫退休。你大概認為他是個差勁的警探。但是你們兩個都錯了。無論你怎麼想，他們都拚了命在辦這個案子。但是有時候就算你拚了命，也還是查不到什麼。很爛沒錯，但是有時候就是會這樣。」

史考特張開嘴巴想說什麼，但歐索舉起一手阻止他。

「這裡沒人放棄，我也不會放棄。無論如何，我會把這個案子辦到底。這樣夠清楚了嗎？」

史考特點點頭。

「我的門永遠為你敞開。想打電話就打，但是如果你一天打十六次，我不會回電十六次。這點也夠清楚了？」

「我不會一天打給你十六次的。」

「但是如果我打給你十六次，那你最好每次都盡快回電，因為我會有一些問題，需要你提供答案。」

「只要能抓到那些混蛋，要讓我搬去跟你住都沒問題。」

歐索露出微笑，看起來又像個童子軍團長了。

「你不必來跟我住，但是我們會逮到那些混蛋的。」

他們在電梯口道別。史考特等到歐索回到辦公室，這才一跛一跛地走到男廁。沒有人看到的時候，他的跛行才會明顯起來。

他痛得快要吐出來了。

他潑了點冷水在臉上，又揉揉太陽穴和眼睛。他擦乾臉，從一個小塑膠袋裡拿了兩顆維可汀止痛藥吞下，然後又用冷水潑臉。

他用紙巾把臉拍乾，然後等著止痛藥發揮藥效時，審視鏡中的自己。他比中槍那一夜瘦了七公斤，而且因為那隻腿而矮了半吋。他臉上有了皺紋，看起來比較蒼老了，不知道絲黛芬妮要是現在看到他會怎麼想。

他正想著絲黛芬妮時，一個制服警員推門進來。那警員年輕而匆忙，所以推門推得很用力。史考特猛地歪向一旁，避開那聲巨響，接著朝那警員轉身。他的心臟怦怦跳，彷彿就要從胸腔裡跳出來。他的臉因為血壓突然上升而刺麻，一口氣哽在胸口。他站著沒動，瞪著看，耳中的脈搏如雷轟響。

那年輕警員說，「老哥，嘿，對不起嚇到你。我得去小便。」

他匆忙走向小便斗。

史考特瞪著他的背影，然後用力閉起眼睛。雖然眼睛緊緊閉上，卻拋不開他剛剛看到的。他看到那個有著大肚腩的面罩男拿著ＡＫ－四七自動步槍走向他。他在夢中看到那個男人，醒來也看到。他看到那男人先朝絲黛芬妮開槍，然後槍口轉向史考特。

「長官，你還好嗎？」

史考特睜開眼睛，發現那年輕警員正盯著他瞧。

史考特擠過他旁邊，出了男廁。穿過樓下大廳時，或是後來去訓練所領他的第一隻狗時，他都沒有跛行。

4

警犬隊的主要訓練所是一個多功能基地，位於洛杉磯河東岸，就在大船東北邊，開車只要幾分鐘。在這裡，沒有特色的工業建築物正逐漸消失，轉而成為小店鋪、廉價餐館，還有公園。

史考特轉彎經過一道金屬柵門，把車開進了訓練所一角的停車處，旁邊緊鄰著一棟米色的煤渣磚房，位於訓練所邊緣。訓練所中央一大片綠色的土地，大得可以打壘球賽，或是讓哥倫布騎士會舉行戶外烤肉會，或是訓練警犬。磚房旁設置了一個給狗的障礙場。整個訓練所周圍有高高的金屬鐵絲網，還有濃密的綠色樹籬，從外頭看不到裡面。

史考特把車停好，下車時看到幾個警員正在跟他們的狗做訓練。一個叫梅斯·史蒂瑞克的警犬隊警佐正牽著一隻德國牧羊犬，在訓練場裡繞著圈小跑，那狗的後腿有奇怪的疤痕。史考特不認得那隻狗，想著會不會是史蒂瑞克的寵物。在場地的這一端，一個名叫坎姆·法蘭西斯的領犬員牽著他的狗東尼，正走向一名戴著厚墊袖套、護住右手臂和手的男子。那男子是個名叫艾爾·提蒙士的領犬員，正在假扮嫌疑犯。東尼是一隻二十五公斤重的比利時馬利諾瓦牧羊犬，看起來像是比較小號、比較瘦的德國牧羊犬。法蘭西斯等到提蒙士離他們四十碼時，放開他的狗，然後那狗追著提蒙士，像是一隻獵豹在追殺羚羊。提蒙士轉身面對狗，揮著他戴了袖套的手臂。東尼在六或八碼之處撲向提蒙士，咬住那隻袖套手臂。要是換了個沒防備的人，可能就會被撲倒，但是提蒙士玩過這個遊戲幾百次了，他知道該怎麼處理。他隨著那個衝擊而轉身，持續旋轉，把東尼在空中甩了一圈又一圈。東尼不肯鬆口，而且史考特知道他玩得很樂。馬利諾瓦牧羊犬的咬力又狠又準，而且咬了就不肯鬆口，所以他們都開玩笑說這種狗是「馬利鱷魚」。提蒙士還在轉那隻狗時，史考特看到李蘭在磚房旁靠牆而立，正在觀察那些警察訓練他們的狗。李蘭雙臂交抱在胸前，腰帶上扣著一捲狗繩。史考特從沒看過李蘭身上沒帶著狗繩的。

多明尼克．李蘭是個高高瘦瘦的非洲裔美國人，擔任領犬員已經有三十二年資歷，先是在海軍，然後是洛杉磯郡警局，最後來到洛杉磯市警局。他是洛杉磯市警局警犬隊裡一個活生生的傳奇。

他的頭頂已禿，周圍一圈短短的灰髮，左手缺了兩根指頭。那兩指是被一隻羅威納與獒犬的混血恐怖大狗給咬掉的，李蘭因而得到了他的第一面洛杉磯市警局英勇勳章，往後他還會再獲頒六面。當時李蘭和他來到洛杉磯市警局的第一隻狗——名叫美吉．達布金的德國牧羊犬——奉派要去搜尋一個八丟司幫的毒販、謀殺嫌疑犯霍華．歐斯卡瑞．渥寇特。那天稍早，渥寇特朝一群正在巴士站等車的中學生開了九槍，三人受傷，外加一個名叫塔希拉．強森的十四歲女孩死亡。洛杉磯市警局的地面和空中支援單位把渥寇特困在附近一個街坊地帶，然後派李蘭和美吉．達布金去找出嫌犯，他們相信他有槍，很危險，躲在四棟相鄰的花園住宅裡。李蘭和美吉輕鬆查過了第一棟，然後來到後院相連的另一戶人家。裡頭住的是另一個幫派的成員尤斯提．辛普森。當時警方不知道，辛普森養了兩隻羅威納與獒犬混血的巨大公狗，兩隻都可怕又兇殘，是辛普森旗下非法鬥狗事業的老將。

那天，李蘭和美吉．達布金一進入辛普森家的後院，兩隻狗就從屋子底下衝出來，攻擊美吉．達布金，第一隻狗將近六十五公斤，把美吉撞得往後飛了一圈。他的牙齒狠狠咬住美吉的脖子，把她釘在地上，同時第二隻體重幾乎一樣的公狗則咬住她的右後腿猛搖，像一隻㹴犬在甩一隻老鼠似的。美吉尖叫。多明尼克．李蘭可以做一些蠢事情，比方跑去拿花園水管，或是浪費時間掏出胡椒噴霧，但美吉一分鐘之內就會死掉了，於是李蘭介入這場打鬥。他用膝蓋頂住那隻咬著她後腿的公狗，清出射擊路線，然後用貝瑞塔手槍抵住這公狗，扣下扳機。接著他用沒拿槍的那隻手去抓另一隻公狗的臉，逼得那隻公狗鬆開美吉的脖子。那隻巨大的怪物咬了李蘭的手，然後李蘭朝那隻混血狗開了兩槍，但是他的小指和無名指已經沒了。後來李蘭說，他根本沒感覺到痛，也不曉得手指被咬掉了，直到他把美吉送上救護車、要求急救人員趕緊送到最接近的獸醫院，這才發現。李蘭和美吉．達布金後來都復元了，又一起工作了六年，直到美吉．達布金退休。李蘭辦公室的牆上還掛著他和美吉．達布金的合照，是洛杉磯市警局官方拍攝的。他和歷任狗搭檔的合影照片，全都掛在他辦公室的牆上。

李蘭看到史考特時臉很臭，但是史考特並不覺得是針對自己。李蘭對任何人或任何事物都臭著臉，只有對他的狗除外。

李蘭放開交抱的雙臂，進入磚房內。

「進來吧，去看看送來的狗。」

那棟建築物隔成兩間小辦公室、一個綜合會議室，以及一個犬舍。警犬隊的這個訓練所是專門用來訓練和評估的，並沒有專屬的全職人員。

史考特跟著李蘭經過兩個辦公室，進入犬舍。裡頭左邊排列著八個以金屬網圍籬構成、金屬網柵門的狗欄。右側是一條走道，通到建築物的另一端。那些狗欄是四呎寬、八呎深，側邊的圍籬從地板通到天花板。地板是水泥板，有嵌入式的排水溝，以便用水管沖洗。受訓的狗住在這裡時，史考特和他的兩個同梯學員艾美．巴柏和西摩．波金斯每天早上來的第一件事，就是鏟狗屎，然後用消毒水沖洗地板。因此狗舍裡有一股消毒水的氣味。

李蘭說，「波金斯分配到吉米．里格的狗，名叫蜘蛛。我想他們很適合。那隻蜘蛛啊，我告訴你，他有自己的想法，不過他和西摩會彼此適應的。」

在他們同梯的三個新手領犬員裡，李蘭最偏愛西摩．波金斯。波金斯從小就跟獵犬一起長大，面對狗有一種冷靜的自信，而狗碰到他也會立刻就產生信賴。艾美．巴柏則是顯露出她對於跟狗建立感情有一種非凡的直覺，以及一種遠超過她單薄骨架和稍高音調的指揮權威。

李蘭停在第二和第三個狗欄之間，裡頭各有一隻新來的狗正在等著。一看到李蘭進入狗舍，兩隻都站起來，比較近的那隻還叫了兩聲。他們都是精瘦的比利時馬利諾瓦牧羊犬。

李蘭滿臉笑容，彷彿那是他的孩子。

「這兩個小子是不是漂亮極了？看看這兩個。真是英俊的小夥子啊。」

那隻剛剛叫過的狗又叫了一聲，兩隻都起勁地搖著尾巴。

史考特知道，這兩隻狗送來之前，原先的繁殖場已經按照警犬隊所提供、編寫的指南予以完整訓練過。這表示李蘭會出差到世界各地的繁殖場，尋找最好的狗。過去三天，李蘭親自檢查過這些狗的腳程，評估他們的狀況，知道每隻狗的個性和怪癖。送來警犬隊的狗，不見得每隻都符合李蘭的標準。他會刷掉那些不行的，退回給繁殖場。

李蘭看了一下第二個狗欄裡的狗。

「這隻是葛特曼。為什麼有笨蛋要給他取名為葛特曼，我不曉得，但反正這就是他的名字。」買來的狗通常都是兩歲大，所以已經取了名字。捐贈的狗則通常是三歲大。

「這裡的這隻是夸羅。」

葛特曼又叫了，後腿直立站起，想隔著柵門舔李蘭。

李蘭說，「葛特曼比較容易激動，所以我把他分配給艾美。夸羅則是聰明伶俐，這小子有個好腦袋，而且很好相處，所以我想你和夸羅先生配對應該不錯。」

史考特猜想，李蘭說「好相處」和「聰明伶俐」，意思就是另一隻狗對史考特來說太難以駕馭。波金斯和艾美是比較好的領犬員，所以他們分到比較難對付的狗。史考特是低能兒。

史考特聽到犬舍另一頭的門打開，看到梅斯帶著那隻德國牧羊犬進來。他把那牧羊犬送入一間狗欄，然後拖出一個大狗籠，關上狗欄的柵門。

史考特打量著夸羅。他是一隻漂亮的狗，有深黃褐色的身體、黑色的臉，以及豎起的黑色耳朵。他的雙眼溫暖而聰慧，沉穩的舉止非常明顯。葛特曼容易激動而煩躁之時，夸羅則是完全冷靜站在那裡。李蘭大概是對的。這對史考特來說是最容易對付的狗。

史考特看了李蘭一眼，但李蘭沒在看他，而是在對那隻狗微笑。

史考特說，「我會更努力，多努力我都願意。」

李蘭往上看，審視著史考特一會兒。史考特記得李蘭唯一沒有臭臉時，就是看著狗的時候，但這會兒他似乎若有所思，那隻只剩三根指頭的手摸著扣在腰帶上的狗繩。

「這狗繩不是鋼鐵和尼龍，而是神經。你一端扣在自己身上，另一端扣在這隻狗上，不是為了要拖著他上街。你透過這根神經感覺他，他也會感覺到你，這根神經裡頭流動的東西，會流向兩端──焦慮、害怕、紀律、認可──就透過這根神經，你和你的狗不必看對方，不必說一個字。他可以感覺到，而你也可以感覺到。」

李蘭放開他的狗繩，又回去看著夸羅。

「你會努力，好吧，我知道你是個努力的人，但有些事情不能光靠努力。我觀察你八個星期了，你做了我要求你做的所有事情，但是我從來沒看到任何東西透過你的狗繩流動。你明白我在說什麼嗎？」

「我會更努力的。」

史考特正思忖著自己還能說什麼，此時坎姆．法蘭西斯打開他們後方的那扇門，一臉憂慮的表情，要李蘭去檢查一下東尼的腳。李蘭跟史考特說他馬上就回來，然後臭著臉匆忙離開。史考特又盯著夸羅看了兩分鐘，然後走向犬舍另一端，梅斯正在那裡沖洗狗籠。

史考特說，「嘿。」

梅斯說，「小心不要被濺溼了。」

那隻牧羊犬趴在狗欄後方一個寵物軟墊上，頭放在兩隻前腳之間。她是一隻典型的黑與黃褐夾雜的德國牧羊犬，黑色的口鼻後方是淺褐色的臉，頭頂上一道黑色的斑，黑色的大耳朵。她的眉毛皺起，目光從史考特轉向梅斯，然後又轉回來。身體的其他部分都沒動。一個硬橡膠玩具躺在報紙上沒動，還有一個皮革咀嚼玩具和一碗清水也是。狗欄側面寫著一個名字，史考特歪著頭閱讀。瑪姬。

史考特猜想，她一定有將近四十公斤。比馬利鱷魚大多了。她的胸部和臀部都有典型牧羊犬的那種壯實，但是吸引他的，是她後腿及臀部那幾道無毛的灰線。他擠過那個狗籠想看得更清楚，發現她的目光跟著他。

「這隻是瑪姬？」

「是啊。」

「她是我們的？」

「不。捐贈的狗。南邊的歐申賽德那邊有一家人認為我們或許用得著她，但是李蘭要把她退回去。」

史考特審視著那些灰線，判定那是疤痕。

「她發生了什麼事？」

「在阿富汗受傷了。那些疤痕是開刀的痕跡。」

「不會吧。她是軍犬？」

「這位小妞可是美國海軍陸戰隊隊員。她復元得還不錯，但是李蘭說她不適合。」

「她以前做過什麼樣的工作？」

「她是雙功能軍犬。巡邏和偵爆。」

史考特對軍犬幾乎一無所知，只知道他們所受到的特殊訓練非常嚴格。

「她是被炸傷的？」

「不是。她的領犬員被一個帶著自殺炸彈的瘋子給炸了。這隻狗就在那裡陪著他，然後有個混帳狙擊手想殺掉她。」

「不會吧。」

「是真的。她中了兩槍，李蘭說的。她就陪在夥伴旁邊，不肯離開。我猜是想要保護他吧，還甚至不肯讓其他海軍陸戰隊的隊員靠近他。」

史考特望著那隻德國牧羊犬，覺得梅斯和整個犬舍都逐漸淡去，他又聽到了那一夜的槍聲——那自動步槍連發的轟隆聲，同時手槍像鞭子揮擊般的聲音。然後瑪姬褐色的雙眼對上他的，他又回到了犬舍。

史考特咬著頰內的肉，然後清了清嗓子才開口。

「當時她不肯離開。」

「聽說是這樣。」

史考特注意到瑪姬怎麼觀察他們。她的鼻子不斷在工作，吸入他們的氣味。即使她伏在地上沒動，史考特知道她的焦點在他們身上。

「如果她復元得不錯，那李蘭是嫌她什麼？」

「她對聲音的反應很糟糕，這是其中之一。看看她趴在後頭那邊，一副膽怯的樣子？李蘭認為她有壓力症。狗也跟人一樣，會有創傷後壓力症候群的。」

史考特覺得臉燒紅起來，於是打開柵門以掩飾他的氣惱。他想著梅斯和其他領犬員或許也是在背後這樣講他。

史考特說，「嘿，瑪姬，你好嗎？」

瑪姬還是趴在那裡，耳朵往後折，這是屈服的跡象，但她瞪著他的眼睛，可能表示攻擊。史考特緩緩走近她，瑪姬一路盯著看，但是雙耳還是往後折，沒發出警告的低吼。他朝她伸出手。

「你很乖吧，瑪姬？我叫史考特。我是警察，所以別為難我，好嗎？」

史考特蹲在離她兩呎的地方，觀察著她的鼻子運作。

「我可以拍拍你嗎，瑪姬？讓我拍你好不好？」

他緩緩把手朝她移得更近，離她腦袋六吋時，她忽然咬他。她動作奇快，咆哮著咬下去，他猛地起身往後，但手指末端已經被咬到了。

梅斯大叫，衝進狗欄裡。

「天啊！她咬到你了？」

瑪姬放棄攻擊的速度跟咬他一樣快，這會兒已經又趴在地上。之前史考特往後跳，此時站在離她三呎處。

「老兄，你在流血欸。我看看。她咬得很深嗎？」

史考特用手帕按住傷痕。

「沒什麼。」

他看到瑪姬的目光從他轉到梅斯身上，又轉回來，彷彿必須同時觀察他們兩個，因為其中一個可能會攻擊。

史考特發出撫慰的聲音。

「你之前傷得很重啊，小妞。沒錯，你傷得很重。」

我敢說我中槍的次數比你多。

他又蹲下來，再度伸出手，讓瑪姬聞他的血。這回她讓他碰觸她。他張開手指，撫過她雙耳間柔軟的毛皮，然後緩緩後退。她還是趴在地上，望著他和梅斯退出狗欄。

梅斯說，「這就是為什麼要把她送回去。李蘭說他們一旦受過這樣的創傷，就再也不會好起來了。」

「李蘭這麼說？」

「我向上帝發誓。」

史考特留下梅斯繼續沖洗瑪姬的狗籠，自己回頭走過辦公室，來到外頭，碰到李蘭正要回來。

李蘭說，「你和夸羅準備好要工作了嗎？」

「我想要那隻德國牧羊犬。」

「那隻不能給你。蜘蛛是要給波金斯的。」

「不是蜘蛛。是你打算退回去的那隻，瑪姬。讓我跟她合作看看。給我兩星期。」

「那隻狗不好。」

「給我兩星期，讓你改變想法。」

李蘭還是慣有的臭臉，然後再度變得若有所思，手指摸著他的狗繩。

「好吧，兩星期。她就交給你了。」

史考特跟著李蘭回到裡頭，去領他的新狗。

5

多明尼克・李蘭

幾分鐘後，李蘭又回到外頭，站在磚房投下的短短影子裡，雙臂交抱在胸前，看著史考特・詹姆斯和那隻狗合作。梅斯跟他一起站了一會兒，但是覺得無聊，於是又進去裡頭繼續忙他的。

李蘭沒說什麼話，只是觀察著眼前人與狗的互動。

稍早，在他們出來之前，李蘭在裡頭跟著史考特走向那隻牧羊犬。

「帶她出去，跟她自我介紹。我會在旁邊看。」

李蘭沒再多說一個字，就轉頭離開，到外頭等。過了一會兒，史考特・詹姆斯警員用狗繩牽著狗從磚房的另一頭出來。狗很適當地走在詹姆斯的左邊，走路時也沒有試圖離開他身邊，但是這不能證明什麼。那隻狗之前受過海軍陸戰隊的訓練。李蘭對於她受的訓練並不懷疑，之前評估時，他自己就親眼見識過了。

詹姆斯警員朝他喊。

「你希望我做什麼特定的動作嗎？」

我，而不是我們。這就是你的問題，就是這個。

李蘭的回答是一張臭臉。過了一會兒，詹姆斯就被李蘭的臭臉搞得洩了氣，於是逕自開始。他做了幾個九十度左轉和右轉，然後左右繞圈小跑，那隻狗始終在正確的位置，只有停下時除外。停下時，那隻狗就垂下頭，夾緊尾巴，而且弓著身子，像是想躲起來。詹姆斯警員似乎沒注意到這點，即使他常常朝狗看。

等到李蘭確定詹姆斯的注意力都集中在那隻狗身上，就從口袋悄悄掏出一把黑色的起步槍，扣下扳機，射出一發點二二口徑的空包彈。這把槍是用來測試新狗對響亮、非預期聲音的容忍度。而會被槍聲嚇壞的狗，對警方就沒有什麼用處了。

那轟然槍聲傳遍訓練場，場上的人和狗都嚇了一跳。

詹姆斯和那狗都同時歪了一下，但那狗夾緊尾巴，想躲進詹姆斯的雙腿之間。當詹姆斯看過來時，李蘭舉起那把起步槍。

「壓力反應。警犬可不能聽到槍聲就嚇得半死。」

詹姆斯有好幾秒都沒說話。李蘭正要問他到底看什麼看，詹姆斯就彎腰摸那狗的頭。

「是啊，長官，不能這樣。我們會改進的。」

「長撫摸。從她的脖子開始，一路往後撫到她的尾巴。他們喜歡長撫摸。他們的媽媽就是這樣對待他們的。」

詹姆斯撫摸她，長而緩慢，但雙眼盯著李蘭，而不是跟那狗建立關係。於是李蘭被氣得長篇教訓起他來。

「跟她講話，該死。她不是家具。她是上帝創造的生命，而且她會注意聽你講的。我常常看到一些該死的人帶狗散步，一邊對著電話講個沒完沒了，搞得我真想踢他們的娘炮屁股。他們既然想講電話，幹嘛還要養狗？那隻狗會了解你的，詹姆斯警員。她會了解你心裡在想什麼。難道我是在對著草地和狗屎大吼嗎？或者你明白我在跟你說什麼？」

「我明白你講的，警佐。」

李蘭看著他撫摸那隻狗，跟狗講話，然後他又大喊。

「障礙場。」

障礙訓練場是一連串跨欄和爬行的關卡。李蘭已經帶著瑪姬走過五次了，所以他知道會發生什麼事。她爬行沒問題，比較低的跨欄也可以輕易通過，但到了最後一關、最高的障礙——一道五呎高的牆——之時，她就會卡住。第一回李蘭帶她通過的時候，以為她是因為臀部的傷口痛，或是沒力氣了，但他撫摸她，跟她講話，等到再試一次，她又拚命扒著地後退，讓他看得心碎。這會兒，李蘭看著詹姆斯警員帶她走向那個高欄三次，她全都停下不肯前進。第三次她還張開四腿，轉向詹姆斯吠叫。值得讚許的是，詹姆斯沒有拉狗繩，也沒有抬高嗓門，或試圖逼她。他只是退開，跟她講話，直到她冷靜下來。李蘭知道詹姆斯警員還有其他一百種辦法可以幫助她，但整體來說，他肯定詹姆斯的反應。

李蘭又朝他們喊出另一個指示。

「離開。做聲音指令。」

詹姆斯帶著瑪姬離開障礙訓練場，解開扣在她頸圈的狗繩，然後進行基本的聲音指令。他叫她坐下，她就坐下。他叫她待著，她就待著。待著、坐下、來、跟隨、趴下。她還得學習洛杉磯市警局的情境指令，跟軍方的指令不同，但是這些一般指令她都做得夠好了。過了十五分鐘，李蘭又朝他們喊。

「她做得不錯，給她獎勵。」

李蘭也帶著她經歷過這些，等著看接下來會發生什麼。訓練狗的最佳方式是以獎勵系統為基礎。不要因為一隻狗做錯事情而懲罰她，而是因為她做對事情而獎勵她。狗做了你希望的事情，你要加強這種行為，就給予獎勵——拍拍他們，說他們好乖，讓他們玩玩具。他們警犬隊的制式獎勵是一個硬塑膠球，上頭鑽了一個洞，李蘭喜歡在裡頭抹一點花生醬。

李蘭觀察著詹姆斯從口袋掏出那顆塑膠球，在那狗的面前揮一揮。她沒顯露出任何興趣。詹姆斯把球朝她面前丟，想激起她的興奮，但她只是閃到一邊，顯然被搞得很緊張。李蘭聽得到詹姆斯講話時那種尖細的高音調，狗會認為那種聲音是讚許。

「這個給你，小妞。你想要嗎？想去追嗎？」

詹姆斯把球扔過她前方，看著球在場地上彈跳。那狗繞過詹姆斯的雙腿，在他後方坐下，面對著反方向。之前李蘭犯的錯，就是把那顆該死的球丟很遠，丟到場地中央，害他還得自己大老遠去撿回來。

這會兒李蘭朝他們喊。

「今天這樣就夠了。幫她收拾東西，帶她回家。給你兩星期。」

李蘭回到自己的辦公室，發現梅斯．史蒂瑞克正在喝一罐不冰的健怡可樂。

一如李蘭預期，梅斯皺起眉頭。他對這些手下跟對他的狗一樣熟悉。

「你為什麼要給他那麼差的狗，浪費他也浪費我們的時間？」梅斯問。

「那隻狗不差。她只是不適合執行我們的任務。如果他們會頒獎章給狗，那她早就得到很多了。像你這種娘炮是拿不到的。」

「我聽到剛剛那一槍。她又想躲起來了嗎？」

李蘭重重坐在他的椅子上，身子往後靠，抬起雙腳。思索著自己剛剛所看到的。

「想躲起來的不光是狗而已。」

「什麼意思？」

李蘭決定好好想一下。他從口袋掏出一個裝著口嚼菸的金屬盒，塞了一團到下唇後方，慢慢含著。他從椅子旁的地上拿起一個髒的保麗龍杯，朝裡啐了一口，然後把杯子放在他桌上，朝梅斯抬起雙眉。

「可樂分我喝一口？」李蘭問。

「你嘴裡有那髒玩意兒，不行。」

李蘭嘆氣，然後回答梅斯之前的問題。

「他的心沒放在上頭。他可以把工作做得夠好，否則我不會讓他通過的。但是他們應該讓他因傷退休才對。天曉得，他有這個資格。」

梅斯聳聳肩，沒說話，又喝了點可樂，聽李蘭繼續說。

「每個人都在幫那個年輕人，而且，天曉得，我也非常同情他發生的那些事情，但是你跟我一樣明白，我們收他是被迫的。我們放棄了其他更好、更有資格的申請人，給了他這個位置。」

「或許吧，但是我們得照顧自己人。以前向來如此，以後也永遠如此，這本來就是應該的。他付出了那麼多。」

「這一點我不反對。」

「聽起來你就是反對啊。」

「該死，你明知道我不是那樣的人。他們可以給他一千種不同的工作，但我們是警犬隊。我們不是其他工作。我們是愛狗人啊。」

梅斯不得不同意。

「沒錯，我們是愛狗人。」

「他不是。」

梅斯又皺起眉頭。

「那你為什麼要給他那隻狗？」

「他說他想要。」

「我常常跟你說我想要這個那個，但是你從來不給。」

李蘭的口嚼菸在嘴裡慢慢含著，啐了一口，想著他大概得去弄罐可樂來，沖掉那個味道。

「那隻可憐的畜牲不適合這份工作，我懷疑他也不適合。我向上帝祈禱我是錯的，真的，但眼前就是這樣。他們靠不住。那隻狗會有助於他了解他不適合這份工作。然後她會送回給原來那家人，而他會退休或轉到其他比較適合的工作，這樣我們大家都會比較開心。」

李蘭從唇後挖出那團剩下的菸草，扔進杯子裡，然後站起來去找喝的。

「你去看看他是不是需要你幫忙拿狗籠。把那隻狗的檔案交給他帶回家，叫他好好閱讀。我要他明白這隻狗有多好。叫他明天早上七點整回到這裡來。」

「你要幫忙重新訓練她嗎？」

有創傷後壓力症候群的狗跟人類一樣，會有壓力反應，有時候可以重新訓練，但那是一段漫長的過程，訓練者必須付出很大的耐心，而且狗必須對訓練員非常信任。

「不，我不會。他想要那隻德國牧羊犬，我就給他。我給他們兩星期，然後我會重新評估她一次。」

「兩星期不夠久。」

「沒錯，是不夠。」

李蘭走出去找可樂，想著有時候他很愛自己的工作，但有時候則否。今天就是那種可悲的日子。他期待著稍後回到家裡，帶著他自己的狗出去走一走。那是一隻退休的阿拉斯加雪橇犬，名叫金潔。他們散步時，他們會長談，這隻母狗總是能讓李蘭好過一點。不論這一天過得多麼糟糕，她總是能讓他覺得好過一點。

6

史考特把駕駛座往前扳，屁股擋著車門，讓那隻狗出來。

「來吧，狗兒。我們到家了。」

瑪姬的頭往前探出幾吋，嗅著空氣，慢吞吞跳下車。史考特的龐帝克火鳥Trans Am不是大車。她之前塞在後座裡，但從格倫代爾到他位於影視城的家的這段車程，她似乎很享受。史考特把車窗都打開了，她就趴在後座上，吐出舌頭，瞇上眼睛，讓風吹拂著她的毛，看起來滿足又愉快。

史考特很好奇，她下車時臀部會不會像他身側和肩膀那麼痛。

這是一條安靜的住宅區街道，離影視城公園不遠。史考特租了一棟一臥室的訪客屋。房東瑪麗楚・厄爾是一個瘦小、年紀八十出頭的老寡婦。她住在靠街道一棟小小的加州農莊式住宅裡，把後方那棟訪客屋出租以補貼收入。這棟外屋本來是泳池邊的小屋兼遊戲室，當時她家裡還有泳池和子女；但是等到她丈夫二十幾年前退休，他們就把泳池填平，改成花園，同時把泳池小屋改成訪客屋。到現在她丈夫已經過世超過十年了，史考特是她最新的房客。她常常跟史考特說，她喜歡有個警察就住得這麼近。有個警察住在訪客屋裡，讓她覺得很安全。

史考特把狗繩拴在瑪姬的項圈上，在車旁暫停一會兒，好讓她看看四周。他心想她可能會要小便，於是帶著她散步一小段路。史考特跟隨她的步調，隨她愛嗅那些樹木和植物多久都沒關係。一邊走，他一邊跟她講話，等到她停下來擔心一個氣味，他就一手沿著她的背部和身側撫摸。這些建立情誼的技巧是他從李蘭那邊學來的。長撫摸是緩和與安撫。狗知道你在跟他講話。大部分人遛狗時，都是以人為主，而不是狗。李蘭說，那些主人老是拖著小畜牲猛走，直到狗擠出一顆花生，然後就匆忙回家。狗想要嗅聞，他們的鼻子就是我們的眼睛，李蘭說。你想要讓狗享受一段好時光，就讓他們嗅聞。是她在散步，不是你。

當初史考特申請警犬隊的職位時，對狗幾乎是一無所知。一起受訓的西摩．波金斯家裡從小就訓練獵犬，艾美．巴柏則是中學時代在獸醫診所打工，而且從小跟媽媽在家裡養狗展的白色薩摩耶狗。在警犬隊裡，幾乎所有的資深領犬員都有長期跟狗相處的經驗。史考特完全沒有。當初他被都會司的指揮官和兩個同情的副隊長硬塞進來時，他感覺得到警犬隊那些資深成員的忿恨。所以他很注意李蘭講什麼，努力吸收他的種種知識，但是到目前為止，他還是覺得自己徹頭徹尾地愚蠢。

瑪姬小便了兩次，於是史考特轉身帶她回家。

「我們先送你進去，然後我再回來拿你的東西。我會介紹你認識房東太太。」

史考特帶著瑪姬進入院子側邊一道上鎖的柵門，然後沿著主屋往後走。他都是這樣到他的訪客屋，從來不走前門。每回他要找厄爾太太說話時，就會走到主屋的後門口，敲敲木門框。

「厄爾太太，我是史考特。有隻狗要介紹給你認識一下。」

他聽到她從書房裡的調節式躺椅起身，拖著腳步走過來，然後門開了。她瘦而蒼白，一縷縷頭髮染成深棕色。她朝瑪姬笑了，露出滿嘴假牙。

「啊，她好漂亮。看起來就像任丁丁。」❶

「這隻是瑪姬。瑪姬，這位是厄爾太太。」

瑪姬似乎非常自在，她平靜站著，耳朵向後，尾巴垂下，吐著舌頭喘氣。

「她會咬人嗎？」

「只咬壞人。」

其實史考特不確定瑪姬會怎樣，所以他緊抓著瑪姬的項圈，但是瑪姬很乖。她聞過又舔了厄爾太太的手，厄爾太太也摸了瑪姬的頭，又抓一抓她耳後那個柔軟的點。

「她好軟。這麼強壯的大狗怎麼會這麼柔軟？我們以前養過一隻可卡獵犬，但是他身上的毛老是纏結在一起，又好髒，而且兇得要命。我們家三個小孩他全咬過。最後我們只好讓他安樂死。」

史考特想趕緊介紹完。

「好吧，我想讓你們認識一下。」

「她尿尿的時候要注意。母狗會把草皮都毀掉的。」

❶ 任丁丁（Rin Tin Tin），一九二〇－三〇年代的好萊塢狗明星。

「是的，我會注意的。」

「她的屁股怎麼了？」

「她開過刀，現在都好了。」

史考特在厄爾太太繼續下去之前，趕緊拉著瑪姬離開了。訪客屋的正面是以往面對著泳池的玻璃拉門，側面有一道普通門。史考特平常都走那道普通門，因為那玻璃拉門卡住了，每次拉開都要搏鬥半天。玻璃拉門後方是寬敞的客廳，屋子後半則是臥室、浴室、廚房。客廳裡有一張小餐桌和兩張不成套的椅子，史考特的電腦放在靠近廚房的牆邊，對面牆邊是一張沙發和一張木搖椅，面對著一台四十吋的平面螢幕電視。

查爾斯．古德曼醫師不會喜歡史考特的住處。客廳牆上釘著一張大大的犯罪現場丁字路口手繪圖，跟史考特在歐索的辦公室裡看到的那張有幾分相似，但是他家的這張上頭充滿了小註記。八篇有關那場槍擊和後續調查的《洛杉磯時報》報導也都釘在牆上，另外還有關於那輛賓利汽車內的被害人和絲黛芬妮．安德司的側面報導。那篇絲黛芬妮的報導裡，有她洛杉磯市警局的半身檔案照。幾本不同大小的線圈筆記本散置在桌上和沙發和沙發旁的地板上。那些筆記本裡充滿了槍擊那一夜的描述和夢境和記憶。他的地板已經三個月沒吸塵了。他的碗盤都沒洗，於是現在都用紙盤。他大部分都吃外帶食物，或直接從罐頭裡吃。

史考特解開狗繩。

「就是這裡了，狗兒。我的家，也是你的家。」

瑪姬往上看了他一眼，然後去看那扇關著的門，接著打量著客廳，好像很失望。她的鼻子抽動著猛嗅。

「把這裡當自己家。我去拿你的東西。」

他花了兩趟才搬完她的東西。第一趟是拿她的折疊式狗籠和睡墊，然後是金屬狗食碗和水碗，還有一袋二十磅的乾狗糧。這些東西是警犬隊提供的，但是史考特打算再自己去買些玩具和獎勵食物。他第一趟搬回來時，瑪姬已經趴在餐桌底下，就像他在之前訓練所的狗欄所看到的那樣——肚子貼地，雙腳放在前面，頭放在兩腳之間的地上，望著他。

「你還好嗎？你喜歡待在桌子下面？」

他本來希望她搖一下尾巴，但結果她只是看著他。

史考特回頭走向門時，歐索打電話來了。

「你要看我們的資料，可以明天上午過來嗎？」

史考特想到李蘭的臭臉。

「我明天上午要跟狗訓練。可不可以接近中午的時候？十一點或十一點半。」

「盡量十一點吧。要是我們接到通知要出去，我會再傳簡訊給你。」

「很好，謝了。」

史考特猜想，他去大船的時候，可以把狗留在訓練所的犬舍。

等到他把狗糧和兩個碗搬進屋時，瑪姬還在桌子下頭。他把兩個碗放在廚房，裝了水和食物，但是她似乎對兩者都毫無興趣。

史考特本來打算把她的狗籠放在臥室，但這會兒放在桌旁。她在桌子底下似乎很舒適，現在他懷疑她是不是去臥室和浴室裡逛過，也或許她憑鼻子就已經得知自己所需要知道的一切了。

他一把狗籠打開來放好，她就從桌子底下走出來，鑽進狗籠裡。

「我得把墊子放進去。拜託，出來吧。」

史考特後退，朝她下令。「來，來，瑪姬。來這裡。」

她只是瞪著他看。

「來。」

她沒動。

史考特跪在狗籠門口，讓她嗅他的手，然後緩緩朝她的頸圈伸手。她吼叫。史考特縮回手並後退。

「好吧，那就不要墊子了。」

他把睡墊放在狗籠旁的地上，然後自己去臥室換衣服。他脫掉制服，迅速沖了個澡，換上牛仔褲和一件塔可餅店的T恤。就連把T恤套過頭上時，都痛得要命，害他雙眼含淚。

等到把制服掛進衣櫥後，他注意到一個褪色運動袋裡以前的網球球具，又找到一罐沒開封的鮮綠色網球。他打開罐子的拉環，拿出一個亮得像會發光的新球。

史考特走向門，把那球丟進客廳。球彈跳過地板，擊中另一頭的牆壁，滾著停下。瑪姬從狗籠裡衝出來，撲向那顆球，然後鼻子湊上去。她的雙耳往前豎起，尾巴挺直朝上。史考特以為自己幫她找了個玩具，但接著她的耳朵軟下來，尾巴垂下。她好像縮小了，看看左邊，又看看右邊，好像在尋找什麼，接著就回到狗籠了。

史考特走向那球，然後打量著瑪姬。她肚子貼地，雙腳前伸，腦袋放在雙腳中間，望著他。

他把球用力踢向牆壁，球回彈。

瑪姬的目光短暫跟著那球，但是又毫無興趣地回到他身上。

「餓了嗎？我們會吃飯，然後再去散步。這樣好嗎？」

他把一塊冷凍披薩放進微波爐，調了三分鐘，開始加熱。趁著微波爐嗡嗡作響時，他去找冰箱，拿出半包波隆那香腸，一個白紙盒裡有兩個剩下的四川抄手，另一個紙盒裡有剩下的揚州炒飯。他把微波爐打開，拉出披薩，把抄手倒在上頭，再蓋上炒飯，然後用一個紙盤罩住，又放回微波爐，再加熱兩分鐘。

等著晚飯加熱時，史考特挖了兩匙乾狗糧到瑪姬的碗裡，又拿了幾片波隆那香腸撕成碎片，放進狗糧裡頭，淋上一點熱水。他用手抓了抓，然後拿起一塊波隆那香腸到狗籠，放在瑪姬的鼻子前面。

嗅，嗅。

她吃掉了。

「希望這玩意兒不會害你吐出來。」

她跟著他走進廚房，史考特從微波爐裡取出披薩，去冰箱拿了一瓶可樂娜啤酒，一起在廚房地板上吃晚飯。她吃的時候，他撫摸著她，照著李蘭說的，長而順的撫摸。她沒留意，但是似乎也不介意。等到她吃完了，就回到客廳，史考特以為她要回狗籠，但她停在房間中央的那顆網球旁，垂著頭，鼻子努力嗅，大而長的耳朵轉動著。史考特認為她盯著那顆球看，但是無法確定。然後她進入臥室，史考特跟著，發現她頭伸進他的網球袋，又退出，看著他，繞著他的床走，一直嗅著。最後又回去網球袋那邊一下，就走進浴室。他很好奇她是不是要找什麼，但是判定她只是在探險，接著傳來她舔水的聲音。史考特心想，要命，他以後得把馬桶蓋都蓋住才行。舔水聲停止後，瑪姬回到她的狗籠，史考特則來到電腦前。自從他離開大船後，就一直想著歐索描述的那樁竊案。

他利用Google地圖找到自己九個月前遭到槍擊的地點，然後將衛星地圖一直放大，進入街景模式。他已經用這個方式看過幾百次那個岔路口，還有那輛跑掉的福特車後來被棄置的位置。但這回，他把地圖沿著那輛肯沃斯卡車出現的小街往前。離丁字路口的第三個店面，他找到了尼爾森·申的店。他從櫥窗外頭金屬捲門上面漆的韓文認出那個地點，韓文底下還漆著英文的「亞洲風物店」。那些字褪色了，幾乎被幫派標誌和塗鴉掩蓋。

史考特又把地圖縮小，看到申先生的店佔據了一棟四層樓房的一樓，兩邊各有一家店。史考特繼續往下，來到下一個交叉路口，這才發現那是一條小巷。街景模式沒進入那家店，所以史考特把地圖一直縮小，直到又成為衛星地圖模式，從高空的角度俯瞰下去。那排店面後方的小巷裡有一塊小小的卸貨區。幾個垃圾子母車靠著樓房的牆壁放著，史考特看到了一些像是老舊的火災逃生梯，但是因為角度不好，所以他也不確定。屋頂看起來是每棟的高度不太一樣，有的有天窗，有的沒有。他又把地圖縮小，發現那一夜如果有人在屋頂上，就可以把下方發生的一切看得很清楚。

史考特把那個影像印下來，釘在他所繪製的犯罪現場簡圖旁邊。歐索給了他一個好線索，現在他想親自去看看那條巷子，而且想去問歐索是否還知道尼爾森．申的其他事情。

到了黃昏他帶瑪姬出門時，心裡還在想這件事情。他們走到她大號，他用塑膠袋撿起狗便，然後帶她回家。這回他搶先趕到狗籠前，把睡墊放進去。一等到他的手退出狗籠，她就進去，轉了兩圈，側躺下來，嘆了口氣。她那樣躺下，他就看得到她手術疤痕形成的灰線。灰色是她的皮膚，那裡的毛沒再長出來。看起來像是她身體側面有個大大的Y字形。

史考特說，「我身上也有疤痕。」

他想著那個射傷她的狙擊手，不知是不是用AK－四七自動步槍。他想著她當時是否知道自己中彈了，或者那衝擊和疼痛是她無法了解的、不知源頭的驚訝。她知道有個人把子彈射進她身體裡面嗎？她知道有人想殺她嗎？她知道當時自己差點死掉嗎？她知道自己可能會死嗎？

史考特說，「我們死了。」

他一隻手輕放在那Y字形上，準備好她一吼就要縮回來，但她還是保持沉默不動。他知道她沒睡著，但她也沒有動。摸著她的感覺很舒服。他已經很久沒有跟另一個生物分享他的家了。

「我的家，也是你的家。」

稍後，他又回去研究尼爾森．申屋頂的那張圖，然後拿著一本線圈筆記本坐在沙發上。他寫下了去古德曼醫師那邊進行心理諮商所記得的一切。就像以前每回諮商回來那樣，他從頭到尾描述他所記得的那一夜，慢慢填寫著這本筆記本，就像他填滿其他的。但是這回他加上了白色鬢角。他寫是因為有時寫字有助於集中思緒。他寫著寫著，覺得眼皮沉重，筆記本掉下，他睡著了。

7

瑪姬

那男人的呼吸變得淺而穩定，心跳慢下來，等到他的脈搏沒再減緩，瑪姬知道他睡著了。她的頭抬得夠高，可以看到他。但其實她不需要看他。從他身體放鬆、冷卻而改變的氣味，她聞得出他睡著了。

她在狗籠裡坐起身，轉頭仔細瞧。他的呼吸和心跳沒有改變，於是她走出狗籠，靜立一會兒，觀察他。人們來了又離開。有的跟她在一起比較久，但接著又走了，她再也沒有見到過。沒有一個是她的團隊。

彼得是跟她在一起最久的。他們是團隊。然後彼得走了，身邊的人換了又換，最後瑪姬跟一個男人和女人在一起。那一男一女和瑪姬成為團隊，但是有一天，他們關上她的狗籠，現在她來到這裡。瑪姬還記得那女人強烈的甜香，以及疾病在那男人體內生長的酸味，她永遠會記得他們的氣味，就像她也會永遠記得彼得的氣味。她的氣味記憶會持續到永遠。

她靜靜走向那個睡著的男人，嗅嗅他的頭髮、他的耳朵、他的嘴，以及他呼出的氣息。每一種都有其獨特的氣息與味道。她沿著他的身子從頭聞到腳，注意到他T恤和手錶和腰帶和長褲和襪子的氣味，以及衣服底下每個部位不同的鮮活氣息。她嗅聞的時候，聽到他的心跳和呼吸和血液沿著他的血管流動，以及他活人身軀的種種聲響。

等她研究完這個人，就靜靜沿著客廳邊緣走，嗅聞牆壁和落地窗底部。沿著門底的小縫隙，夜間的冰涼空氣由此滲入，而且來自戶外的種種氣味最強烈。她聞到老鼠在外頭的果樹裡吃柳橙，聞到凋萎玫瑰的芬芳，聞到樹葉和青草的鮮明氣息，還有螞蟻沿著外牆行走的酸澀味。

瑪姬長長的德國牧羊犬鼻子裡，有超過兩億兩千五百萬個嗅覺接受器，跟小獵兔犬一樣多，是人類的四十五倍，比她多的只有少數的群獵犬。她的腦子有整整八分之一是專門用於她的鼻子，使得她的嗅覺比這個睡著的男人厲害一萬倍，而且比任何科學儀器都要靈敏。若是讓她聞過某個特定男人的小便，那麼只要有一滴同樣的尿稀釋在一座游泳池裡，她也可以認得並鑑別出來。

她繼續繞著客廳，聞到那男人跟她出門散步後帶回來的樹葉和青草碎片，接著她循著一隻老鼠穿過地面的痕跡聞過去。她認出活蟑螂留下的路徑，知道哪裡藏著死掉的蟑螂和蠹魚和甲蟲。

她的鼻子帶領她回到那顆綠球，也令她想到彼得。這顆球的化學氣味很類似，但是沒有彼得的氣味。彼得從來沒碰過這顆球，沒握過它，沒丟過它，或拿著藏在背心裡過。這個球不是彼得的球，卻讓她想起他，其他某些熟悉的氣味也會讓她想起他。

瑪姬追著那些氣味再度進入臥室，找到那個男人的槍。她聞到子彈和槍油和火藥，但依然沒有彼得的氣味。彼得不在這裡，從來沒有來過。

瑪姬聞到浴室裡的水，於是回去要喝，但現在那個白色大水盆蓋住了，於是她退出來，去廚房喝了水，然後回到那個睡著的男人旁邊。

瑪姬知道這屋子是這個男人的住處，因為他的氣味成了屋子的一部分。不是單一的氣味，而是很多氣味。頭髮、耳朵、氣息、腋下、雙手、胯下、直腸、雙腳——每一部分都有一種不同的氣味，種種氣味混合起來，成為另一種獨特的氣味，對瑪姬來說，就像彩虹的顏色之於人類那樣清晰易辨。這些氣味組成了這個人，跟其他人類的氣味截然不同。他的氣味融入了牆、地板、油漆、地毯、床、浴室裡的毛巾、衣櫃裡的衣物、槍、家具、他的衣服和腰帶和手錶和鞋子。這裡是他的地方，不是她的，然而她現在被帶到這裡了。

瑪姬的狗籠就是她的家。

人和地方不斷改變，但狗籠始終一樣。那個男人帶她來的這個地方陌生又毫無意義，但她的狗籠在這裡，她在這裡，所以這裡就是家。

瑪姬從小受過警戒和保護的訓練，所以現在她就是在做這些，站在這個平靜的房間裡，靠近那個睡著的男人，觀察、傾聽、嗅聞。她透過耳朵和鼻子偵測這個世界，沒發現任何威脅。一切都很好，一切都很平安。

她回到狗籠旁，但是沒進去，而是溜到餐桌底下。她轉了三圈，直到她覺得整個空間沒問題，然後趴下身子。

整個世界寧靜、和平，而且安全。她閉上眼睛睡覺。

然後瑪姬開始作夢。

8

——那自動步槍轉向他，離得好遠的一個小東西，但現在不一樣了。那槍管發出鉻鋼的光澤，像一根細針那般又長又尖。它發亮的尖端找到他，看著他，一如他也看著它，然後那針尖朝他爆炸，恐怖危險又銳利，這個可怕的銳利針尖就要刺進他的雙眼——

史考特猛然醒來，絲黛芬妮褪去的聲音依然迴盪著。

史考特，回來回來回來回來。

他的心臟怦怦跳，脖子和胸部都因為汗水而發黏。他的身子顫抖著。

凌晨兩點十六分。他躺在沙發上。廚房和臥室的燈都沒關，沙發邊緣他頭頂上的那盞燈也還亮著。

他深呼吸幾次，讓自己冷靜下來，然後注意到那隻狗不在狗籠裡了。就在他睡著的時候，她離開了狗籠，爬到餐桌底下。她側躺著，睡著了，但是爪子抽搐且微動，好像在奔跑，還一邊發出嗚咽和哀鳴。

史考特心想，那隻狗在作惡夢。

史考特站起來，被身側的劇痛和雙腿的僵硬搞得畏縮了一下，然後跛著腿走向她。他不曉得是不是該叫醒她。

他緩緩坐在地上。

她還在睡，發出低吼，然後是一個類似吠叫的悶喊聲，接著整個身子抽搐。她猛然驚醒，站直身子，咆哮又亂咬，但不是對著史考特。他還是猛地往後縮，在那一刻，她忽然明白自己身在何處，無論夢到的是什麼，都不見了。她看著史考特，耳朵往後折，然後呼吸著，伏下身子，頭垂到地上。

史考特緩緩撫摸她，一隻手撫過她頭上。她閉著眼睛。

史考特說，「你沒事了。我們都沒事了。」

她嘆氣，用力得身體都跟著打顫了。

史考特穿上鞋子，拿了自己的皮夾，還有手槍，以及狗繩。他拿起狗繩時，瑪姬站起來抖抖身子。或許今夜她可以再入睡，但是他沒辦法。他絕對不可能再回去睡覺了。

史考特把狗繩扣在她的頸圈上，帶著她出門到汽車旁，扶著車門讓她跳進後座。在夜裡的這個時間，快兩點半了，路上車子不多。他開到文圖拉高速公路，轉入好萊塢高速公路南下，不到二十分鐘就開到市中心。這條路線、這個凌晨時分，他開過很多次。每回他夢到絲黛芬妮喊著他而驚醒，就沒有別的選擇，只能開車跑這麼一趟。

他把車停在槍擊那一夜的同樣位置，就在那個小小的丁字路口，當時他們停下來傾聽寂靜。

史考特說，「關掉引擎。」

每回他來，都說同樣的話，然後關掉引擎。

瑪姬站起身，身子往前探入兩個座位間的空隙。她塊頭太大了，擠在車裡，這會兒腦袋比他的還高。

史考特看著前方的空蕩街道，但又覺得街道不是空的。他看到了那輛肯沃斯卡車，看到了賓利轎車，也看到了那些穿黑衣的男子。

「別擔心。我會保護你的。」

那一夜他也說了同樣的話，但這回只是耳語。

他瞥了瑪姬一眼，又回去看著街道，只不過這回街道的確是空蕩的了。他傾聽著瑪姬喘氣，感覺到她的溫暖，聞到她強烈的狗味。

「我的搭檔被殺害了。就發生在這裡。」

他雙眼湧上淚水，忽然哭得好兇，哭得彎腰。他停不下來，也不想停。痛苦化為一陣猛烈的抽泣，充滿他的鼻子，模糊他的雙眼。他抽噎又喘氣，緊閉起眼睛，雙手蒙住臉。淚水和鼻涕和口水成串從他下巴滴落，同時他聽到自己的聲音。

關掉引擎。

別擔心，我會保護你的。

接著絲黛芬妮的聲音揚起，糾纏著他不放。

史考特，別離開我。

別離開我。

別離開。

他終於平靜下來，擦掉雙眼的淚水，發現瑪姬正在看著他。

他說，「我沒跑掉。我向上帝發誓我沒有，但是她不——」

瑪姬的耳朵往後，深褐色的眼珠和善。她哀鳴一聲，彷彿感覺到他的焦慮，然後舔他的臉。

別離開我。

史考特的眼淚又冒出來，同時閉上眼睛，任由瑪姬舔掉他臉上的淚水。

別離開。

史考特把瑪姬拉近，臉埋在她的皮毛裡。

「你做得比我好，狗兒。你沒離開你的搭檔。你沒有辜負他。」

瑪姬又哀鳴一聲，想要抽回身子，但是史考特緊擁著她，不肯放手。

第二部

瑪姬與史考特

9

史考特和瑪姬預定要那天早上七點到達訓練所，但是史考特提早出門，又回到了槍擊案現場。他想在白天的光線下，察看中先生的那棟樓房。

他循著三小時前的同一條路線開車，不過這回他駛近那個丁字路口時，瑪姬站起身，耳朵往前豎起。

史考特說，「記性真好。」

她發出低鳴。

「你會習慣的，我常常來這裡。」

瑪姬的身子還是從兩個前座之間擠出來，察看著周圍的環境。

此時是早晨五點四十二分，天亮了，不過還很早。幾個行人正沿著人行道往前，街上有許多卡車忙著送貨。史考特推開瑪姬，免得她擋住視線。然後他把車轉入之前肯沃斯卡車出現的那條街道，停在中先生的店門口。

史考特幫瑪姬扣上狗繩，帶著她下車來到人行道，打量著那家亞洲風物店。那店看起來就像Google上的照片一樣，只不過有更多塗鴉了。櫥窗外頭罩著防盜的金屬捲門，就像一般的車庫門一樣。捲門底下還有掛鎖，拴在打進人行道上的鋼環。前門上有個沉重的鋼製門閂，鎖進牆壁。

中先生的小店看起來像是儲藏國庫黃金的諾克斯堡，但是也不稀奇。這條街的其他店都有類似的保護。差別在於中先生的鎖、窗罩、門上頭都蒙著厚厚一層沒被碰過的污垢，顯然已經很久沒打開過了。

史考特牽著瑪姬朝店後方的巷子走去。她按照以往的訓練，走在他的左側，但是太貼近了，而且耳朵和尾巴都垂著。他們經過兩個反方向走過來的拉美裔女人時，瑪姬移到史考特後方，還得逼著她，她才肯走到他右側。她不時朝經過的汽車和巴士看上一眼，好像害怕其中　輛會衝上人行道。

到了巷口，史考特停下來，彎腰撫摸她的背部和身側，腦中想起李蘭訓誡的聲音：

這些狗不是機器，該死。他們是有生命的！他們是活生生、有感覺、上帝創造的溫血動物，而且他們會全心全意愛你！當你老婆或丈夫背著你偷吃的時候，他們還是愛著你！當你那些忘恩負義的混蛋子女恨死你的時候，他們還是愛著你！他們看到你最可恥的言行，都不會批判你！這些狗會是你所能期盼最真誠、最能幹的搭檔，而且他們會為你捨命。而他們唯一要求的，唯一想要或需要的，也是你唯一要付出的代價，就只是一句體貼的話。該死，我所認識最好的十個人，都還不如我在這裡所看過最差的狗，而你和這隻狗都不在其中。別忘了我是多明尼克·李蘭，我從來不會錯的！

三個小時前，這隻活生生、有感覺、上帝創造的溫血動物舔掉他臉上的淚；而現在，當一輛垃圾車轟隆駛過時，她全身發抖。史考特搔搔她的頭，撫摸她的背，然後在她耳邊低語。

「沒事的，狗兒。如果你害怕，那很正常。我也很害怕。」

這些話，他從沒跟其他活人或動物講過。

想到這裡，史考特眼睛泛淚，但是他繼續撫摸瑪姬的背部，又說了一次。

「我會保護你的。」

史考特直起身子，擦掉淚水，從口袋掏出一個透明的塑膠夾鏈袋。之前他在家裡把波隆那香腸切成小塊，帶在身上當成獎品。一般不贊同用食物當獎勵，但是史考特覺得有用就好。

他還沒打開袋子，瑪姬就往上看。她的雙耳有力地豎直，鼻孔閃爍且舞動。

「你好乖，寶貝。你好勇敢。」

她飢渴地吃下一塊，又哀鳴著想要更多，不過是好的哀鳴。他又餵了她一塊，把袋子收進口袋，轉身朝巷子前方繼續走。現在瑪姬的腳步比較有精神了，而且不時朝他的口袋偷看一眼。

申先生那棟樓房背後的卸貨區，是讓店主們裝卸貨物、丟垃圾用的。其中一扇門外停著一輛淺藍色的廂型車，側邊的車門開著。一名魁梧的亞裔年輕人拉著一台堆著箱子的運貨拖車，從店裡出來，把那些箱子搬到廂型車上。那些箱子上印著「瑪黎世界島」的標誌。

史考特牽著瑪姬繞過廂型車，來到申先生雜貨店的後方。後門跟正門一樣結實而難以攻破，但是他看到這棟四層樓房的背面有幾扇油膩的窗子，還有一道生鏽的防火梯通往屋頂。一樓的窗子外頭裝了鐵窗，但是往上就沒有了。那道可收回的防火梯太高了，從地面碰不到，但是站在廂型車上就可以搆著，然後爬到更高的窗子，或者破壞往上樓層的門。

史考特正在想著要怎麼上屋頂時，一個操著牙買加口音的高瘦男子氣勢洶洶地繞過廂型車。

「你們要來阻止這些犯罪嗎？」

那男人經過廂型車，大步朝史考特走來，豎起一根食指搖著，大嗓門裡帶著一種質問的口氣。

瑪姬猛地撲向他，力道大得史考特手裡的狗繩差點脫手。她的雙耳往前豎起，像是長了毛的黑色釘子，尾巴朝後打直，脊椎的毛根根豎起，同時憤怒地吠叫。

那男子踉蹌後退，匆忙躲進廂型車裡，砰地把門關上。

史考特說，「退開。」

這是停止攻擊的指令，但是瑪姬不理會。她的爪子扒著柏油路，又吼又叫，竭力扯著狗繩。

然後李蘭的聲音在史考特腦海裡響起，吼著：講話口氣要認真，該死！你是老大。她會愛慕、保護她的老大，但是你是她的主人！

史考特抬高嗓門，讓聲音變得低沉。命令的聲音。充滿權威。老大。

「退開，瑪姬！瑪姬，**退開！**」

那就像是按下了開關。瑪姬停止攻擊，回到他左側坐下，不過她的雙眼還是始終緊盯廂型車裡的男人。

史考特被她突來的兇惡搞得心慌。她沒看史考特，連瞥一眼都沒有。她只是盯著廂型車裡的那男人，史考特知道如果自己放開狗繩，瑪姬就會去攻擊車門，想咬爛那塊金屬去抓那男子。

史考特搔搔她的耳朵。

「乖狗狗。好樣的小妞，瑪姬。」

李蘭的聲音又在他腦海裡吼：用讚美的口氣，你這個笨蛋！他們喜歡高而尖細的音調！把自己當成她，傾聽她，讓她教導你！

史考特讓自己的聲音變得高而尖細，彷彿是在跟一隻吉娃娃講話，而不是一隻將近四十公斤、可以把一個男人的喉嚨撕開的德國牧羊犬。

「這樣才乖，瑪姬。你是我的好小妞。」

瑪姬的尾巴搖晃。他掏出塑膠夾鏈袋時，她站起來。他又給了她一塊波隆那香腸，然後叫她坐下。她坐下了。

史考特看著廂型車裡的那名男子，比了一個「降下車窗」的手勢。那男人把車窗降下一半。

「那隻狗有狂犬病！我才不要下車。」

「對不起，先生。你剛剛嚇到她了。你不必下車沒關係。」

「我遵守法律，是個好公民。她想咬人，叫她去咬那些偷我店裡東西的混蛋。」

史考特看了一下廂型車旁邊的店裡。剛剛拉著拖車的那個青年朝外偷看一眼，然後又躲進去。

「這是你的店嗎？」

「是的。我是阿爾登．賈舒亞．瑪黎。別讓那隻狗咬我的幫手。他還得去送貨。」

「她不會咬任何人的。你剛剛問我什麼？」

「你逮到那些幹壞事的人了嗎？」

「你遭小偷了?」

瑪黎先生又拉下臉,然後緊張地看了一眼狗。

「到現在都兩個星期了。那些警察,他們來過一趟,但是沒再出現過。你們逮到那些小偷了嗎?」

史考特想了一會兒,掏出他的筆記本。

「我不知道,先生,不過我會去查清楚。你的姓名怎麼拼?」

史考特記下那人的資料,以及遭小偷的日期。等到寫完時,他已經哄得瑪黎先生下車。瑪黎一直戒備地注意著瑪姬,同時帶著史考特經過那個裝貨的青年,進入他的店裡。

瑪黎是從墨西哥的工廠買來便宜的加勒比海風格服裝,然後加上自己的標籤,批發給南加州各地的廉價服飾店。店裡堆滿了一箱箱短袖襯衫、T恤,以及工裝短褲。瑪黎解釋,那些小偷是從二樓的窗子進去又離開,偷走了兩台桌上型電腦、一台掃描器、兩支手機、一台印表機,還有一台手提音響。不是什麼重大竊案,但是瑪黎的店過去一年被偷過四次了。

史考特說,「沒裝警鈴?」

「房東去年裝了警鈴,但是壞掉了,那個小氣鬼不肯修。我在這裡裝了個小攝影機,但是也被偷走了。」

瑪黎之前在天花板裝了個保全攝影機,但是小偷把攝影機和硬碟都偷走了。之後又發生過兩次竊案。

他們走出瑪黎的店時，史考特想著申先生。那棟老建築是小偷的天堂。店外上方就有一盞水銀路燈，但是這個小卸貨區從馬路上看不到，也沒有顯眼的保全攝影機，小偷不必太擔心被發現。

瑪黎還在繼續抱怨。

「我兩個星期前就打電話給你們了。那些警察來過，又走了，接著再也沒有消息。我每天早上過來，都等著又會遭小偷。我的保險公司現在不賠我錢了。他們費用太高，我付不起。」

史考特又看了申先生的店一眼。

「這條街上的每家店都被偷過嗎？」

「每家都是。那些混帳，老是闖進來偷東西。這個街區，還有對街，還有下一個街區。」

「這個狀況有多久了？」

「我搬到這裡才一年，但是我聽說有兩三年了。」

「除了防火梯之外，還有別的路可以上屋頂嗎？」

瑪黎帶著他們進入一個共用樓梯間，然後給了史考特一把屋頂的鑰匙。這些老舊建築物裡頭沒有電梯。史考特爬樓梯時，受過傷的腿和身側開始痛，而且愈來愈痛。到了三樓，他停下來，乾吞了一顆維可汀止痛藥。瑪姬爬樓梯爬得認真而起勁，但是史考特停下來等著疼痛過去時，她發出哀鳴聲。史考特知道她看出他的疼痛，於是摸摸她的頭。

「那你呢？你的臀部還好嗎？」

他微笑，她也似乎報以微笑，於是他們繼續爬到屋頂，走出一扇裝了工業保全鎖的維修門。那鎖只能從門內鎖上或打開，外頭沒有鑰匙孔，但這並沒有阻止人們試圖闖入。鋼製門框上有以往被撬過的刮痕和凹痕，看來是有人想撬開門進入。大部分痕跡都被重新油漆過或生鏽了。

瑪黎和申先生的店面所在的樓房，是位於那輛肯沃斯卡車出現的對街。旁邊的那棟樓房正好俯瞰著槍擊發生地點。兩棟樓房之間的屋頂有一道矮牆隔開。

瑪黎的屋頂跟其他樓房一樣缺乏維護。上頭有一道道乾縮或破損的柏油補丁，到處亂扔著菸蒂、拋棄式打火機、壓扁的啤酒空罐、破掉的玻璃酒瓶，還有破掉的古柯鹼吸食管，以及深夜派對的垃圾。史考特猜想開派對的人大概是從防火梯爬上來，還想撬開門進去。他很好奇負責偵辦瑪黎店裡竊案的警察是否來這個屋頂察看過，又有何想法。

史考特小心避開碎玻璃，帶著瑪姬走過瑪黎店的屋頂，到隔壁的那棟樓房去。到了矮牆前，瑪姬停下。史考特拍拍牆頂。

「跳。這才三呎高而已。跳。」

瑪姬垂著舌頭看他。

史考特跨過那道矮牆，一次一隻腿，身側縫過的傷口痛得他皺臉。他拍拍自己的胸膛。

「我這麼糟糕都做得到了。來吧，狗兒。等你到了李蘭面前，還有比這個更大的難關要過呢。」

瑪姬舔舔嘴，但是沒表示要跟進。

史考特掏出他的夾鏈袋，讓她看裡頭的波隆那香腸。

「來。」

瑪姬毫不猶豫就衝向那道矮牆，輕易越過，然後坐下，盯著那個夾鏈袋。史考特看到她有多輕易就能跳過那道牆，大笑起來。

「你這個聰明的混蛋。你逼我求你，只是為了騙一塊香腸吃。猜猜怎麼著？我也很聰明。」

他把夾鏈袋塞進口袋，不給她獎勵。

「現在不給你，等你跳回去再說。」

這棟樓房的屋頂維護得比較好，但也還是被亂扔了一些派對垃圾，整個屋頂鋪了一張大地毯，放著三張棄置的折疊草坪椅。一個髒兮兮的破睡袋塞在一段通風管內，旁邊還有幾個用過的保險套。有的看起來是幾天前用過的。城市風流戀情。

史考特走到屋頂側面，往下看著命案地點。屋頂的矮圍牆上方還加裝了一道鍛鐵的防護圍欄，防止人們墜落。那道圍欄鏽蝕得很嚴重，上頭一堆破洞。

史考特從圍欄上方往下看，發現犯罪現場一覽無遺。太清楚了，當時和現在都是。那輛賓利車從下方的街道緩緩駛過，經過他們的巡邏車，然後肯沃斯卡車轟然往前，卡車和賓利車相撞後旋轉停下，同時那輛福特 Gran Torino 車從他們後方疾馳而來。要是九個月前的那天夜裡，有人在這裡開派對，一定把一切都看得一清二楚。

史考特開始顫抖，然後發現自己緊緊抓著生鏽的圍欄，鏽爛的金屬都插進他的肉裡了。

「狗屎！」

他往後跳，看到自己的手指上有一道道鏽痕和血，趕緊掏出手帕。

史考特帶著瑪姬回到申先生的那棟樓房，這回看她跳過矮牆之後，就賞了她一塊波隆那香腸。他用手機拍了空蕩的屋頂和那些派對垃圾，然後下了四層樓，找到瑪黎先生。他的幫手已經裝好貨，那輛廂型車不見了。瑪黎正在他的店裡，把襯衫裝箱。

瑪黎先生一看到瑪姬，就躲到他的辦公桌後頭，緊張地看著她。

「你把門鎖好了？」

「是的，鎖好了。」

史考特歸還了鑰匙。

「還有一件事。你記得申先生嗎？他的店是往下兩戶，亞洲風物店。」

「他收掉不做了。被偷太多次了。」

「收掉多久？」

「幾個月。好久以前了。」

「這些竊案是誰幹的，你有任何想法嗎？」

瑪黎一手揮了揮，示意各個方向。

「嗑藥的毒蟲和混蛋。」

「有沒有什麼特定的人？」

瑪黎又搖手。

「附近的混蛋吧。要是我說得出名字，就不需要你們了。」

瑪黎說得大概沒錯。他所描述這些小型竊案，犯案者幾乎可以確定是常在這一帶出沒的當地人，知道這些店裡什麼時候沒人、哪一家沒裝警鈴。有可能是同一個人或同幾個人犯下所有的竊案。史考特喜歡這個想法，不自覺地頻頻點頭。要是這個推理正確，那麼闖進瑪黎店裡的小偷，可能就是當初闖進申先生店裡的同一個。

史考特說，「我會去查清楚你的案子辦得怎麼樣了，今天下午再回來跟你說。這樣可以嗎？」

「這樣很好，謝謝你。其他那些警察，他們從來不回電給我的。」

史考特看了一下手錶，這才發現自己快遲到了。他抄下了瑪黎的電話號碼，大步走回他的車。瑪姬跟著他一起大步走過去，然後輕鬆跳進他車裡。這一回，她沒趴在後座，而是跨坐在前座兩個座位之間的中央置物箱上。

「你太大了，不能站在這裡啦。去後面。」

她喘著氣，下垂的舌頭長得像領帶。

「去後頭。你擋住我的視線了。」

史考特用前臂推她，但她朝他靠，不肯動。史考特推得更用力，但是瑪姬也靠得更用力，不肯讓步。

史考特停下來不推了，心想瑪姬會不會以為這是個遊戲。無論她怎麼想，她坐在中央置物箱上，似乎滿足又自在。

史考特看著她喘氣，想起剛剛她覺得他們受到威脅時，有多麼兇狠地撲向瑪黎。史考特揉揉她強壯頸部的毛。

「好吧。隨你愛待在哪裡都行。」

她舔他的耳朵，然後史考特開車。李蘭要是知道他這麼寵她會很生氣，但是李蘭並不是無所不知。

10

他們的車駛入訓練所的停車場時，瑪姬發出哀鳴。史考特覺得她似乎很焦慮，於是一手放在她肩上。

「別擔心。你現在不住這裡了，你跟我一起住。」

他們遲到十分鐘了，但是停車場裡沒看到李蘭的豐田小卡車，所以史考特拿出他的手機。自從昨天李蘭用起步槍嚇得他們措手不及之後，他就一直在擔心。

警犬可不能聽到槍聲就嚇得半死。

警察也不能。

史考特不知道李蘭是否注意到當時史考特也驚跳起來，不過比起狗來，史考特的反應算是很小。李蘭會再測試瑪姬，要是她還是有同樣的反應，李蘭就會把她刷掉，而且史考特理解李蘭這麼做是正確的。她必須能夠做她的工作，就像史考特也必須能夠做他的工作，只不過史考特可以假裝，但是瑪姬沒辦法。假裝久了就會成真。

史考特抓住一把她的毛，輕輕推她。瑪姬伸出舌頭，靠向他輕推的手。

史考特說，「瑪姬。」

她看了他一眼，然後繼續回頭望著那棟煤渣磚房。她喜歡她對他的反應——不像機器遵從指令，而像是想要搞懂他的意思。他喜歡她溫暖又聰慧的雙眼，很好奇她腦袋裡會是怎麼運作，在想些什麼。他們才在一起二十四小時而已，不過她和他相處似乎比較自在了。好詭異，但是有她在身邊，他也覺得比較冷靜了。

「你是我的第一隻狗。」

她看了他一眼，然後又別開眼睛。史考特又推她，她也往回推，似乎很滿足於這種碰觸。

「我申請這份工作的時候，必須跟幾個人面談。小隊長和李蘭問了我各種問題，問我為什麼想加入警犬隊，問我小時候養過什麼樣的狗，諸如此類的。我拚了命撒謊。其實我們家只養過貓。」

瑪姬的大頭轉向他，舔舔他的臉。史考特讓她舔了一會兒，然後推開她。她又回頭去望著煤渣磚房。

「在那個槍擊案之前，我從來不習慣撒謊，從來沒有，但是現在我跟每個人都撒謊，而且幾乎什麼事情都會撒謊。我不曉得還能怎麼辦。」

瑪姬沒理他。

「天啊，我現在居然會去跟一隻狗講話了。」

有創傷後壓力症候群的人常有過度的驚嚇反應，尤其是退役軍人、警察，還有家庭暴力的受害人。要是有人悄悄走到你身後大喊「喂！」，任何人都會驚跳起來，但是創傷後壓力症候群的驚嚇反應，會擴大到瘋狂的地步。一個意料之外的響亮聲音，或是靠近臉部的突然動作，都可能引發各種不同的、因人而異的過火反應——尖叫、暴怒、彎下身尋找掩護，甚至是出拳揍人。史考特從經歷槍擊後就有過度的驚嚇反應，但是在古德曼醫師的協助下有所改善。他離恢復正常還很遙遠，但是已經進步夠多，足以騙過審核委員會。史考特想知道古德曼是否可以協助狗。

古德曼常常一大早就有約診，以便病人看完之後去上班。於是史考特決定碰運氣，打電話過去。他本來以為會是答錄機，但結果古德曼本人接了電話，這表示他現在沒有約診。

「醫師，我是史考特．詹姆斯。可以很快跟你談一下嗎？」

「很快或很慢都隨你。我七點的約診取消了。你還好吧？」

「很好。我想問你一件事，是有關我的狗。」

「你的狗？」

「我昨天領到我的狗了。一隻德國牧羊犬。」

古德曼的口氣好像不太確定。

「恭喜了。你一定很興奮。」

「是啊。她是軍犬退休的，曾經在阿富汗中槍，我想她有創傷後壓力症候群。」

古德曼回答得毫不猶豫：

「如果你是要問這種事是不是有可能，是的，有可能。動物有可能顯示出跟人類一樣的症狀。尤其是狗。有很多文獻都討論過這個主題。」

「要是有大卡車經過旁邊，她就會緊張。她聽到槍聲，就會想躲起來。」

「嗯。驚嚇反應。」

史考特和古德曼曾經花很多個小時討論這些事情。除了談話之外，沒有藥物或「療法」可以對付創傷後壓力症候群。藥物可以緩和一些比方失眠和焦慮的症狀，但是要消除創傷後壓力症候群，就只能透過一再地談話。有關那一夜的恐懼和感覺，史考特只跟古德曼說過；但有些事情，他連在古德曼面前都沒提。

「是啊，她的驚嚇反應簡直破表。有什麼快速的方法可以幫她嗎？」

「幫她怎麼樣？」

「克服啊。我能不能做些什麼，好讓她聽到槍聲不會驚跳起來？」

古德曼猶豫了幾秒鐘，才用一種關懷、審慎的口氣回答：

「史考特？你現在談的是狗，還是你自己？你有什麼事想告訴我嗎？」

「是我的狗。我問的是我的狗。她沒辦法跟你說話，醫師。」

「如果你有什麼困擾，我們可以增加抗焦慮藥物的劑量。」

此時史考特看到李蘭的深藍色小卡車開進停車場，真恨不得自己今天早上吃了一人把抗焦慮藥物。李蘭下車時看到他，臭著臉，無疑是很不高興史考特還坐在車裡。

史考特說，「我要問的是我的狗。她是一隻快四十公斤的德國牧羊犬，名叫瑪姬。我很想讓她跟你談，但是她不會講話。」

「你好像很不高興，史考特。是昨天的回溯引發了不良反應嗎？」

史考特放低電話，吸了幾口氣。李蘭沒動，就站在他的小卡車旁，一臉怒容看著史考特。

「我談的是這隻狗。或許我需要一名狗類心理學家。有給狗吃的抗焦慮藥物嗎？」

古德曼又猶豫了幾秒鐘，思索著，但這回他嘆了口氣才回答：

「大概吧，但是我不知道。我只知道有創傷後壓力症候群的狗，可以重新訓練。我猜想，就跟人一樣，每隻狗的結果都不同。你和我有藥物的優勢，可以增強或短暫改變我們腦部的化學反應。你和我可以一次又一次討論發生的事情，直到那些事件失去了原先的感染力，變得比較可以控制。」

古德曼進入那種冗長的講課模式了，那是他的思考方式，邊想邊說，於是史考特打斷他。

「是啊，我們講到最後都覺得無聊了。這種事情有沒有速成的版本？我的上司正看著我，他看起來不太高興。」

「她中槍過。跟你一樣，她的潛意識裡把槍聲，或者任何預料之外的聲音，都聯想到她那一刻的疼痛和恐懼。」

李蘭敲敲他的手錶，雙臂在胸前交抱。史考特朝他點頭表示知道，然後豎起一根手指頭。再等一下。

「她沒辦法像我這樣講出來，所以我該怎麼處理？」

「我會去查一下看有沒有給狗的抗焦慮藥物，但是治療模式都是一樣的。你不能拿走她的壞經驗，所以你得減低那些壞經驗的力量。或許你可以教導她，讓她聽到一個響亮的聲音，就聯想到某些愉快的事情。然後再慢慢試著讓她聽更多聲音，直到最後她明白，這些聲音沒有傷害她的力量。」

李蘭等煩了，現在開始走向他。

史考特看著他走過來，腦中想著古德曼這個建議的可能性。

「這個應該會有用，醫師。謝謝。我得掛電話了。」

史考特收起手機，用狗繩扣好瑪姬，然後下了車，此時剛好李蘭來到他車旁。

「我想你和這隻狗都準備好了，你才會有時間跟你女朋友講電話講個沒完。」

「那是搶劫兇殺隊的歐索警探。他們要我去總局一趟，但是我跟他們延後到接近中午，好讓我跟瑪姬可以一起訓練。」

一如史考特的預期，李蘭的臭臉緩和了些。

「他們幹嘛忽然急著找你去？」

「主責的警探換人了。新接手的是歐索，他想趕緊掌握狀況。」

李蘭哼一聲，然後看了瑪姬一眼。

「你和瑪姬小姐昨天晚上過得怎麼樣？她在你家地板上撒尿了嗎？」

「我們去散步。很長的散步。」

李蘭忽然抬頭狠狠看了一眼，好像懷疑史考特在耍嘴皮，但當他判定史考特是認真的，表情迅即柔和下來。

「很好，這樣非常好。現在你就去跟這位小姐訓練，繼續跟她談話吧。」

李蘭轉身要走開。

「可以借一下你的起步槍嗎？」

李蘭又轉身回來。

史考特說，「警犬可不能聽到槍聲就嚇得半死。」

李蘭皺起雙唇，又打量了史考特一下。

「你覺得你能治好她這個毛病？」

「我不會放棄我的搭檔。」

李蘭盯著史考特好久，久得史考特都尷尬起來了，但是接著李蘭摸摸瑪姬的頭。

「這樣不行，如果你跟她合作時開槍，太近了，可能會傷到她的耳朵。我讓梅斯來幫你吧。」

「謝謝，警佐。」

「沒必要謝我。繼續跟這隻狗談話。或許你已經學到一些竅門了。」

李蘭沒再說什麼，就轉身離開，然後史考特低頭看著瑪姬。

「我需要更多波隆那香腸。」

然後史考特和瑪姬走向訓練場。

11

梅斯沒帶著起步槍出來。而是李蘭又出來了，帶著一位矮而精瘦的狗教練保羅．巴爵斯。史考特在領犬員課程的第一個星期，曾見過這位教練兩次，但並不認識。巴爵斯三十來歲中段，一身正在脫皮的晒傷，因為他跟三個警察跑去蒙大拿州釣魚度假了兩星期，才剛回來。他合作的是一隻德國牧羊犬公狗，名叫歐比。

李蘭說，「先別管起步槍的事情了。你認識保羅．巴爵斯吧？」

巴爵斯朝史考特咧嘴露出大大的笑容，握手的感覺很堅定，但是大部分笑容都是對著瑪姬。

李蘭說，「保羅訓練過空軍的軍犬，所以我希望他跟你談談。這些軍犬受訓要做的事情，跟我們的狗不太一樣。」

巴爵斯還在朝瑪姬笑。他伸出一隻手讓她嗅，然後蹲下來抓抓她的耳後。

「她待過阿富汗？」

史考特說，「雙重任務犬。巡邏和偵爆。」

巴爵斯瘦而結實，但是史考特感覺到他身上散發出一種超級冷靜的氣質，知道瑪姬也感覺到了。她的雙耳往後，舌頭垂著，舒服地讓巴爵斯搔抓她。巴爵斯掀開她的左耳，察看她的刺青，同時李蘭繼續忙他的。史考特和李蘭就像是隱形的，巴爵斯全副注意力都放在那隻狗身上。

李蘭繼續忙著跟史考特說話。

「你也知道，在洛杉磯市，我們訓練警犬朝嫌疑犯吠叫，好讓他們不敢動。如果哪個混帳嫌疑犯沒有試圖殺她，而她去咬人家，那我們就只能祈禱上帝救救我們了，因為我們那個沒擔當的、沒出息的市議會，很樂意付責任賠償金給任何幫那些混蛋打官司的訟棍。我說得沒錯吧，巴爵斯警員？」

「你說的都對，警佐。」

巴爵斯根本沒在聽，但是史考特知道李蘭剛剛描述的「找到就吠叫」方法已經被愈來愈多執法單位採用，以對付責任訴訟的風潮。只要嫌犯站著完全不動，而且沒有顯露出任何攻擊性，警犬所受的訓練就是不要靠近並吠叫。他們受的訓練是：只有在嫌犯有攻擊舉動或是逃跑時，才會咬人。但是李蘭相信這個做法對警犬和領犬員都很危險，所以每次一講到這個話題，他就講個沒完沒了。

「總之，你們的這隻巡邏軍犬呢，是被教導要像一輛失控的卡車去攻擊她的目標，而且要像地獄飛出來的超級蝙蝠似的，咬住那些外國混蛋的屁股。你要是讓你的軍犬去追嫌疑犯，她會在那嫌疑犯的屁股上咬出一個新的屁眼，還會吃掉他流出來的肝臟。像瑪姬這樣的狗，是受訓要幹狠毒的事情。我說得沒錯吧，巴爵斯警員？」

「你說的都對，警佐。」

李蘭朝巴爵斯點頭，巴爵斯的雙手正忙著摸瑪姬的腿，又循著她臀部的疤痕摸。

「這是經驗之談，詹姆斯警員。所以你要做的第一件事情，就是教這位英勇的狗不要咬那些你要求她去找的、天生劣等的謀殺混帳。這樣清楚了嗎？」

史考特模仿巴爵斯。「你說的都對，警佐。」

「本來就是對的。現在我就把你交給巴爵斯警員了，他知道軍方的那些指令，會幫你重新訓練她，好在我們這個娘炮的平民城市裡服務。」

李蘭說完就離開了。巴爵斯站起來，朝史考特露出大大的笑容。

「別緊張。她在拉克蘭空軍基地重新訓練過，好讓她比較沒有攻擊性。這是他們要把警犬交給平民收養時的標準程序。李蘭警佐認為她的問題應該剛好相反——攻擊性不夠。」

史考特想起稍早瑪姬如何衝向瑪黎，但是決定不要提。

史考特說，「她很聰明。她兩天內就可以學會『找到就吠叫』的。」

巴爵斯的笑容更大了。

「你領到她多久了？一天？」

「她一定夠聰明，才能吸收海軍陸戰隊希望她知道的一切。她腦袋沒有中彈。」

「那你怎麼曉得，海軍陸戰隊希望她知道些什麼呢？」

史考特覺得自己的臉紅了。

「我想，這就是為什麼你會在這裡吧。」

「應該是。我們開始吧。」

巴爵斯朝犬舍所在的磚房點了個頭。

「去拿一個手臂護套、一條二十呎的狗繩、一條六呎的狗繩，還有你用來獎勵她的東西。我在這裡等。」

史考特開始走向犬舍，瑪姬跟在他左邊。他之前已經切了半磅波隆那香腸裝袋，但是現在擔心可能不夠，也擔心巴爵斯會反對他用食物當獎勵。然後他看了一下手錶，想著他離開去找歐索前能訓練到多少。他想把自己從瑪黎那邊查到的街坊竊案告訴歐索，也相信歐索會看出其中潛在的可能性。或許經過了九個月的停滯，一個新的線索開始發展了。

史考特加快腳步，正滿心想著歐索時，後方的槍聲劃破空氣。史考特彎腰蹲下，瑪姬差點害他翻倒。她想鑽進他身子底下，此刻正緊緊塞在他的兩腿之間，緊得他都能感覺到她的顫抖。

史考特心臟怦怦跳，呼吸淺而急促。但是他還沒回頭看巴爵斯，就知道發生了什麼事。巴爵斯手臂下垂，輕握著的起步槍靠著大腿。脫皮的臉上沒了笑容，現在一臉哀傷。

他說，「對不起，老弟。真可惜。那隻可憐的狗有心理問題。」

史考特心跳減緩。他一手放在瑪姬顫抖的背部，輕聲對她說話。

「嘿，寶貝小妞，那只是一個聲音。你可以躲在我下頭，多久都沒關係。」

他撫摸她的背部和兩側，揉揉她的耳朵，一直用冷靜的聲音跟她談話。他拿出那袋波隆那香腸，同時從頭到尾持續撫摸著她。

「你瞧瞧，瑪姬小妞。瞧瞧我有什麼。」

他遞出那塊波隆那香腸時，她抬起頭，從他手指裡舔走。

巴爵斯說，「這種事我以前也見過，你知道，經歷過戰爭的軍犬，要復元是很漫長的過程。」

史考特站起來，又拿了另外一塊波隆那香腸，舉在瑪姬頭部上方高處逗她。

「站起來，小妞。站得高高地來拿。」

她後腳撐地立起，站得高高地去拿那香腸。史考特給了她，又揉揉她的皮毛，同時讚美她。

然後史考特看著巴爵斯，聲音不再高而尖細。

「再過二十分鐘左右，你再開一槍試試看。」

巴爵斯點頭。

「我不會事先通知的。」

「我不希望你先通知。她也不希望。」

巴爵斯緩緩露出微笑。

「去拿護臂袖套和狗繩吧。我們來重新訓練這隻參戰過的狗。」

兩個小時又四十分鐘後，史考特把瑪姬暫時寄放在犬舍裡，然後開車到市中心去找歐索。他離開時，她發出哀鳴，還扒著狗欄的柵門。

12

二十分鐘後，大船裡的電梯門打開，歐索和一個嬌小迷人、穿著黑色褲裝的褐髮女子正在外頭等著。歐索跟他握手，然後介紹那個女人。

「史考特，這位是喬依思·寇利。寇利警探一直在複習那些檔案，大概比我還熟悉。」

史考特點點頭，但是不確定要說什麼。

「好，謝了。很高興認識你。」

寇利的握手堅定而有力，但是並不男性化。她三十來歲後段，舉止輕鬆，體格強壯，看起來就像那種青少年時代是體操健將的。她跟史考特握手時露出微笑，趁歐索帶著他們走向搶劫兇殺隊辦公室時，她遞出自己的名片。史考特想著是不是以後他每次來，歐索都會在電梯口等他。

寇利問史考特，「你調到都會司之前，是在蘭帕特區對吧？我調來這裡之前，就在蘭帕特區的兇殺組。」

史考特又仔細看看她的臉，但是沒有印象。

「抱歉，我不記得了。」

「你沒有理由記得。我調來這裡三年了。」

歐索說，「三年半。喬依思大部分時間都在這裡跟我一起辦連續性的案子。我跟她說了我們昨天談過的事情，她有幾個問題。」

史考特跟著他們來到同一間會議室，看到那個紙箱現在放在桌上，檔案和資料都放回了紙箱內的文件吊夾裡。旁邊還放著一個大大的藍色三孔夾。史考特知道這個三孔夾是所謂的「謀殺大書」，偵辦兇殺案的警探習慣用這個來整理並記錄他們的種種調查。

歐索和寇利坐下來，但是史考特繞著桌子，來到那張海報大小的犯罪現場手繪簡圖前。

「在我們開始之前，我要先講一聲，我今天早上去了尼爾森・申的店那裡，碰到一個男人也是那邊的店主，就在隔兩戶——這裡。」

史考特在那個手繪簡圖上找到申先生的店，然後指出瑪黎那家店的位置。

「瑪黎的店裡兩星期前遭小偷。過去一年已經被偷了四、五次，而且他跟我說，那一帶有很多店也被偷了。你的這張簡圖沒畫出樓房背後的一個卸貨區，就在這條小巷——」

史考特用手指在樓房背面、瑪黎今天早上裝貨的那塊區域，畫出一個看不見的方形。歐索和寇利都看著他。

「後頭有一道防火梯通往屋頂。除了一樓的窗子裝了鐵窗之外，那些樓房沒有任何保全設施，而且背後的這個區域從馬路上完全看不到。我想那些壞人就是利用防火梯，爬到比較高的窗子進去的。這回他們偷走了瑪黎一台電腦和一台掃描器。上回他們偷了一台手提式音響、一台電腦，外加幾瓶蘭姆酒。」

歐索看了寇利一眼。

「入室行竊的小竊案，專偷容易帶走的東西。」

寇利點點頭。

「住附近的當地人幹的。」

史考特繼續推演他的理論。

「無論小偷是誰，如果這些竊案都是同一個人幹的，那可能就是在我中槍那一夜闖進中先生店裡的人。另外，我也上去那個屋頂看過了。那裡完全是個聚會狂歡的地方——」

史考特掏出他的手機，找到一張拍攝啤酒罐和棄置垃圾的屋頂照片，交給歐索看。

「或許當時去偷中先生店裡的那傢伙早就離開了，但是如果肯沃斯卡車撞上賓利車時，還有別的人在屋頂上，他們有可能看到了一切。」

寇利湊向他。

「瑪黎報案了嗎？」

「兩星期前報案了。有警察去過，但是瑪黎從來沒接到回音。我跟他說我會查一下狀況，再跟他回報。」

歐索看了寇利一眼。

「那應該是歸中央區搶劫組管的。找他們要這個區域過去兩年的竊盜報案和逮捕紀錄。還有他們手上關於瑪黎先生的所有資料。另外，我想跟主責警探談一談。」

寇利要史考特再說一次瑪黎的全名和他那家店的地址，然後把資料寫在她的便條本上。她寫的時候，歐索轉向史考特。

「這是個不錯的發現。想法很好。我喜歡這個。」

史考特覺得很振奮，而且困在他心中長達九個月的某種鬱悶感，也開始鬆開了。

歐索說，「好吧，接著喬依思有些問題要問你。過來坐吧。喬依思——」

史考特坐下，同時喬依思．寇利拿起一個大大的牛皮紙信封，取出裡面的東西。她把四張厚厚的光面相紙攤在史考特面前，像是在玩撲克牌似的。每張相紙都印著六組彩色的逮捕登記照。兩張一組，分別是正面和側面。那些男人有各種年紀和種族，全都有形狀和長度各異的白色或灰色鬢角。寇利一邊把那些照片放下，一邊解釋著。

「像頭髮顏色、髮型、長度等等，都是資料庫裡的識別選項。有哪個人看起來特別眼熟嗎？」

史考特的心情立刻從振奮轉為噁心，那一刻他彷彿再度躺在街上，聽到槍聲。他閉上雙眼，緩緩吸一口氣，想像自己躺在一片白色沙灘上。只有他一個人，全身赤裸，皮膚被太陽晒得暖融融的。他想像自己蓋著一條紅色海灘巾，想像浪花拍打的聲音。這一招是古德曼教他的，用來對付往事閃回的狀況：把自己放在其他地方，創造出種種細節。想像細節必須專注，有助於他放輕鬆。

歐索說，「史考特？」

史考特覺得自己尷尬得臉紅了，趕緊睜開眼睛。他審視那些照片，但沒有任何一個男人讓他覺得眼熟。

「我當時看得不夠清楚。對不起。」

寇利拿起一支黑色麥克筆，拔開筆蓋遞給他，臉上仍是那輕鬆、隨和的笑容。她沒擦指甲油。

「別緊張，我沒指望你認出哪張臉。之前我去查資料庫裡有灰色或白色毛髮的，總共得到三千兩百六十一筆。我會印出這些，是因為這裡頭每個人的髮型和鬢角樣式都不同。這就是我讓你看這些的目的。你盡量——可以的話就做，沒辦法也無所謂——圈出最接近你所看到的樣式，或者打叉去掉你絕對可以排除的樣式。」

其中一名男子有長而稀疏的鬢角，末端尖得像匕首。還有一個留著那種龐大的、獨缺下巴的絡腮鬍，遮掉了大半的臉頰。史考特把這兩個，外加其他幾個他知道不對的樣式畫了叉，然後圈起五個有濃密的、長方形鬢角的人。其中鬢角最短的只到耳朵中段，最長的則延伸到耳垂下方約一吋。史考特把那些相紙推還給寇利，又再次懷疑起自己那天夜裡是真的看到了鬢角，或這一切只是他想像出來的。

「不曉得。我甚至不確定自己看到了鬢角。」

寇利和歐索彼此看了一眼，同時她把那些相紙放回牛皮紙信封裡，然後歐索從桌上那些檔案夾裡抽出一份薄薄的資料。

「這是那輛福特Gran Torino車的鑑識報告。我們昨天談過之後，我又重新看了一遍。鑑識人員在駕駛座上找到五根白色的毛髮，是同一個人的。」

史考特看著歐索，然後看寇利。歐索微笑，寇利沒笑。她看起來像個正在出獵的女人，然後她接著歐索的話題繼續講。

「我們無法證明那五根毛髮是來自你看到的那個男人，但是在某個時間點，曾有一名白色毛髮的男人坐在那輛車子上。從那些毛囊取得的DNA，在聯邦調查局的DNA整合索引系統，或在司法部的資料庫裡，都找不到符合的，所以我們不知道他的姓名，但是我們知道他是白人男性。他頭髮在轉白之前的顏色，有百分之八十的機率是褐色。而且我們百分之百確定他的眼珠是藍色。」

歐索揚起眉毛，笑容更大，看起來又像個開心的童子軍團長了。

「一切開始兜攏起來了，不是嗎？我想你應該會很想知道自己沒發瘋。」

然後開心童子軍團長的臉逐漸消失，歐索一手放在那個檔案箱上。

「好了。這裡的案件檔案是用主題分類。謀殺大書裡頭有梅隆和史丹格勒認為最重要的案件證據，但不像這箱檔案那麼完整。你是有疑問的人，你想知道什麼？」

史考特想知道那些可以觸動更多記憶的東西，但他不知道是什麼，一點頭緒都沒有。

史考特看著歐索。

「為什麼這個案子沒有嫌疑犯？」

「因為從來沒有找到任何嫌疑犯。」

「梅隆和史丹格勒也是這樣告訴我。」

歐索拍拍那個檔案箱。

「詳盡的版本在這裡，隨你閱讀，但是我會告訴你重點版。」

歐索簡要描述了整個調查，迅速而專業。史考特其實已經聽梅隆和史丹格勒講過其中的大部分，但是他沒打斷。

每當有兇殺案發生，警方第一個懷疑的就是配偶。向來如此。這是兇殺辦案手冊的第一條規則。第二條規則是「追著錢的方向走」。梅隆和史丹格勒就是循著這個方向展開調查的。賓利車裡的帕雷先或貝洛瓦欠了錢嗎？其中一個坑了某個生意夥伴嗎？或者跟別人的老婆搞外遇？會不會是帕雷先的老婆拋棄了一個情人，然後這個情人謀殺她老公作為報復？或者他老婆找人謀殺帕雷先，好跟另外一個男人在一起？

梅隆和史丹格勒在他們的調查過程中，只找到兩個可能有嫌疑的人。第一個是一個俄羅斯的色情片商，住在聖費爾南多谷，跟帕雷先一起投資了幾個計畫。他經營色情片事業的資金來源是一個俄羅斯黑幫，於是讓警方注意到他，但是這傢伙跟帕雷先一起投資的利潤超過兩成，所以梅隆和史丹格勒最後清除了他的嫌疑。第二個有嫌疑的人跟貝洛瓦有關。總局裡搶劫謀殺隊的搶劫分隊通知梅隆，說國際刑警組織把貝洛瓦列為一個法國鑽石銷贓集團的成員。於是梅隆他們推理認為，貝洛瓦在走私鑽石，但是搶劫分隊的人最後排除了他涉入任何犯罪活動的嫌疑。

結算下來，警方訪談並調查過二十七個朋友和家庭成員，以及一百一十八名投資人、同事、可能的目擊者，結果都排除了他們的嫌疑。沒查出任何可以逮捕的嫌疑犯，於是調查就逐漸停擺了。

歐索講完之後，看了一下手錶。

「我講的這些，有哪件事對你的記憶有幫助嗎？」

「沒有，長官。大部分我都已經知道了。」

「那麼，梅隆和史丹格勒沒有瞞著你什麼。」

史考特感覺到自己的臉紅了。

「他們漏掉了什麼。」

「或許吧，但這就是他們查到的——」

歐索的腦袋朝那個檔案箱歪了一下，此時寇利開口打岔。

「——這表示，巴德和我就要從這裡開始。只因為梅隆和史丹格勒查不出個所以然，並不表示我們也會。只因為一切資料都在這些檔案裡，並不表示我們只會乖乖接受。」

歐索審視她一會兒，然後看著史考特。

「我有申先生和他的竊案，我有你，而且我有一個死掉的警察。我會破這個案子的。」

喬依思．寇利點頭，但是沒說話。

歐索站起來。

「喬依思和我還有事情要忙。你想要仔細查看檔案和報告，東西都在這裡了。你想研究謀殺大書，我也放在那邊。你想從哪裡開始？」

史考特還沒想過要從哪裡開始。他原先想著可能要閱讀自己的供述筆錄，看之前是不是忘了些什麼沒提，但接著他明白，起點只有一個。

「犯罪現場照片。」

寇利顯然很不安。

「你確定嗎？」

「確定。」

史考特從來沒看過犯罪現場照片。他知道這些照片存在，但是從來沒想到過。他每夜在夢中，都看到自己版本的現場畫面。

歐索說，「那好吧，就讓你看吧。」

13

歐索從箱子裡取出一個文件吊夾，放在桌上。

「這些就是犯罪現場拍的照片。謀殺大書裡有幾張最重要的，但是這個主檔案裡有全部的照片。」

史考特看了一眼那個檔案夾，沒有打開。

「好的。」

「照片背後註明了相關的報告和頁碼。鑑識人員、法醫、偵辦局處，什麼都有。你想看鑑識人員對某張照片說了些什麼，就查照片背後的報告頁碼，然後去找那一頁。」

「好的。謝謝。」

史考特等著歐索離開，但是歐索沒動。他一臉嚴肅，好像對於史考特即將要看到的畫面很不安。

史考特說，「我沒事的。」

歐索沉默地點了頭，這才往外走，剛好跟寇利錯身而過。寇利剛剛出去一下，現在拿著一瓶水、一本黃色橫格記事本、兩支筆進來。

「來。如果你有任何問題，或是想做筆記，就用這些。另外，我想你可能需要一點水。」

她看著他，臉上有著跟歐索一樣嚴肅而憂心的表情，此時她的手機發出嗡響，表示收到簡訊。她看了一眼訊息。

「中央區搶劫組發來的。你需要什麼，就來我的座位找我。」

史考特等到她離開了，才打開那個文件吊夾。各個檔案都貼了標籤：**地區**、**賓利車**、**肯沃斯卡車**、**福特車**、**二A二四**、**帕雷先**、**貝洛瓦**、**安德司**、**詹姆斯**，以及**雜項**。二A二四是史考特和絲黛芬妮以前的巡邏警車編號。看到自己的姓，感覺好奇怪，他很好奇會在裡頭發現什麼。然後他打量著絲黛芬妮的名字，逼自己別再多想了。

他先打開「地區」那個檔案。裡頭的照片大小不一，是在剛天亮的時候拍的，屍體都已經移走了。肯沃斯卡車的前保險桿以一個死氣沉沉的角度垂下。賓利車的副駕駛座皺成一團，車子側面和車窗上留下一堆子彈孔。背景裡有消防員、制服警察、鑑識人員、新聞記者。吸引史考特注意力的，是絲黛芬妮屍體搬走後所留下的白粉筆輪廓線，那就像個空蕩的謎，哀求他把失去的碎片找回來填滿。

接著史考特瀏覽「賓利車」標籤裡的照片。車子裡散布著碎玻璃。座位和中央置物箱表面有好多血，看起來就像是車子內部被潑了寶石紅的油漆。駕駛座下方的地板上，有深深一灘凝結的血。

沒被毀掉的肯沃斯卡車內部，則訴說了一個不同的故事。從AK－四七步槍裡跳出來的黃銅彈殼，散布在地板上和座位上，以及儀表板上方。車內亂扔著幾張小紙片、一個壓扁的漢堡王紙杯，還有幾個空的塑膠水瓶。史考特從梅隆那邊得知，這些東西後來都被拿去檢驗過，發現跟卡車的車主有關聯，是一個名叫菲力斯．賀南德茲的男子。這輛卡車在普安那公園市被偷走時，他正因為毆打老婆在坐牢。

史考特沒費事去看那輛福特Gran Torino車的照片。這車後來被棄置在八個街區外的一條高速公路高架橋下方，而且就像肯沃斯卡車，是當天稍早被偷來，用於這樁謀殺案的。

史考特很快翻到帕雷先和貝洛瓦的部分，每張照片都仔細檢視，彷彿可以從照片裡看出是什麼導致他們被謀殺。

這些照片都是在深夜拍下的，讓史考特想起自己以前看過的一些可怕黑白照片：三〇年代的幫派分子被自動步槍掃射身亡。眼前的照片中，帕雷先往旁趴在中央置物台上方，像是想爬到貝洛瓦的膝上。他的長褲和獵裝都滲滿了血，搞得史考特不確定這些衣服原來是什麼顏色的。史考特在白天照片裡看到的那些碎玻璃，這些照片裡也有，但是在相機閃光燈下發亮。

貝洛瓦垮坐在副駕駛座上，像是整個人融化了似的。他腦袋的一側不見了，靠近相機的那隻手臂斷了，只剩幾綹繩子似的紅色組織連接著身體。跟帕雷先一樣，他也身中太多槍，衣服都滲滿了血。

史考特對自己說出聲來。

「大哥，有人真的很希望你死掉。」

下一區是絲黛芬妮的照片。史考特猶豫了一下，但知道自己非看不可，於是他打開來。

她的雙腿併攏，膝蓋彎曲，往左側躺著。她的右手臂跟身體呈垂直，手掌往下，手指呈鉤狀，像是想抓住地面。她的左手放在腹部。身體外圍用粉筆畫出輪廓線，但是她身子下方的那灘血太大了，流開來打斷了那輪廓線。史考特迅速翻過那些照片，看到一張照片有一大片不規則的血跡，標示著B1。而B2的血跡則是被拉長的，看起來像是有什麼東西在上頭拖過。然後史考特恍然大悟，這是他自己的血，同時也突然明白，他已經翻完了絲黛芬妮那一區的照片，緊接著的是他的照片。那些血多得嚇人，害他身上冒汗，頭皮發麻。他一直知道自己那一夜差點死掉，但是照片裡的街上有那麼多血，讓他清楚看到自己有多麼接近死亡。他再失去多少血，就會成為照片裡一具畫著白色輪廓線的屍體？兩百四十毫升？一百二十毫升？他往回翻到絲黛芬妮的第一張照片。她那灘血比較大。當他眼前的影像模糊起來，他擦擦眼睛，用手機拍了一張絲黛芬妮屍體的照片。

史考特闔上照片檔案，繞著會議桌走著，好讓自己冷靜下來，同時也伸展一下身側和肩膀。他打開那瓶水，喝了許多，又審視著歐索那張海報大小的犯罪現場簡圖。他用手機也拍了一張，檢查一下是否清楚，然後回到檔案箱旁，感覺不確定又愚蠢。他想著他是不是在自欺欺人，想假裝自己可能記得某些事情，有助於抓到殺害絲黛芬妮的兇手，以平息她夜裡的那些指控。

他隨便抓出兩個檔案夾，攤在桌上。結果是肯沃斯車和福特車的失竊報告，還有聽到槍聲、打電話報案的民眾供述，以及解剖驗屍報告。

史考特看到一份標示著科學調查組縮寫的檔案，於是翻閱著。裡頭有一些現場所蒐集到物證的分析報告，一開始是一份長達數頁的蒐集物品清單。科學調查組的鑑識人員花了很大的工夫，把這麼多物品一一仔細檢查過，但是史考特對這些沒完沒了的鑑識報告沒有興趣。他知道那一夜帕雷先和貝洛瓦發生了什麼事。有人想要他們死，而絲黛芬妮．安德司則是附帶的損害。

史考特找到了有關埃瑞克．帕雷先的那疊報告和訪談。有太多關於他的家人、員工、投資人等等的訪談紀錄，整疊有將近五吋厚。史考特看了手錶一眼，這才意識到瑪姬被關在狗欄裡有多久了。他忽然覺得好愧疚，知道自己得趕緊回訓練所才行。

史考特走出會議室，在靠遠端牆壁的一個小隔間找到寇利，她正在講電話。她豎起一根手指，示意稍等她一下。然後她講完，放下電話。

「你在裡頭看得怎麼樣了？」

「很好。真的很謝謝你和歐索警探，願意讓我看這些資料。」

「小事。我剛剛是在跟中央區搶劫組的人談你那位瑪黎先生。他們正在追一條線索，有一幫人在一個跳蚤市場賣贓物。其中有些符合那個地區的失竊物品。」

「太好了。我會通知他的。聽我說，我得回去接我的狗——」

「別提那個跳蚤市場。」

「什麼？」

「如果你打電話給瑪黎的話。你可以打給他沒問題，但是別提我們正在調查那個跳蚤市場的事情。別說『跳蚤市場』這幾個字。」

「好，我不會提的。」

「那就好。中央區的人會打電話跟他談他店裡的竊案。跳蚤市場的事情不關他的事。」

「我懂了。我不會說出去的。」

「你有照片嗎？」

史考特又糊塗了。

「什麼照片？」

「你的狗。我好愛狗。」

「我昨天才領到的。」

「喔。好吧，如果你有照片，我想看看她。」

「你覺得我可以帶走一些檔案嗎？如果必須簽什麼表格，我都願意簽。」

寇利看了周圍一圈，好像要找歐索，但是歐索不在。

史考特說，「是有關帕雷先的。我想要閱讀內容，但是那些資料厚得像一本電話簿。」

「謀殺大書不能讓你帶走，但是檔案可以借你。我們有電子檔了。」

「太好了。我想要的就是那些檔案。」

他跟著她回到會議室，她看到檔案和檔案夾攤在桌上，皺起了眉頭。

「大哥，希望你不是打算就這樣離開，留下這些亂糟糟的。」

「不可能啦。我離開前會把資料都歸回原位的。」

史考特指著厚厚那疊帕雷先的檔案。

「我想要的就是那個。是歐索警探之前從箱子裡拿出來的。」

她的表情變得若有所思，史考特擔心她會改變主意，但接著她點點頭。

「沒問題。除非你搞丟了什麼，否則歐索不會有意見的。我們的電子檔裡面沒有手寫的字條。」

「你希望我什麼時候還給你們？」

「如果我們需要什麼，我會打電話給你。你離開前，麻煩把其他的東西放回原位，好嗎？」

「沒問題。」

史考特把檔案放回原先各自的吊夾裡面，正用手指撥著那些檔案夾時，忽然發現箱內底部有個牛皮紙小信封。信封口用一個金屬夾封起，正面手寫著：還給約翰・陳。

史考特打開金屬夾，把信封裡的東西倒出來。那是一個封住的塑膠證物袋，裡頭的東西看起來像是一截短短的褐色皮革帶。另外還有一張皮革帶的照片、一張便箋卡，以及一份科學調查組的文件。那條帶子沾著一些褐紅色的粉末。梅隆在便箋卡上寫了字：約翰，謝了。我同意。你可以把這個丟掉了。

那份科學調查組的文件指出，這條皮革帶是半截廉價錶帶，沒有可識別的製造商，在科學調查組的清單裡列為物件編號三〇七。文件末尾有一段打字註解：

此物是在全面清查犯罪現場時，於槍擊地點北邊的人行道取得（參見物件＃三〇七）。外觀看似半截成年女性或男性之小號皮革錶帶，錶帶連接軸處斷掉。看似乾掉血跡的紅色污漬是一般鐵鏽。未發現血跡。地點、性質、狀況都顯示與罪案無關，但我希望先檢驗過，再予以丟棄。

史考特看到錶帶是在街道北邊撿到的，整個人緊繃起來。當初那輛肯沃斯卡車就是從北邊駛來的，中先生那家店也是在北邊。

照片裡拍到那截皮帶在人行道上，旁邊放著一張白色號碼卡（＃三〇七）。史考特又回去找科學調查組那份證物總清單，查了索引號碼，然後來到那張海報式犯罪現場簡圖前，看這個錶帶是在哪裡找到的。等到史考特看到簡圖，他覺得自己的心臟彷彿緩緩停止。＃三〇七所發現的地點正上方，就是今天早上史考特去過的那個屋頂，他曾站在上頭摸過那裡的鍛鐵欄杆，手上還沾了一道道鏽痕。

史考特拿出手機，拍下那張簡圖的照片。他又拍了第二張，以確保影像夠清楚，然後把剩下的檔案歸回各自的吊夾裡。

史考特審視著那錶帶上的鏽痕，覺得看起來很像他早上雙手沾到的鐵鏽。他想著梅隆為什麼沒把信封還給約翰·陳，然後判定是因為信封不小心掉到吊夾之間的箱子底部。梅隆大概忘了。畢竟，如果那條斷掉的錶帶是垃圾，那就不值得多費心了。

史考特把所有東西都放回檔案箱裡的原有位置，除了那截錶帶。他把錶帶放回信封內，塞進自己的口袋，然後拿了帕雷先的檔案。他去謝了寇利之後，這才離開。

14

史考特回到訓練所時，已經是傍晚了。停車場塞了將近一打私家車和洛杉磯警局的警犬隊用車。他聽到煤渣磚房後頭有狗和領犬員在進行訓練，狗吠聲和大嗓門下令聲不斷傳來。

史考特把車停在磚房辦公室那一端的對面，進入犬舍。他開門時，看到瑪姬站在狗欄裡望著他，好像還沒看到人就曉得他來了。她叫了兩聲，抬起前腿抓著柵門。史考特看到她的尾巴在搖，於是露出微笑。

「嘿，瑪姬小妞。你想我嗎？我好想你！」

她看到他走近，便放下前腳。他走進狗欄，搔搔她的耳朵，抓住她臉側厚厚的毛。她的舌頭開心地伸垂出來，佯裝要咬他的手臂。

「很抱歉我離開了這麼久。你以為我不要你了？」

他撫摸她的身側和背部，一路往下沿著她的腿撫過。

「不可能，狗兒。我跟定你了。」

巴爵斯從辦公室進入犬舍，沿著狗欄旁走過來。

「你不在的時候，她一直悶悶不樂。」

「是嗎？」

巴爵斯轉著自己的右手臂。

「狗屎，老弟，我會痠痛好幾天。那隻狗撲向我的時候，活像是美式足球的線衛。」

「她很認真的。」

他們早上進行過咬人指令和嫌犯攻擊的練習，巴爵斯扮演嫌犯。李蘭當時還出來看。瑪姬一開始稍有猶豫，但是她還記得軍方的指令字眼，於是很快就重拾當年的訓練水準。她會按照史考特的指令而盯緊巴爵斯，看著他乖乖不動，除非史考特下令她攻擊，或是巴爵斯朝史考特或她移動。然後她會衝向他戴了厚墊袖套的手臂，像是一枚追熱飛彈。這是練習中她似乎唯一樂在其中的部分。

巴爵斯繼續講，壓低聲音。

「李蘭印象很深刻。這些馬利諾瓦牧羊犬速度很快、牙齒很利，超愛咬人的，但是大隻德國牧羊犬啊，老弟，他們體重多出將近十五公斤，可以把你撞倒的。」

史考特又撫摸了她最後一次，然後扣上狗繩。

「我會再跟她練習一下。」

「她已經練習夠多了。」

這會兒巴爵斯擋著狗欄的柵門，嗓子壓得更低。

「她走路有點跛腳。就在你離開之後，她在這個狗欄裡面踱步的時候。不曉得李蘭有沒有看到。」

史考特凝視巴爵斯一會兒，然後帶著瑪姬出了狗欄，看著她。

「她走路好好的啊。」

「只是有點跛。是後腿。右後腿有點拖著。」

史考特帶著她走了一小圈，然後又沿著狗欄前後走了一段，看著她走路。

「我覺得沒問題啊。」

巴爵斯點頭，但表情並不相信。

「好吧，唔，或許她在外頭跑太多，扭到了哪裡。」

史考特兩手沿著她的後腿和腳撫摸，一路摸到臀部。她沒有任何不舒服的表示。

「她沒事。」

「我只是想讓你知道一下。我沒告訴李蘭。」

巴爵斯揉揉瑪姬的頭頂，然後看了史考特一眼。

「你改善一下她的狀況。但是不要在這裡，懂嗎？今天別留在這邊練習了。帶她去慢跑，丟球給她追。我們明天會再磨練一下她的驚嚇反應。」

「謝謝你沒告訴李蘭。」

巴爵斯又摸摸瑪姬的頭。

「她是一隻好狗。」

史考特目送巴爵斯離開，然後牽著瑪姬出去要上車，打量她的步態是否有跛行。他打開車門時，她跳上車，佔據了後座。才兩天，這個過程就變成理所當然。她毫不猶豫跳上車，也沒有不適的跡象。

「他說得沒錯，你大概只是扭傷肌肉而已。」

史考特上了駕駛座，關上車門，瑪姬立刻佔據中央置物箱的老位置，擋住了他看向副駕駛座旁車窗外的視線。

「你這樣會害死我們。我看不到啦。」

她的舌頭下垂，喘著氣。史考特手肘頂入她的肩部，想把她往後推，但她朝他靠過去，不肯挪動。

「別這樣嘛。我看不到。去後頭。」

她喘得更大聲，還舔他的臉。

史考特發動車子，駛離路邊。他很納悶她以前坐軍方的悍馬車時，是不是就像這樣，站在前座之間，好看清前面的狀況。那些坐在防彈悍馬車上的大兵大概可以越過她的身子看到外頭，但是眼前他得推開她的頭，免得擋住視線。

史考特開車上了高速公路，駛向位於聖費爾南多山谷的家。他正在思索那個沾了鐵鏽的褐色錶帶時，忽然想起他對阿爾登·瑪黎的承諾。他打給他，跟他說了自己查到的，又說有個中央區搶劫組的警探會跟他連絡。

瑪黎說，「他已經打來過了。兩個星期都沒消息，現在才打來。謝謝你幫我。」

「沒問題，先生。你今天早上幫過我啊。」

「他們說還會再過來，就等著看吧。我要免費送你襯衫，你穿瑪黎世界的襯衫一定很帥。女人會愛死你的。」

史考特跟瑪黎說，他會再去確認那些搶劫組的警探有持續辦案，然後結束通話，把手機扔在兩腿間。他通常是把手機放在中央置物箱的，但現在那裡被狗佔據了。

瑪姬嗅著他放波隆那香腸的口袋，舔舔嘴。這讓史考特想到自己得去多買點波隆那香腸和塑膠袋，於是他在托路卡湖下了高速公路，去找超級市場。瑪姬還在嗅他的口袋。

「好啦，馬上去買。我正在找。」

下了高速公路，才開三個街區，他們就碰上塞車。路邊一塊空地上有一棟獨棟住宅在構建骨架，一輛正要退出工地的木材卡車擋住了整條街，一輛賣食物的小卡車則想開進去接收那個停車位置。卡在車陣中，史考特觀察著那些建築工人像蜘蛛似的蹲在房屋的木材骨架上，用釘槍和槌子敲敲打打。其中少數幾個爬下來走向食物卡車，但是大部分的工人都還是繼續工作。敲打聲時斷時續，有時只有一把槌子在敲，有時釘槍迅速連發，整個工地聽起來像是警察學校的靶場。

史考特抓住瑪姬耳後的毛皮，揉揉她。現在吃晚飯還太早，但是史考特有個主意。

「你餓了嗎，小妞？我快餓死了。」

他開過那個工地，停在一個半街區外，然後幫瑪姬扣上狗繩，帶著她回頭走向那輛食物小卡車。隨著愈接近工地，瑪姬就變得愈焦慮，於是他每隔幾呎就停下來撫摸她。

食物卡車旁有三個工人在等，於是史考特跟他們一起排隊。瑪姬身子東轉西轉，不時移動重心。那些釘槍和槌子很大聲，而且每隔幾分鐘就有電鋸發出尖嘯。史考特蹲在瑪姬旁邊，把身上最後一塊波隆那香腸遞給她，她沒吃。

「沒關係，寶貝。我知道很可怕。」

排在他們前面的是個工人，回頭朝他們露出友善的微笑。

「你是警察，那他一定是警犬了。」

「是『她』。沒錯，她是警犬。」

史考特繼續撫摸瑪姬。

那工人說，「她真是漂亮。我小時候家裡養了一隻牧羊犬，但現在我有個討厭狗的老婆，說她過敏。我對她才過敏呢。」

食物卡車沒賣波隆那香腸，於是史考特買了兩個火雞肉三明治、兩個火腿三明治，還有兩根熱狗，都是夾在吐司麵包裡。他牽著瑪姬來到一個權充建築辦公室的小拖車外頭，問工頭他們可不可以坐在外頭吃東西。

那個工頭說，「你是來這裡逮捕人的嗎？」

「不是。我只是想跟我的狗坐在這裡而已。」

「那就請便吧。」

史考特坐在那個建築工地的邊緣，收短了狗繩，讓瑪姬待在他旁邊。每當有電鋸尖嘯或釘槍轟響，她就會扭動著轉身，想逃離那些聲音。史考特覺得內疚又矛盾，但還是撫摸她，跟她講話，給她食物。從頭到尾，他始終一手放在她身上，所以他們一直都有保持相連。這不是李蘭教過的，但史考特覺得自己的碰觸很重要。

那些工人偶爾會停下來問問題，而且幾乎每個都問可不可以摸摸她。史考特抓住她的頸圈，跟他們說動作要放慢，然後讓他們摸。瑪姬會嗅過之後，就乖乖讓人摸。那些人都跟瑪姬說她真是漂亮。

史考特覺得瑪姬逐漸變得冷靜些，不再坐立不安，肌肉也放鬆了。三十五分鐘之後，她終於坐下。又過了幾分鐘，她吃了一塊熱狗，即使他們上方就有電鋸開動。他撫摸她，跟她說她有多了不起，又剝了更多塊熱狗餵她。偶爾會有個聲音嚇到她，她會忽然歪頭，但史考特注意到，她愈來愈快就放鬆下來。她吃掉兩根熱狗和雞肉。但是火腿三明治被史考特吃掉了。

他們一起坐了一個多小時，但史考特一點也不急著離開。他很享受跟她坐在一起的時光，跟那些工人談論她，覺得自己好幾個星期沒有感覺這麼平靜了。然後他判定，自從槍擊事件後，他從來沒有感覺這麼心平氣和。史考特揉揉她的毛皮。

「這是雙向流通的。」

然後史考特和瑪姬回家。

15

史考特換掉制服，帶著瑪姬出去走一小段路，回家後跟她說她得自己在家裡待幾分鐘。然後他匆忙開車去附近的一家超市，買了三磅切好的波隆那香腸、五盒塑膠袋，以及一隻烤雞。他車子開得好快，活像是巡邏時接到緊急通報、要立刻全速趕到現場似的。他擔心瑪姬會在家裡亂叫，或者拆爛整間屋子。但是等到他奔進屋內，發現瑪姬乖乖待在她的狗籠內，下巴放在兩隻前腳之間，望著他。

「嘿，狗兒。」

瑪姬的尾巴砰砰敲著地，走出來迎接他，史考特覺得鬆了好大一口氣。

他把買來的雜貨收好，幫瑪姬換了水，然後把他在歐索的會議室裡拍的那些照片印出來，但是沒印出絲黛芬妮屍體的那張。接下來，他把照片釘在牆上的犯罪現場簡圖旁邊，然後在簡圖上畫了瑪黎的店、申先生的店、店後的小巷，以及他們樓房後方的卸貨區和防火梯。他還在鑑識人員發現皮錶帶的那個位置，畫了一個小小的X。

史考特忙完之後，審視著那張簡圖，然後覺得自己沒放絲黛芬妮的照片很懦弱。他印出她的照片，釘在簡圖上方。

「我還在這裡。」

史考特把那疊檔案和報告拿到沙發上，有很多東西要閱讀的。

警方跟埃瑞克．帕雷先的老婆艾菊恩訪談過七次。每回的紀錄都有三、四十頁，於是史考特先跳去瀏覽幾則比較短的訪談。一個名叫納桑．艾爾佛斯的男性遊民跟梅隆說他目睹了那場槍擊，說砲火來自一個盤旋在街道上方的發亮藍色球體。一個名叫米爾翠德．畢特斯的女人跟梅隆說，這場槍擊是幾個高高瘦瘦、穿著黑色西裝、戴著深色墨鏡的男人幹的。

史考特把這些放在一邊，回去看艾菊恩．帕雷先的第一次訪談紀錄。他知道這場訪談很重要，而且為後來的調查方向定了調。

當初梅隆和史坦格勒開車到她位於比佛利山莊的家，梅隆通知說她的丈夫被謀殺身亡了。梅隆注意到她的震驚很真實，還需要花幾分鐘才有辦法繼續談話。在這第一次訪談中，她同意無須律師出席，而且簽了一份正式同意書。她確認了貝洛瓦是她丈夫的表弟，描述他是「很棒的人」，每次來訪洛杉磯都住在他們家。她表示，她丈夫跟她說當天要去洛杉磯國際機場接貝洛瓦，帶他去市中心一家新開的泰勒氏餐廳，另外會開車載貝洛瓦經過兩處埃瑞克想買的房地產去看一下。接著梅隆讓她打去她丈夫的辦公室，她跟那裡的一位麥可．奈森取得了那兩棟建築物的地址。她通知奈森有關謀殺案的事情時，變得非常激動，於是梅隆只好接過電話。奈森無法解釋為何帕雷先會在這麼奇怪的時間，帶貝洛瓦去看那兩棟建築物。接著沒多久，帕雷先太太的子女放學回家，訪談就結束了。報告最後，梅隆說他和史坦格勒都覺得帕雷先太太很可信、很誠懇，也相信她的悲慟是真實的。

史考特抄下那兩棟市中心建築物和那家餐廳的地址，然後瞪著天花板。他覺得筋疲力盡，彷彿艾菊恩．帕雷先的悲慟也加入了他自己原先的悲慟。

瑪姬打了個哈欠，史考特朝她看一眼，發現她正望著他。他雙腳下了沙發，忍住不要皺臉。

「我們出去散步一下吧。回來再吃飯。」

瑪姬聽得懂「散步」這個字眼。她趕忙起身，走到放狗繩的地方。

史考特用塑膠袋裝了兩片波隆那香腸，狗繩扣上她的頸圈，然後想起巴爵斯建議過要改善一下她的狀況，就把綠色網球和一個要裝狗便的塑膠袋塞進口袋裡。

史考特帶著瑪姬來到附近的公園，看到裡頭除了一男一女繞著公園邊緣跑步之外，其餘都空無一人，覺得鬆了一口氣。他解開瑪姬的狗繩，叫她坐下。她期待地看著他，等著下一個指令。但史考特沒給她指令，而是抓住她的腦袋側面，頭湊上去磨，然後讓她逃走。她完全處於玩樂模式。胸部下壓，翹起屁股，發出歡快的吼聲。史考特判定這該是跑步的時候了。他拿出綠球，在她鼻子前揮動，然後丟向草地另一頭。

「去追球，小妞。去拿回來！」

瑪姬衝向球，但是突然停住。她看著那球彈跳，然後垂著腦袋和尾巴，回到史考特身邊。

史考特思索著這個情況，然後幫她扣上狗繩。

「好吧，如果不追球，那我們就慢跑吧。」

史考特起步時，身側的疼痛加深，受過傷那一腿的疤痕組織也刺痛起來。

「下回我會先吃顆止痛藥。」

他想起在旁邊陪著跑的瑪姬，臀部也曾受傷嚴重，很好奇她的那些傷口會不會像他的一樣痛。她沒有跛腳，也沒有任何不適的模樣，但或許她比他更強悍。瑪姬緊跟著往前跑，讓他忽然覺得好羞愧，咬緊了牙。

「好吧，你不吃止痛藥，那我也不吃。」

他們追著球慢跑了八次，然後瑪姬的右後腿開始拖行。很輕微，但史考特立刻停下。他察看她的臀部，拉著那隻腿伸縮一下。她沒有顯露出任何不舒服，但是史考特決定回家。等他們來到家門口，她的跛行消失了，但是史考特很擔心。

他先餵了瑪姬，然後自己沖澡，吃掉半隻烤雞。收起另外半隻後，他又給了瑪姬一連串指令，然後把瑪姬翻身仰躺，按著她，逼她掙扎逃脫。即使在這些折騰的玩鬧中，瑪姬走路還是很正常，於是史考特決定告訴巴爵斯她沒再跛行了。他開了一瓶啤酒，又回去閱讀。

在艾菊恩．帕雷先的接下來兩次訪談，她回答了有關她丈夫家庭和事業的種種問題，還提供了朋友、親戚、事業夥伴的姓名。史考特覺得這些訪談很無聊，於是跳過去。

泰勒氏餐廳的經理名叫埃米爾．坦納傑。坦納傑根據電腦裡點菜和結帳的資料，提供了帕雷先等人抵達與離開的精確時間。這兩個人在晚上八點四十一分抵達、點了飲料。帕雷先在一點三十九分用他的美國運通卡結帳。梅隆在坦納傑的訪談裡手寫了註記，說這位經理提供了一片監視影片的光碟，登記為證物編號H六二一八A。

看到梅隆的手寫註記，史考特往後靠坐。他從沒想到會有監視錄影的影片。他抄下了時間，然後拿著筆記走向他的電腦。

史考特印出一張市中心區域的地圖，然後找出泰勒氏餐廳和那兩棟商業建築物的位置。他用紅筆標示出這三個點，再加上第四個點：他和絲黛芬妮被槍擊的位置。

史考特把這張地圖釘在牆上那張簡圖的旁邊，然後坐在地板上研讀他的筆記。瑪姬走過來，嗅一嗅，接著趴在他旁邊。史考特猜想，從泰勒氏餐廳開車到任何一棟建築物都頂多只要五、六分鐘。從第一棟建築物開到第二棟，大概再加七、八分鐘。兩棟建築物都額外加個十分鐘，好讓帕雷先可以講他的推銷詞，所以總共加上二十分鐘。史考特皺眉看著那些時間。無論他們先去哪一棟建築物，都還要過將近三十分鐘，帕雷先和貝洛瓦才會抵達命案地點。

史考特站起來看著他的地圖。瑪姬也跟著他站起來，抖出一陣毛。

史考特摸摸她的頭。

「你覺得呢，瑪姬？在那樣的深夜時分，兩個開著賓利車的有錢人會在這種破敗地帶散步嗎？」

那四個紅點，看起來像是困在蜘蛛網裡的蟲子。

史考特又坐回地板上，動作遲緩得像個虛弱的老人，然後他拿起那個裝著半截錶帶的塑膠袋，重新閱讀約翰．陳寫的字：

未發現血跡。

一般鐵鏽。

瑪姬嗅嗅那塑膠袋，但是史考特用手肘把她推開。

「不要現在鬧，寶貝。」

他從塑膠袋裡取出那截褐色錶帶，拿近了檢視上頭的鐵鏽。瑪姬又湊過來，嗅著那錶帶。這回他沒把她推開。

一般鐵鏽。他很好奇，不知科學調查組能否分辨錶帶上的這些鐵鏽是不是來自那個屋頂的鍛鐵欄杆。

瑪姬朝著那錶帶嗅嗅嗅，這回她的好奇心讓史考特笑了起來。

「你覺得呢？是當時有個人在屋頂上，或者我瘋了？」

瑪姬怯怯地舔了史考特的臉。她耳朵往後折，溫暖的褐色眼珠看似哀傷。

「我知道，我瘋了。」

史考特把那錶帶放回原來的塑膠證物袋內封好，然後躺平在地板上。他的肩膀痛，他的身側痛，他的腿痛，他的腦袋痛。他整個身體、他的過去，還有他的未來，全都好痛。

他往上看著釘在牆上的那些簡圖和照片，上下顛倒。他凝視著絲黛芬妮的照片。繞著她屍體的那道白線，在她流出來的那灘血旁好明顯。他指著她。

「我馬上就來了。」

他垂下手，放在瑪姬的背上。她溫暖的身體和呼吸時身體的起伏，感覺好舒適。

史考特覺得自己快睡著了，很快地，他就會和絲黛芬妮重逢了。

在他身旁，瑪姬的鼻子吸入他的氣味，聞到了他的改變。過了一會兒，她哀鳴兩聲，但史考特老早睡著，聽不到了。

16

瑪姬

那男人喜歡追逐他的綠球。彼得從來不會，追逐綠球是給瑪姬特有的獎賞，但這個男人則是丟出他的球，去追，同時瑪姬跟在他旁邊小跑著。等到他撿起球，他又會丟出去，然後他們又一起去追。瑪姬很樂於陪在他身邊，穿過那片平靜的草地。

瑪姬並不樂於待在那個建築工地，有那麼多響亮、嚇人的聲音，還有焚燒木頭的氣味，但那男人一直緊緊守在她身邊，摸著安撫她，感覺上兩人就像一個團隊。他的氣味冷靜而令人放心。當其他男人走近時，她嗅著他們，想尋找憤怒和恐懼，並觀察他們是否有攻擊的跡象，但那男人保持冷靜，於是他的冷靜也感染了瑪姬，而且那男人跟她分享氣味美好的食物。

瑪姬跟這男人在一起，愈來愈感到自在。他給她食物、水，還跟她玩，而且他們分享同一個家。她一直在觀察他，研究他站立的姿勢、臉部的表情、講話的聲調，以及這一切的同時，他的氣味有什麼微妙的改變。瑪姬從人與狗的肢體語言和氣味，就知道他們的心情和意圖。現在她在努力摸清這個男人。她從他的氣味和步態變化，就知道他身上很痛，但是當他們追逐綠球時，他的疼痛逐漸消退，他很快就玩得興高采烈。瑪姬很開心那綠球帶給他喜悅。

過了一陣子，那男人累了，於是他們離開公園。走回家時，瑪姬一路嗅著各種氣味，於是知道有三隻不同的狗和他們的人類同伴曾走過同樣的路線。一隻公貓曾穿過那個老婦人的前院，而且那個老婦人在屋裡。一隻母貓曾在後院的樹叢底下睡過一段時間，但是現在走了。她知道那隻母貓懷孕，而且就快生了。他們走進那男人的家時，瑪姬嗅聞的頻率增加，尋找威脅。在那男人打開門之前，瑪姬就已經知道屋裡沒人，而且他們稍早離開的這段時間，也沒有人進去過屋裡。

「好吧，先弄吃的給你。你跟著我慢跑半天，也渴了吧？天啊，我跑得快累死了。」

瑪姬跟著那男人進入廚房。她看著他裝滿她的水碗和食物碗，然後看著他離開，回他臥室。她的鼻子碰碰食物，然後喝了好多水。此時她聽到那男人臥室裡的水流聲，聞到肥皂，知道他在沖澡。以前跟彼得在沙漠裡時，彼得沖澡時就會順便沖洗她，但是她不喜歡天花板落下來的水。那些水老是重重敲在她的眼睛和耳朵上，而且搞得她鼻子嗅覺失靈。

瑪姬轉身離開食物，在這男人的家裡走動。她查探了那男人的床和衣櫃，然後回到客廳繞一圈。瑪姬很滿足這個家就是該有的樣子，於是回到廚房，吃她的食物，然後回到客廳，蜷縮在她的狗籠內。她傾聽著那男人的聲音，逐漸快睡著。流水聲停止了。她聽到他穿衣服，過了一會兒，他進入客廳，但是瑪姬沒動。她的雙眼瞇成細縫，所以他大概以為她睡著了。他走進廚房，站在那裡吃東西。是雞肉。接著又有流水聲，然後他來到客廳裡的沙發。瑪姬幾乎睡著時，他突然跳起來，拍著手。

「瑪姬！來吧，小妞！來這裡。」

他拍著自己的大腿，蹲下來，然後又跳起身，笑著拍手。

「來吧，瑪姬！來跟我玩。」

她聽得懂「玩」這個字眼，但其實他不必說出來。他的活力、肢體語言，以及笑容，都召喚著她。

瑪姬匆忙爬出狗籠，衝向他。

他揉揉她的毛，把她的腦袋左右推來推去，然後對她下指令。

她開心地照辦，聽到他用尖細的嗓子說她好乖，她感覺到一股純粹的喜悅。

他下令她坐，她就坐；下令她趴下，她就乖乖趴下，雙眼認真看著他的臉。

他拍拍她的胸膛。

「過來這邊，小妞。起來。親我一下。」

她後退，前腳搭在他胸口，舔掉他臉上的雞肉味。

他努力把她按到地上，讓她翻身仰天。她掙扎又扭動著想逃，但他又把她按回去，然後她開心地臣服了，舉著四腳，露出腹部和喉嚨，任由他宰割，而且很快樂。

那男人笑著放開她，而等到瑪姬看見他臉上的喜悅，她自己也心花怒放。她胸部趴地，臀部翹起，想繼續跟他玩。但他只是撫摸著她，用冷靜的聲音說話，於是她知道玩樂時間結束了。

他撫摸她時，她就用口鼻磨蹭他。過了幾分鐘後，他躺在沙發上。瑪姬在附近嗅出一個好地點，蜷縮著靠牆趴下。剛剛的玩樂讓她滿心歡喜，而且累了一整天也很睏，但是她還沒有完全睡著時，感覺到那男人身上起了變化。他氣味的那些小小改變，讓她知道他的歡樂已經逐漸消失。恐懼的氣味伴隨著刺鼻的憤怒氣味，同時他的心跳增快了。

那男人起身時，瑪姬抬起頭，但是當他坐在桌前時，她放低頭，默默觀察他。她淺淺地快嗅幾次，注意到那憤怒的氣味沒了，代之以哀傷的酸味。瑪姬發出哀鳴，想去他身邊，但尚未摸清他的習性。她聞到他的情緒翻湧變化，就像飄過天空的雲一樣。

過了一會兒，他走到房間另一頭，坐在地板上，拿起一疊白紙。他身上發出恐懼和憤怒和失落的混合氣味，整個人非常緊繃。瑪姬走向他。她嗅嗅那男人和那些紙張。感覺到隨著自己的接近，他冷靜下來。她知道這是好事。團隊相聚在一起，親近帶來舒適。

瑪姬在他旁邊蜷縮起來趴著，當他把一隻手放在她身上，她感覺到一股愛的熱流。她深深嘆了一口氣，全身都抖動起來。

「你覺得呢，瑪姬？在那樣的深夜時分，兩個開著賓利車的有錢人會在這種破敗地帶散步嗎？」

她隨之站起來，舔他的臉，很高興他露出微笑。她搖著尾巴，渴望能得到他更多注意，但他拿起一個塑膠袋。瑪姬注意到塑膠的化學氣味和其他人類的氣味，也注意到那男人的注意力都集中在塑膠袋上。

他從塑膠袋裡拿出一截褐色皮革，仔細檢視著。她觀察著那男人的雙眼和臉部表情的微妙變化，感覺到那截褐色皮革很重要。瑪姬湊得更近，鼻孔翕動著，把空氣吸入，穿過她鼻子內的一個骨架，進入一個氣味分子聚集的特殊空腔內。每次吸氣都加入更多氣味分子，直到聚集得夠多，讓瑪姬得以辨識出最細微的氣味。

幾十種氣味同時出現，其中有的比較強——一隻動物的皮，是死去的生物；一個男性人類鮮活而強烈的汗水，以及其他男性人類較稀薄的氣味；另外還有其他微量的氣味，包括塑膠、汽油、肥皂、人類唾液、辣肉醬、醋、柏油、油漆、啤酒、兩隻不同的貓、威士忌、伏特加、水、柳橙汽水、巧克力、女性人類的汗，以及一點點人類精液、人類尿液——還有幾十種瑪姬無法確切認定是什麼的氣味，但是每一種對她而言都真實而清楚，就像看著桌子上陳列出來的一個個彩色積木。

「你覺得呢？是當時有個人在屋頂上，或者我瘋了？」

她跟那男人四目相對，看到了愛與讚許！那男人很滿意她去嗅那截皮革，於是瑪姬又去嗅了嗅。

「我知道，我瘋了。」

她的鼻子裡充滿氣味，很高興那男人讓她感覺安全而滿足，於是瑪姬緊靠在他旁邊蜷縮起身子，準備要睡覺了。

過了一會兒，那男人在他旁邊躺下來，瑪姬心中感覺到一種久違的平靜。

那男人最後一次說話，然後呼吸變得均勻，心跳減緩，睡著了。

瑪姬聆聽著他穩定的心跳，感覺到他的溫暖，覺得緊靠在他旁邊好舒適。她鼻中充滿他的氣味，嘆了口氣。他們一起住、一起吃、一起玩、一起睡覺。他們共享舒適和力量和歡樂。

瑪姬緩緩起身，跛著腿穿過房間，咬起那男人的綠球。她把球帶回來給他，放下，再度安頓下來睡覺。

綠球帶給那男人歡樂。她想要取悅他。

他們是團隊。

第三部

保護與效命

17

兩天後，史考特正在穿制服要去工作時，李蘭打電話來了。李蘭從來沒打過電話給他，看到他的名字出現在來電顯示上，讓史考特心中湧起一陣恐懼。

李蘭的聲音像他的怒視眼神一樣嚴厲。

「別費事來工作了。你打得火熱的那些搶劫兇殺隊娘炮們，要你在八點整到大船去。」

史考特看了一眼時間。現在是六點四十五分。

「為什麼？」

「我有說我知道為什麼嗎？分隊長接到一通都會司指揮官的電話。就算老大知道為什麼，也不認為有必要告訴我。你要在八點整去那裡，跟一位寇利警探報到。還有其他問題嗎？」

史考特判定，寇利是要他把那些檔案歸還，他希望她之前允許他帶走，沒因此惹上麻煩。

「沒了，長官。我這趟去應該不會太久。我們會盡快趕過去訓練所跟你報到。」

「我們。」

「瑪姬和我。」

李蘭的聲音變得柔和下來。

「我知道你的意思。聽起來你學到些東西了，不是嗎？」

李蘭掛斷電話，史考特看著瑪姬。他不知道該怎麼處理這隻狗。他不想把她留在家，但是也不想把她寄放在訓練所。李蘭有可能會想找她練習，要是發現了她跛腳，就一定會毫不猶豫刷掉她。

史考特走進廚房，倒了一杯咖啡，然後坐在他的電腦前。他努力想著有什麼朋友可以幫他照顧她兩三個小時，但是自從槍擊之後，他跟朋友們都疏於連絡了。

瑪姬走過來，頭放在他腿上。史考特微笑，撫摸她的耳朵。

「你不會有事的。看看我被搞得有多糟糕，我都能復元了。」

她閉上眼睛，享受著耳朵的按摩。

史考特想著或許有獸醫能幫忙治好她的瘸腿。洛杉磯市警局有特約獸醫可以照顧旗下的警犬，但是他們歸李蘭管。如果史考特要送瑪姬去檢查，絕對不能讓李蘭知道。若是能私底下用消炎藥或可體松之類的治好她的毛病，史考特願意自己出錢。他這招已經在自己身上用過了，免得局裡知道他吃了多少止痛藥和抗焦慮藥物。

他用Google搜尋北好萊塢和影視城的獸醫，然後又查了雅虎和Citysearch網站的評論。他還在閱讀時，忽然想到來不及找人幫忙照顧狗了。

史考特趕緊收拾了帕雷先的檔案，把有關帕雷先他們有半小時行蹤不明的那張地圖塞進褲口袋裡，然後幫瑪姬扣上狗繩。

「寇利警探想看你的照片。我們就給她更好的吧。」

他開車前往市區，尖峰時間的卡溫格隘口那段路塞車，花了他四十五分鐘。不過史考特帶著瑪姬進入警政大樓的大廳時，離八點還有三分鐘。他們通過了櫃檯，搭電梯到五樓。這回電梯門打開時，只有寇利一個人在等。史考特微笑，牽著瑪姬走出電梯。

「我想本尊要比照片更好。這隻是瑪姬。瑪姬，這位是寇利警探。」

寇利笑容滿面。

「她好漂亮。我可以摸摸她嗎？」

史考特揉揉瑪姬的腦袋。

「先讓她聞聞你的手，跟她說她很漂亮。」

寇利照做了，然後手指撫摸著瑪姬兩耳間柔軟的毛皮。

史考特把那一大疊檔案遞上。

「我還沒看完。希望沒害你惹上麻煩。」

寇利看了那些檔案一眼，沒有伸手接，而是帶著史考特和瑪姬走向她的辦公室。

「如果你還沒看完，就留著。其實你不必把檔案帶來的。」

「我以為你們找我來，就是為了這些檔案。」

「不，完全不是。這裡有些人想跟你談談。」

「有些人。」

「這事情發展得很快。來吧。歐索正在等。他看到你把狗帶來，一定會很高興。」

史考特跟著她進入會議室，歐索正倚在他那張犯罪現場簡圖旁的牆壁。會議桌旁有兩男一女坐著。史考特和瑪姬進去時，他們轉過頭來，歐索離開牆邊。

「史考特・詹姆斯，這位是中央區搶劫組的葛瑞絲・帕克，另外這位是蘭帕特區搶劫組的羅尼・帕克。」

兩位帕克都坐在會議桌旁離門比較遠的那一邊，沒站起來。女帕克露出緊張的微笑，男帕克則點了個頭。葛瑞絲・帕克個子高大，乳白的皮膚，穿著灰色套裝。羅尼・帕克則是瘦而矮，皮膚是深巧克力色，穿著乾淨無瑕的海軍藍獵裝。兩個人年紀都四十出頭。

羅尼・帕克說，「我們的姓一樣，但不是親戚，也沒有結婚。老是有人搞不清。」

葛瑞絲・帕克朝他皺起眉頭。

「沒有人搞不清。你就是喜歡這樣說。每回都講一模一樣的話。」

「很多人搞不清。」

歐索打斷他們，介紹剩下來那名男子。他塊頭很大，一張紅通通的臉，前臂毛茸茸的，一頭鋼絲般的頭髮像貨物網似的罩在晒傷的頭皮上頭。他穿著白色短袖襯衫，繫著藍紅條紋領帶，但是沒穿外套。史考特猜想他年紀大概五十出頭。

「這位是伊恩・米爾斯警探。伊恩是總局裡搶劫分隊的，辦公室就在走廊另一頭。我們現在組成了一個專案小組，處理這些竊盜案，伊恩是組長。」

米爾斯坐在會議桌旁離門比較近的這一邊，離史考特最近。他站起來朝史考特伸出手，但史考特也伸手時，瑪姬發出吼聲。米爾斯趕緊抽回手。

「哇。」

「瑪姬，趴下。趴下。」

瑪姬立刻趴下，但還是盯著米爾斯不放。

「抱歉。剛剛是因為有人突然朝我接近。她不會怎樣的。」

「我們可不可以再試一次？握手？」

「是的，長官。她不會動的。瑪姬，待著。」

米爾斯緩緩伸出手，這回沒站起來了。

「很遺憾你失去了搭檔。你狀況怎麼樣？」

史考特很不高興米爾斯提起這個話題，於是給了他制式的標準答案。

「非常好。謝謝。」

歐索指著米爾斯旁邊的空椅子，然後自己在寇利旁邊的老位子坐下。

「坐吧。伊恩從一開始就參與這個案子。之前他和他的人馬查出了貝洛瓦在法國那邊的關係，跟國際刑警組織合作。我們今天找你來，就是因為伊恩。」

米爾斯看著史考特。

「不是因為我，是因為你。巴德．歐索說你想起了一些事情。」

史考特立刻覺得不好意思起來，刻意要輕描淡寫。

「想起一點點而已。不多。」

「你記得那個駕駛人有白色鬢角。這個很重要。」

史考特點頭，但是沒說話。他覺得米爾斯似乎在觀察他。

「你還想起其他什麼嗎？」

「沒有，長官。」

「你確定？」

「我不曉得自己還會不會想起別的。」

「你一直在看心理醫師？」

史考特忽然覺得很不自在，於是決定撒謊。

「這是局裡規定的，如果碰到過槍擊，就得去看心理醫師。不過我去做心理諮商，都沒有任何收穫。」

米爾斯審視著他片刻，然後把一個牛皮紙信封推向前，手放在上面。史考特很好奇裡面是什麼。

「你知道我們搶劫分隊是在做什麼的嗎？」

「你們辦那些大型的銀行和運鈔車搶案。連續搶劫案。諸如此類的。」

米爾斯滿意地聳了一下肩膀。

「很接近了。朝你和你搭檔開槍的那些人，可不是為了一時快感而朝兩個有錢人和警察亂開槍的混帳。從他們合作的方式，犯案後沒有留下什麼線索，顯然這些傢伙很有技巧。我猜想他們是職業集團——跟專門犯大型搶案的是同一票人。」

史考特皺眉。「我以為已經排除搶劫的可能了。」

「沒錯，排除了搶劫的動機。我們追著幾個爛線索忙了好幾個星期，才排除掉這個動機，但是我們沒有排除搶劫集團。任何敢朝提款機和保全人員開槍的人，也都會收錢謀殺的。我們一直在密切監視這些人。」

米爾斯打開那個信封，裡頭滑出幾張照片。

「這類集團裡有各種專家。專門對付警鈴的，或是專門對付保險箱的，還有專門負責開車的。」

米爾斯把照片翻到正面，好讓史考特看。八個白人，有白色或淺灰色的毛髮，瞪著藍色眼珠。

「這幾個人是專門開車的。我們相信，在你被槍擊那一夜或是那幾天，他們都在洛杉磯。有沒有想起什麼？」

史考特低頭看那些照片，然後抬起頭，發現米爾斯、歐索、寇利、兩個帕克都在看他。

「我看到那個人轉身時的鬢角，沒看到他的臉。」

「那其他四個人呢？有關他們，你後來想起了什麼嗎？」

「沒有。」

「是四個人還五個人？」

史考特不喜歡米爾斯雙眼裡那種空洞的表情。

「駕駛人加上另外四個。」

「那個駕駛人有下車嗎？」

「沒有。」

「所以四個人加上駕駛人，總共就是五個人了。有幾個人從肯沃斯卡車下來？」

「兩個。另外兩個從福特車下來。二加二等於四。」

葛瑞絲．帕克翻了個白眼，但是米爾斯沒有不高興的表示。

「四個人下車開槍，這個人數不少。也許某個人脫掉面罩，或是喊了什麼名字？你還記得任何這類事情嗎？」

「不。很抱歉。」

米爾斯又審視他一會兒，然後拿起那些照片，裝回信封裡。

「洛杉磯犯罪集團裡的駕駛人不是只有這些而已。或許你還會想起別的事情。或許你甚至會想起其他人。羅尼？」

羅尼．帕克身子前傾，把另一張逮捕登記照放在桌上。裡頭是一名青年，雙眼和臉頰凹陷，皮膚很差，頂著一頭黑色的非洲式捲髮。

羅尼．帕克敲敲那張照片。

「你看過這傢伙嗎？」

每個人又都朝史考特看。

「沒看過。」

「這傢伙很瘦。一八三公分。慢慢來，把他看清楚。」

史考特覺得自己好像在參加考試，一點都不喜歡。瑪姬在他旁邊挪動著，史考特一手伸下去摸她。

「沒看過，長官。他是誰？」

在任何人回答之前，米爾斯就拿著他的信封站起來。

「這邊沒我的事了。謝謝你過來，史考特。你如果想起其他別的事情，不管是什麼，都盡快通知我，或是巴德。」

米爾斯看了歐索一眼。「這裡由你接手？」

「沒問題。」

米爾斯交代兩個帕克，請他們這裡談完了就過去找他，然後拿著那些照片離開。

葛瑞絲．帕克又翻了個白眼。

「他綽號是『自我男』。真可愛，不是嗎？」

歐索清了清嗓子好制止她往下講，然後看著史考特。

「昨天下午，在我們的要求下，蘭帕特區和東北區的警探逮捕並訊問了十四名已知會轉賣被竊物品的人。」

葛瑞絲・帕克說，「就是銷贓人。」

歐索繼續說，「其中兩個聲稱認識一個竊賊，在販賣中國的影音光碟、中國香菸、草藥，還有申先生店裡賣的那類東西。」

史考特的目光從那張照片轉向歐索。

「就是這個人？」

「他叫馬歐爾・伊許。昨天夜裡，我們把這張照片給申先生看。申先生記得伊許曾去他店裡閒晃，但是從來沒買過東西。把這事情跟兩個銷贓人加在一起，沒錯，很可能伊許先生就是在你被槍擊的那夜，跑去申先生的店裡偷東西。」

史考特盯著那張照片，感覺到自己胸口一片冰涼的刺麻感。瑪姬坐直起身子，靠著他的大腿，史考特這才發現歐索還在講話。

「我們已經派人去監視他家，裡頭還住著他弟弟、女友，以及另外兩個男子。伊許先生和他女友現在不在家，他們是在——」

歐索看了手錶一眼。

「——四十二分鐘前離開的。特別調查組的人正在盯著他們，通報說，看起來伊許和他的女友正在販賣冰毒給早上的通勤人士。」

葛瑞絲・帕克說，「甲基安非他命。他們有甲基安非他命的藥癮。」

歐索開心地點頭，然後繼續說下去。

「他們大概兩個小時內會回家。我們會讓他們先安頓下來，然後逮捕他們。喬依思負責指揮逮捕行動。我希望你跟她一起去，史考特。你願意嗎？」

所有人又都望著他。

一開始史考特不懂歐索在問什麼，接著才明白，自己等於是拿到了一張參與調查的許可。過去九個月來，他一直想幫忙抓到殺害絲黛芬妮的兇手，現在他覺得難以呼吸。

瑪姬的下巴歇在他腿上，凝視著他。她的耳朵折起，雙眼哀傷。

葛瑞絲·帕克說，「該死，那隻狗真大。她的大便一定大得像壘球。」

羅尼·帕克大笑，他的笑聲讓史考特有辦法開口。

「是的，長官。當然願意。我當然願意一起去。不過我得先跟我的上司請示。」

「我已經請示過了。今天你一整天都歸我指揮。」

歐索看了瑪姬一眼。

「不過我原先以為只有你會來。」

這時寇利開口，「他可以帶著狗。他不會參與逮捕行動的。」

她朝史考特咧嘴笑了。

「我們是管理人員。我們會站在旁邊看其他人工作。」她說。

歐索站起來，結束會議，其他警探也紛紛把椅子往後推，跟著站了起來。瑪姬也趕忙站起身，那兩個帕克皺眉看著她。

羅尼說，「她發生了什麼事？」

史考特這才明白，之前兩位帕克坐在會議桌另一頭，看不到瑪姬的臀部。現在他們看到她的疤痕了。

「有狙擊手開槍射中她。在阿富汗。」

「不會吧？」

「兩槍。」

這會兒連歐索和寇利都盯著她看，而且寇利一臉哀傷。

「可憐的寶貝。」

羅尼的臉皺成一團，接著他繞過會議桌，朝門走去。

「俺不愛聽啥個狗的淒慘事兒。來吧，去找自我男。我們還有工作要做呢。」

葛瑞絲朝史考特揚起眉毛。

「這傢伙在南加大拿了政治學碩士，而且會講三種語言。可是他每回情緒激動起來，就會冒出貧民窟口音。」

羅尼一副被得罪的表情。

「那是種族歧視，而且非常冒犯人。你知道那明明不是事實。」

他們一路拌嘴走出會議室。然後史考特轉向歐索和寇利。

「你們希望我做什麼？」

回答的是寇利。「待在這裡，或者附近。對街有個公園，或許對瑪姬會比較舒服。我會傳簡訊通知你。我們還有很多時間。你把那些檔案帶著吧。」

她提到檔案，史考特這才想起他褲口袋裡的那張地圖，連忙掏出來，讓他們看那四個點，然後指出他發現帕雷先有半小時行蹤不明。

「即使他們在兩棟建築物那邊停下來討論，也不可能花上一個小時又十分鐘，才從餐廳開車到命案地點。看起來中間似乎還有二、三十分鐘不曉得去了哪裡。」

史考特的目光從那地圖上抬起，等著他們的反應，但是歐索只是點點頭。

「你漏掉了一站。紅色俱樂部。檔案裡面有。」

史考特不曉得歐索在講什麼。

「我看過了訪談帕雷先的老婆和他辦公室助理的紀錄。他們沒提到還有另一站。」

寇利插嘴回答，「他們不曉得這事情。紅色俱樂部類似脫衣酒吧。梅隆頭先不曉得這事情，直到後來查到了貝洛瓦的信用卡帳單紀錄。那筆帳是貝洛瓦付的。」

史考特覺得洩氣又愚蠢，當寇利揮舞著那厚厚一疊檔案時，他覺得自己更蠢了。

「都在這裡頭。梅隆訪談過那個店裡的經理，還有兩個女侍。你可以用我的辦公桌，或是去公園。等到我們要趕過去的時候，我會傳簡訊給你的。」

史考特把那些檔案夾在腋下，目光從寇利轉到歐索。他想看泰勒氏餐廳的監視影片，但眼下覺得太羞愧而不好意思問。

「謝謝你們讓我跟著，這對我意義重大。」

歐索露出童子軍團長的微笑。

「沒問題。」

史考特轉身，瑪姬跟在旁邊。他覺得自己真是個白痴，居然相信自己發現了一個明顯的漏洞，但其實像歐索和寇利這樣的頂尖警探，老早把整個案子摸得一清二楚了。

史考特不是白痴，但還要過三天，他才會明白。

18

史考特拿著那些檔案到寇利的小隔間，看到那個小而狹窄的空間，他判定瑪姬去公園會比較舒適。然後他注意到寇利電腦旁邊有幾張裱框照片，於是在她的椅子上坐下。瑪姬擠進了辦公桌底下。

第一張照片裡是比較年輕的、穿著制服的寇利在警察學院的畢業典禮上，跟一對比較年長的男女合照，大概是她的父母。旁邊那張照片則是寇利跟三個年輕女人，一身絲緞和亮片的亮麗打扮，在市區的夜店裡。史考特打量著那四個女人，判定寇利是唯一看起來像警察的。於是史考特微笑了。絲黛芬妮看起來也像警察。下一張照片是寇利和一個很帥的年輕男子在沙灘上。寇利穿著紅色的連身泳裝，她朋友穿著鬆垮的游泳短褲，褲緣往下垂到膝蓋。史考特努力回想寇利是不是戴了婚戒，但是想不起來。最後一張照片是寇利跟三個小孩坐在一張沙發上。旁邊的桌上有種聖誕節裝飾，最大的那個小孩戴著聖誕老人帽。史考特又看了一眼寇利和那男人在沙灘上的合照，很好奇這三個會不會是他們的小孩。

「來吧，瑪姬。我們去公園。」

瑪姬塊頭太大，沒辦法在那麼小的空間裡轉身，於是她從辦公桌底下後退，像一隻馬退出馬廄似的。

史考特帶著她下樓，穿過第一街到市政廳公園。這是個小公園，但是四周環繞著加州櫟，讓整個空間蔭涼而宜人。

史考特在樹蔭下找到一張沒人的長椅，然後開始尋找檔案裡的紅色俱樂部訪談。結果很短，而且錯誤地歸到了一份有關喬治．貝洛瓦的文件後頭。

那三則訪談都是在槍擊二十二天後進行的。梅隆描述紅色俱樂部是「一個高檔的休閒場所，其特色是經營者所謂的『情色表演』，半裸的模特兒在吧檯上方的小舞台擺姿勢。」梅隆和史坦格勒訪問了槍擊那夜的經理李察．勒文，以及兩名酒保。他們沒有人記得帕雷先或貝洛瓦，也不認得他們的照片，但是勒文查了他們的電子交易紀錄，提供了開帳單和結帳的時間。梅隆就像對埃米爾．坦納傑的訪談紀錄那樣，在末尾手寫了註記：

李察．勒文——送來監視影片——兩張光碟——證物編號H六二一八B

勒文曾送來紅色俱樂部的監視影片，共兩張光碟，並登記列入了案件檔案。

史考特看完訪談後，就把紅色俱樂部的地址輸入他手機的地圖軟體，好找出位置，然後在他自己的地圖加上了第五個紅點。他看著那最新的紅點一會兒，又檢查一下好確定自己輸入了正確的地址。地址沒錯，但現在時間和路線似乎更不對勁了。

離開紅色俱樂部之後，那兩棟商業建築物都在命案地點的幾個街區之外。要是帕雷先開車到其中一棟建築物，他就會經過命案地點，沒有理由又折回來。高速公路在另一個方向。

史考特愈發困惑，於是決定自己去親眼看看。命案地點離這裡不到二十個街區，泰勒氏餐廳和紅色俱樂部還更近。

「來吧，我們上車跑一趟。」他對瑪姬說。

他們匆忙回到大船去開車。

泰勒氏餐廳是帕雷先當天晚上的起點，於是史考特先開到泰勒氏。

這家餐廳位於邦克丘不遠處的一個十字路口，位於一棟裝飾華麗、頗老建築物的一樓角落。正面是一塊塊黑色玻璃板，黃銅字母的店名貼在玻璃上。泰勒氏餐廳還沒開門營業，但是史考特停下來打量這個地方。附近沒看到停車場，於是他假設營業時間時會有停車服務員在角落等著代客停車。他很好奇帕雷先抵達時，那輛福特Gran Torino車會不會正在監視代客停車處，或者那輛福特車是從洛杉磯國際機場一路跟蹤過來的。

紅色俱樂部就在九個街區外，史考特十二分鐘就開到了，大部分時間都花在等行人過馬路。若是在凌晨一點半，開車時間應該不會超過四分鐘。

紅色俱樂部也是在一棟老建築的一樓。旁邊就是停車場，裸露的側牆有一塊褪色的訂製機械零件廣告招牌。一面小小的垂直霓虹燈招牌「紅色」，從建築物側面伸入停車場。招牌底下有一道紅門。營業時間時，門口大概還會站著兩個超大塊頭的保鏢，顧客就像是要進入一個秘密世界。

史考特又察看自己的地圖。先不管泰勒氏餐廳，剩下的四個紅點形成了一個Y字形，底部那點是紅色俱樂部，其正上方的分歧點是命案地點，而帕雷先想帶貝洛瓦去看的兩棟商業建築物，則是在Y字上方雙臂的尖端。

史考特看著瑪姬。

「一切都不對勁。」

瑪姬嗅嗅他的耳朵，氣息吹在他臉上。史考特想把她推離中央置物台，但是她堅守不放。停車場裡有兩個服務員值班。史考特把車停在入口，下了車。比較老的那個服務員是個五十來歲的拉丁美洲裔男子，一頭黑色短髮，穿著紅色汗衫。他看到史考特的車擋住他們的車道，連忙趕過來，但是一看到史考特的制服，突然停下。這是警察造成的效果。

他說，「你想停車？」

史考特讓瑪姬下車。那男人看到她，後退一步。這是德國牧羊犬造成的效果。

「這裡的夜店，紅色俱樂部？他們都開到幾點？」

「非常晚。他們是九點開門，四點才關門。」

「清晨四點。」

「是的，清晨四點。」

史考特謝了他，讓瑪姬回到車上，然後自己爬上駕駛座。他覺得自己想通了。

「根本沒什麼秘密。他們又回頭了。當時他們看了那兩棟商業建築物，決定要再喝一杯。一切不過是這樣。」

瑪姬喘著氣，但這回史考特離她比較遠，沒被吹到。然後他又看了一眼自己的地圖，這才明白他最新的理論也不對。

「狗屎。」

那輛賓利車的方向。

那輛賓利車經過他的巡邏車面前時，並不是朝著紅色俱樂部開去。帕雷先當時正開往反方向，朝著高速公路。

史考特還瞪著地圖看時，寇利傳簡訊給他。

我們要上路了，打給我。

史考特立刻就打。

「我們就在幾個街區外，等我五分鐘。」

「十分鐘吧，不過別來大船。我們正在麥克阿瑟公園部署。你十分鐘內可以趕到嗎？」

「沒問題。」

「在第七街和威爾夏大道之間的東側。你會看到我們的。」

史考特放下手機，很好奇帕雷先那天晚上進入命案地點時，為什麼是開向高速公路。他們還是有一段時間行蹤不明，而且並不是因為去看房子。

19

麥克阿瑟公園有四個街區寬，被威爾夏大道從中間切成南北兩半。大道北邊有一個足球場、幾個兒童遊戲場，以及一座水泥涼亭。南半邊公園則是被麥克阿瑟公園湖佔據了。這個湖一度以腳踏船聞名，直到幫派暴力、毒品交易、謀殺案趕跑了租船人。然後洛杉磯市警局和當地企業團體介入，重建這個湖和公園，設立了嚴密的監視系統，逼走了吸毒者和毒販。腳踏船經營者希望能重新開始，但是這個湖的販毒和暴力名聲已經污染了湖水。他們交易的工具也形成了污染。後來這個湖抽乾要整修時，在湖底發現了超過一百把手槍。

史考特沿著威爾夏大道來到公園，看到他們的部署區。六輛洛杉磯市警局的警車、一輛特警隊的廂型車、三輛無標示但顯然是警用的轎車，停在以往腳踏船服務處的附近。一名制服警員看到史考特的車轉進來時，就擋住了入口，但是一看到史考特穿的制服，便讓到一邊。史考特降下車窗。

「我要找寇利警探。」

那警員湊近些，朝著瑪姬咧嘴笑了。

「她跟特警隊在一起。大哥，我真喜歡有這些狗跟我們在一起。他真是漂亮。」

或許那個警員靠太近，或是講話太大聲。瑪姬的雙耳往前豎起，史考特立刻知道會發生什麼事，緊接著她發出吼聲。

那警員後退大笑。

「老天啊，我喜歡這些狗。祝你好運能找到停車的地方。或許停在那邊的草地上吧。」

史考特升起車窗，揉著瑪姬的皮毛，一邊把她推開，免得她擋住視線。

「『他』個頭啦。他怎麼會以為你這麼個美女是男生呢？」

瑪姬舔史考特的耳朵，然後一直看著那警員，直到他們停好車。

史考特幫她扣上狗繩，下了車，用擠壓瓶餵她喝水。她喝過之後，他讓她小便。接著他看到寇利站在特警隊的指揮廂型車旁，正跟四名男子圍在一起商量，一個是穿著制服的特警隊指揮官，另外三個是史考特不認得的警探。那些特警隊員都在船屋旁閒晃，輕鬆得就像是來釣魚度假似的。史考特想到加入特警隊曾是自己的夢想，不禁黯然。然後他低頭看瑪姬，發現她也正在看他，舌頭垂下，雙耳往後，一副開心模樣。他拍拍她的頭。

「不要跛著腿喔。我們兩個都不可以。」

瑪姬搖著尾巴，跟在他旁邊走。

寇利看到他走過來，豎起一根指頭，示意他等一下。她跟其他人又談了幾分鐘，然後他們散開走向不同的方向，寇利走過來跟他會合。

「等一下開我的車。伊許家很近，開車只要五分鐘。」

史考特有疑慮。

「你不在乎？她會留下很多毛。」他問。

「我只擔心她會吐。要是她暈車，你就得負責清理。」

「她不會暈車的。」

「那是她沒坐過我開的車。」

寇利帶著他們來到一輛沒標示的黃褐色雪佛蘭Impala車，看起來不會比史考特那輛破爛的龐帝克火鳥Trans Am好太多。他讓瑪姬上了後座，自己爬進副駕駛座，同時寇利發動引擎，入檔後倒車離開。

「這個不會花多少時間。你剛剛看到我們有多少人力嗎？老天在上，自我男本來還想找拆彈小組來支援。歐索說，這些白痴是吸食冰毒，不是製造冰毒啦。」

史考特點頭，不知道該如何回應。

「還是要謝謝你找我來。我很感激。」

「你有你的任務。」

「我的任務是陪你？」

寇利看了他一眼，那眼神他無法解讀。

「你的任務是去看伊許。如果你看到他，或許會記得。」

史考特立刻緊繃起來。瑪姬在後座東轉西轉，發出哀鳴。史考特伸手到後頭摸她。

「我沒看過他。」

「那是你不記得看過他。」

史考特覺得自己好像又是在參加考試，而且很不喜歡。他胃裡打結，槍擊的畫面閃過腦中——步槍爆出的亮黃色火花，大塊頭男子逼近，子彈轟進他肩膀的衝擊。史考特閉上眼睛，想像自己在一片海灘上的畫面。然後寇利和她男友出現在沙灘上，他睜開眼睛。

「這樣太扯了。我又不是實驗室的猴子。」

「你是我們眼前有的。你要是不想去，我就讓你下車。」

「我們連這傢伙是不是我們要找的人，都還不知道。」

「在中先生的店收掉之前，這傢伙曾在三個不同的場合販賣中國貨物。他住的地方離命案地點十四個街區。如果讓你近距離看到他，或許會回想起什麼。」

於是史考特沉默了，只是凝視著窗外。他好希望伊許目睹了那場槍擊，但又不願意相信自己見過這個人又忘記。那太瘋狂了。看到一個人又忘記你見過他，要比想起白色毛髮更離譜太多。寇利和歐索似乎認為這是有可能的，於是史考特覺得他們可能懷疑他精神不正常。

寇利開著那輛車進入一條狹窄的住宅區街道，經過兩輛引擎空轉的警車，在第一個十字路口轉彎，然後停在馬路中央。下一個十字路口有一輛淺綠色、無標示的轎車面對著他們，做了一模一樣的事情。史考特沒看到其他員警。

寇利說，「從角落數過去第四棟房子，左側。看到那輛有塗鴉的廂型車了嗎？就停在那棟房子正前方。」

一輛破舊的福特Econoline廂型車上頭滿是噴漆塗鴉，停在一棟淺綠色的房子前面。門前破爛的人行道接著一片枯萎的前院，然後是一道狹窄的煤渣磚門廊。

史考特問，「誰在屋裡？」

跟伊許同住在這裡的，包括兩個同樣有冰毒癮的男性朋友，以及他的女友愛絲特拉．若麗，不時兼差賣淫，以賺錢負擔他們的毒癮，另外同住的還有他弟弟達洛，十九歲，高中輟學，曾有幾次輕罪被逮捕的紀錄。

寇利說，「伊許、那個女友，還有一個男性朋友。另一個男性朋友稍早離開了，所以我們把他先抓起來。那個弟弟從昨天開始就不在家。你有看到我們的人嗎？」

這條街和路邊的房子看起來一片空蕩。

「沒人啊。」

寇利點頭。

「追緝逃犯組的一個小隊會破門而入。現在房子左右側各有一個人，外加兩個守在後頭。另外還有蘭帕特區搶劫組的幾個人，要負責處理證據。仔細看好了。這些人是最厲害的。」

寇利舉起手機輕聲說話。

「開演了，各位。」

那輛廂型車駕駛座旁的門打開，一個瘦削的非洲裔女子溜下車，繞過廂型車上了人行道，朝屋子走去。她穿著破爛的短牛仔褲，上身是繞頸繫帶的背心式上衣，腳踩廉價的夾腳涼鞋。她的頭髮編成辮子頭，中間點綴著珠子。

寇利說，「安琪拉．辛姆斯。她是追緝逃犯組的警探。」

那女人走到門前敲門。然後等著，一副毒癮者不耐的緊張和焦慮模樣。過了一會兒沒人開門，她就再敲。這回門開了，但是史考特沒看到開門的是誰。安琪拉．辛姆斯踏入門內，又暫停下來，擋著門不讓門關上。左右各有兩個追緝逃犯組的男警探從屋子兩側奮力跑過來，趕到門口時，安琪拉進入屋內。四個追緝逃犯組的男性警探跟在她後頭闖進屋內之時，馬路上的一男一女警探也從廂型車跳下來，奔上人行道。

寇利說，「華勒斯和伊思貝基，蘭帕特區搶劫組的。」

華勒斯和伊思貝基還在人行道，就有兩輛巡邏車尖嘯著停在寇利的轎車後方，停下時，另外兩輛警車也停在街道另一頭的那輛轎車後頭。每輛車都有四個警員，負責封鎖街道。

伊許的房子看似一片寂靜，但史考特知道裡頭一定是天翻地覆。瑪姬被他的焦慮搞得煩躁起來。

五秒鐘後，追緝逃犯組的兩個男性警探走出門，中間夾著一個上了手銬的白人男性。寇利顯然鬆了口氣。

「任務完成，寶貝。我們搞定了。」

寇利開車向前，停在那輛廂型車旁，打開車門。

「來吧，看看我們有什麼收穫。」

史考特打開後車門讓瑪姬出來，扣上狗繩，匆忙跟上去，此時辛姆斯和另一個追緝逃犯組的男警探帶著愛絲特拉．若麗出來。若麗瘦得像一具會走路的骷髏。一般巡邏警員稱這是「冰毒節食法」。

寇利在院子裡，比劃著要史考特過去。

最後是兩個追緝逃犯組警探押著馬歇爾．伊許出來。伊許雙手被銬在背後。他身高大約一八〇公分，空洞的雙眼和臉頰跟逮捕登記照一樣。他看著地面，身穿鬆垮的工裝短褲，運動鞋裡沒穿襪子，上身是一件褪色的T恤，罩在他身上鬆垮得像降落傘。

史考特審視那男人，覺得他身上沒有絲毫熟悉之感，但史考特無法別開目光，覺得自己好像被那男人施了咒。

寇利湊近他。

「你覺得怎麼樣？」

她的口氣像是迷失在隧道裡。

逮捕的警探帶著伊許走出門廊，下了兩級矮階梯，走向人行道。

史考特看到肯沃斯卡車撞上賓利車。他看到賓利車翻滾，以及AK－四七步槍的亮光。他看到馬歇爾．伊許在屋頂上，往下看著這場大屠殺，然後跑掉。史考特看到這些畫面，彷彿就發生在他面前，但他知道這只是幻想。他看到絲黛芬妮死去，聽到她哀求他回來。

伊許抬頭，目光對上史考特的，瑪姬胸膛深處發出吼聲。

史考特轉身退開，好恨寇利把他拖來這裡。

「這太蠢了。」

「大哥，你真該看看自己的臉。你還好吧？」

「我只是想到那一夜。像是記憶閃回。我沒事。」

「看到他有幫助嗎？」

「看起來像是有幫助嗎？」

史考特的口氣很兇，他立刻就後悔了。

寇利兩手一攤，往後退一步。

「好吧。只因為你以前沒見過他，並不表示他當時不在那裡。他有可能是我們要找的人。我們就是得見機行事。」

史考特心想，操你的，什麼見機行事。

史考特跟著她進入那間骯髒的小房子，裡頭充滿了焚燒塑膠和化學物質的氣味，嗆得害他雙眼泛淚。寇利用手搧著風，皺了一下臉。

「那是冰毒。滲進了牆壁、地板，所有的一切。」

客廳裡有一張薄床墊，上頭堆著皺襯衫、一張破爛的沙發，還有一個精緻的、將近三呎高的藍色玻璃大麻菸斗。薄床墊和沙發上散置著幾個吸食快克古柯鹼的菸斗，地板上有一面沾著粉末的方形小鏡子。瑪姬竭力往前而繃緊了狗繩，鼻孔不由自主地顫動，先是嗅著空氣，然後是地板，然後又嗅著空氣。她的焦慮也透過狗繩傳來。她看了史考特一眼，彷彿要察看他的反應，然後叫了一聲。

「放輕鬆，我們來這裡不是為了那個。」

史考特收緊狗繩，好讓瑪姬保持在近處。瑪姬受過偵測爆裂物的訓練，而偵爆犬從來沒有受訓要注意毒品。史考特判定，是冰毒和快克古柯鹼的混合化學氣味搞得她糊塗了。他把狗繩收得更短，撫摸她的側腹。

「冷靜點，寶貝。冷靜點。我們不想要找什麼。」

那個蘭帕特區的男警探出現在走廊，朝寇利咧嘴笑了。

「我們釘死這個傢伙了，大姐。來看看。」

寇利把史考特介紹給蘭帕特區搶劫組的比爾・華勒斯認識。克勞蒂亞・伊思貝基在兩間小臥室之中的第一間，正在拍照，包括那些裝在小塑膠袋裡的快克古柯鹼、一個裝滿了冰毒的大藥瓶、一個裝了大麻的玻璃罐，還有各式各樣裝在塑膠袋裡的藥物，包括阿迪羅（Adderall）、甲磺酸賴氨酸安非他命（Vyvanse）、迪西卷（Dexedrine），以及其他的安非他命類藥物。接著華勒斯帶他們到第二間臥室，指著一個破爛的黑色運動袋，咧嘴笑得像是中了樂透彩券。

「在床下發現這個。打開來看看。」

那個袋子裡有一根撬棒、兩把螺絲起子、一把破壞剪、一支弓鋸、一套挑鎖工具加扭力扳手、一罐石墨，以及一把電池供電的挑鎖槍。

華勒斯後退，滿面笑容。

「根據刑法第四四六條的定義，這個我們稱之為自助偷竊工具組。別名是通往定罪的單程票。」

寇利點頭。

「拍照，全部登記起來，然後盡快把照片用電子郵件寄給我。這樣就可以幫他的律師節省時間了。」

寇利看了史考特一眼，然後轉身。

「走吧，這裡結束了。」

「接下來呢？」

「我會載你回去你的車那裡。然後我要回大船，你大概應該回警犬隊的地方。」

「我指的是伊許。」

「我們會訊問他。利用我們現在可以指控他的罪狀，逼他說出有關申先生店裡的竊案。要是他沒偷申先生的店，或許也知道是誰偷的。我們會好好辦這個案子的。」

他們走到客廳時，她的手機響了。她看一眼來電顯示。

「是歐索。我很快就講完。」

她走到一旁去接電話。史考特很好奇自己是不是該等，然後決定要帶瑪姬離開這些臭味，於是牽著她出去。

對街和周圍的院子裡，都有成群附近居民在看熱鬧。史考特望著那些人群時，兩個資深警察帶著一名二十出頭的瘦削青年走上人行道。他頂著一頭黑色的捲曲爆炸頭，雙頰憔悴，眼神緊張。然後史考特看出了相似處，明白這位是馬歇爾．伊許的弟弟達洛，他沒被上手銬，這表示他沒有被逮捕。

史考特正要走下人行道，好讓路給他們通過，此時瑪姬突然警戒起來，撲向達洛。史考特完全沒料到，差點被她扯得站不穩。她的力道好猛，身體都立起來，只剩後腳著地。

達洛和最接近的那個警察都往旁邊閃，那個警察還大喊。

「我的天啊！」

史考特立刻有所反應。

「退開，瑪姬。退開！」

瑪姬後退，但還是繼續吠叫。

剛剛大喊的那個警察氣得滿臉通紅。

「天啊，老哥，管好你的狗。那個畜牲差點咬到我！」

「瑪姬，退開！退開！過來！」

瑪姬跟著史考特退開。她似乎不害怕也不生氣，只是搖著尾巴，目光從達洛．伊許轉到史考特身上那個放波隆那香腸的口袋，然後又轉回達洛．伊許。

達洛說，「要是那隻狗咬到我的話，我會告死你。」

寇利從屋子裡走出來，下了門前階梯。那個臉紅的制服警員向她介紹達洛是馬歐爾的弟弟。

「說他住在這裡，想知道是怎麼回事。」

寇利點點頭，一副冷漠的超然態度，似乎在打量達洛。

「你哥哥被逮捕了，因為涉嫌入室行竊、持有贓物、持有致幻藥物，以及持有致幻藥物並意圖散布。」

達洛等著她繼續說。看她沒再講，他就往旁邊傾斜身子，想隔著打開的前門看裡頭。

「愛絲特拉人呢？」

「屋裡的人全都被逮捕了。你哥哥已經送去蘭帕特社區警局，接著會轉到警政大樓。」

「唔，好吧。我有東西放在裡頭。能不能讓我進去拿？」

「現在還不行。等到裡頭的警察處理完，你才能進去。」

「那我可以離開嗎？」

「可以。」

達洛·伊許垂頭喪氣地離開了，沒再回頭看一眼。瑪姬觀察他，哀鳴著，目光從達洛轉到史考特身上。

寇利看著瑪姬問，「她哪裡不對勁？」

「大概他身上的氣味跟屋裡一樣。她不喜歡化學臭味。」

「哪個腦袋正常的人會喜歡？」

寇利看著達洛沿著街道逐漸消失，然後搖搖頭。

「如果家裡的大人就是馬歇爾，那會是什麼滋味？那小子踏上了他哥哥的後塵，正在一步接一步重演他哥哥的悲慘人生。」

她轉向史考特，原本專業而冷靜的臉變得柔和些。

「如果這件事讓你覺得不愉快，那麼我道歉。我們應該先跟你解釋為什麼要找你來這裡。巴德之前講得好像是幫你忙似的。」

史考特的腦袋裡有好多話想說，但聽起來全都像是道歉或藉口。最後他勉強聳聳肩。

「沒事的。」

接著他們上車，史考特沒再說什麼，兩人一路沉默回到麥克阿瑟公園。特警隊的廂型車已經不在了，只剩兩輛巡邏車和他的龐帝克火鳥 Trans Am 還停在那裡。

寇利把車停在他的車子旁邊時，他想起監視錄影的事情，於是開口問她。

「梅隆從泰勒氏餐廳和紅色俱樂部拿到了監視影片。可以讓我看嗎？」

她似乎很驚訝。

「我沒問題。反正你會看到的，都是那些經理和女侍說過的。裡頭沒有別的了。」

史考特思索著該怎麼解釋。

「我沒見過帕雷先和貝洛瓦。靜態的照片看過，但是沒有看過動態的樣子。」

她緩緩點了個頭。

「好吧。我可以辦到這事情。」

「影片沒在那個箱子裡。」

「物證都收在證物室。我會去幫你挖出來。今天大概沒辦法，我要先忙伊許的事情。」

「我了解。隨時都可以。謝了。」

史考特下車，打開後門。他幫瑪姬扣上狗繩，讓她跳下車，然後看著寇利。

「我沒瘋。我的腦袋沒中槍。」

寇利一臉尷尬。

「我知道你沒瘋。」

史考特點點頭，但沒有感覺好過些。他正要轉身時，她又喊他。

「史考特？」

他等著。

「換了我，也會想看看他們的。」

史考特又點點頭，然後看著她把車開走。他看了時間，現在才十一點十分。他還有大半個白天可以訓練他的狗。

「你不認為我瘋了，對吧？」

瑪姬往上看著他，猛搖尾巴。

史考特抓抓她的耳朵，撫摸她的背部，然後給她兩塊波隆那香腸。

「你好乖，真的好乖。我不該帶你去那棟該死的屋子裡。」

他開車到訓練場，希望那屋裡的化學物質沒有傷害瑪姬的鼻子。愛狗人該曉得的。愛狗人會保護自家狗兒的平安。

20

熱辣的太陽曬在訓練場上，烤炙著草地和人和狗。

巴爵斯說，「不要偷看。」

汗水和防曬油滴入史考特的眼睛。

「沒人在偷看啦。」

史考特蹲在瑪姬旁邊，前面是一面橘色尼龍布幕，在兩根插在泥土地的帳篷柱之間撐開繃緊了。這面布幕的功能，是要防止瑪姬看到一個警犬隊的警員布瑞特．道寧，他會躲在場地遠方另一頭四頂橘色帳篷中的其中一頂。那些帳篷高而窄，像是收起的海灘傘。不過大得足以容納一個成年男子。等到道寧一躲好，瑪姬就得利用自己的鼻子找到他，然後吠叫著警示史考特。

史考特正搔抓著瑪姬的胸部，一邊讚美她，此時身後忽然冒出一個尖銳的爆響，讓他們猝不及防。巴爵斯用起步槍突襲他們。

史考特和瑪姬畏縮了一下，但瑪姬立刻恢復，舔著嘴唇，搖著尾巴。

史考特用一塊波隆那香腸獎勵她，捏著尖細的嗓音誇獎她好乖，撫摸著她的毛皮。

巴爵斯收起槍。

「應該要有人賞你吃那個波隆那香腸才對。你驚跳得很嚴重。」

「你下次能不能後退兩呎啊？我耳朵都快被震聾了。」

每次訓練，巴爵斯總會用起步槍嚇他們三、四次。他開槍後，史考特就會賞瑪姬一塊波隆那香腸。他們想教她把意外的聲音連結到正面的經驗。

巴爵斯揮手要道寧繼續。

「別再抱怨了，趕緊準備好。我喜歡看她出獵。」

這套訓練他們已經做八次了，換了五個不同的警察假裝「壞人」，好讓他們的氣味不同。瑪姬都做得完美無瑕。史考特看到瑪姬的嗅覺沒被伊許屋裡的化學臭味搞壞，覺得鬆了口大氣。

稍早，李蘭旁觀他們訓練了將近一小時，佩服到也自告奮勇扮演了一次壞人。史考特立刻看出為什麼。李蘭在四頂帳篷裡都摩擦過身子，然後爬上場地盡頭的一棵樹。他的花招只讓瑪姬困惑了大約二十秒，然後她從帳篷處一路嗅著他的痕跡，縮小錐形遺嗅區，直到找到他。

當時李蘭從那棵樹大步走過來，沒有慣常的臭臉。

「那隻狗可能是我所見過最棒的空氣犬。我相信她可以在龍捲風裡追到一個飛起來的屁。」

空氣犬擅長於追蹤空氣中的氣味。而像尋血獵犬或小獵兔犬這類地面犬，則是擅長於追蹤地面或接近地面的氣味分子。

史考特很高興李蘭這麼熱心，但後來看到李蘭被叫進辦公室裡接電話，他還是鬆了口氣。他擔心瑪姬跑那麼多路下來，會又開始瘸腿，被李蘭看到。

這會兒，李蘭不在場，史考特覺得輕鬆多了，也很享受這個訓練過程。瑪姬知道他對她有什麼期望，而史考特也對她的表現很有信心。

道寧鑽進第三頂帳篷裡消失了。那些帳篷在八十碼外，而且有點逆風，此時巴爵斯朝史考特點頭。

「放她出去。」

史考特拿著道寧的舊T恤在瑪姬面前抖動幾下，然後解開她的狗繩。

「去嗅，小妞。去嗅——找，找，找！」

瑪姬從布幕後面衝出去，頭抬得高高的，尾巴往後挺，耳朵豎起。她慢下來嗅嗅空氣，尋找道寧的氣味，然後以一個緩慢的弧線順風朝帳篷跑去。離布幕三十碼時，史考特看著她顯然聞到了道寧的「錐形遺嗅區」邊緣。她轉向迎著微風，進入他的地面氣味區，然後努力衝向第三頂帳篷。看著她加速時不斷落地又躍起，就像是看著一輛高速賽車衝出起點線。

史考特微笑。

「逮到他了。」

巴爵斯說，「她是獵手，沒問題。」

瑪姬兩秒鐘就跑到帳篷口，煞住停下，吠叫。道寧緩緩出來，瑪姬站在原地吠叫，但是沒靠近他，一如史考特和巴爵斯教過她的。

巴爵斯咕噥著表示讚許。

「叫她回來吧。」

「退開，瑪姬。退開。」

瑪姬退離帳篷，然後輕快地跑回來，很得意。她的歡喜展現在她生氣勃勃的步伐，還有歡樂張開的嘴巴。史考特又賞了她一塊波隆那香腸，用高音調的尖細聲音誇獎她。

巴爵斯喊著要道寧休息五分鐘，然後轉向史考特。

「我告訴你，像她鼻子這麼靈，一定找到過不少土製炸彈，救了很多大兵的性命。這點太清楚了，你愚弄不了她的。」

史考特一手撫過瑪姬的背部，然後站起來問巴爵斯一個問題。巴爵斯曾在空軍基地訓練過偵爆犬，而且對於狗的種種所知，幾乎就像李蘭一樣厲害。

「我們今天去的那棟房子，有很濃的冰毒氣味，你知道那種噁心的化學臭味？」

巴爵斯咕噥了一聲，表示知道那種臭味。李蘭老是臭臉，巴爵斯則老是發出咕噥聲。

「我們進去，她立刻發出吼聲，想要尋找。你覺得她是把乙醚的氣味誤認成爆裂物的氣味嗎？」

巴爵斯啐了一口。

「這些狗不會誤認氣味的。要是她聞了有反應，那就是她認得的氣味。」

「我們離開時，她對某個住在裡頭的傢伙警覺起來，同樣變得很激動。」

巴爵斯想了一會兒。

「那棟房子裡的人是製造冰毒，還是吸食冰毒？」

「有差別嗎？」

「我們教這些狗要注意黑索金炸藥或賽姆汀炸藥之類的爆裂物，但是我們也教他們辨認叛軍用來自製炸彈的主要成分。別忘了，土製炸彈就是湊合著手邊有的材料製作的。」

「屋裡那些人是吸食冰毒，他們不製造的。」

巴爵斯皺起嘴唇，又想了一會兒，然後聳聳肩又搖搖頭。

「總之，大概也沒差別。少數幾種典型的冰毒實驗室成分，的確有可能被用來製造土製炸彈，但是那個成分太普遍了。我們從來不會教我們的狗要注意普遍性的物質。要是教了，那些狗每回經過加油站和五金行，就都會警示個沒完了。」

「所以她不可能把乙醚或啟動液搞混？」

巴爵斯朝瑪姬微笑，朝她伸出手。她嗅一嗅，然後趴在史考特腳邊。

「以她的鼻子，不可能搞混。要是我要你指出橘色帳篷，你會搞混成綠色樹籬或藍色天空或樹皮嗎？」

「當然不會。」

「她的嗅覺就像我們的視覺。光是趴在這裡，她就能聞出幾千個不同的氣味，就像我們看到一千種不同深淺色調的綠或藍或隨便哪個顏色。要是我說，指出橘色給我看，你就立刻能看到橘色，任何其他顏色也都是一樣，毫不猶豫。對她來說，氣味也是一樣。如果她受訓要注意黃色炸藥，你可以把黃色炸藥包在塑膠袋裡，埋在兩呎深的馬糞底下，上頭再澆威士忌，她還是可以聞到黃色炸藥。很厲害吧？」

史考特審視著巴爵斯一會兒，這才明白他有多愛這些狗。巴爵斯是愛狗人。

史考特說，「你想她為什麼會警覺起來？」

「不曉得。或許你應該叫你的警探朋友去搜查那棟房子，找土製炸彈。」

巴爵斯說完大笑，很得意，然後朝道寧大喊，要他再挑個帳篷躲好。

「她看起來真的很不錯。給她喝點水，我們再練習一次。」

史考特幫瑪姬扣上狗繩，正要準備練習第十次時，李蘭忽然氣勢洶洶地衝出辦公室。

「詹姆斯警員！」

史考特轉身，聽到巴爵斯在咕噥。「現在又怎麼了？」

李蘭氣呼呼地大步走過來。

「告訴我我搞錯了，告訴我你今天早上沒有在未經我同意的狀況下，跑去參與一樁警方的行動。」

「我跟著搶劫兇殺隊的警探，看他們進行逮捕。我沒參與。」

李蘭重重的步子更逼近，直到他的鼻子湊在史考特面前。

「我知道你和你的狗參與了一樁逮捕，這是事實。你害我被臭罵一頓，就是因為這個小小的事實。」

瑪姬咆哮——一種低沉的警告，但是李蘭沒動。

「叫你的狗退開。」

「退開，瑪姬。趴下。」

瑪姬沒有遵從，雙眼死盯著李蘭。口鼻皺起，露出利牙。

「趴下。」

瑪姬咆哮得更大聲，史考特知道李蘭此時對他一定更沒信心了。

在他身後，巴爵斯輕聲說話了。

「你是老大。那就拿出老大的樣子。」

於是史考特讓自己的聲音充滿威嚴。

「趴下。瑪姬，趴下。」

瑪姬趴下了，但是依然守在史考特旁邊。她注意力完全專注在李蘭身上，而李蘭的注意力則完全放在史考特身上。

史考特舔舔嘴唇。

「我們沒有參與逮捕行動。我們不是以警犬隊的身分去那裡的。我是到了大船之後，才知道即將有個逮捕行動要進行。頭先他們找我去，我還以為他們是要我歸還檔案。所以我才會帶著瑪姬一起去，以為只要送檔案過去一下，就可以過來這裡了。就只是這樣而已，警佐。」

史考特很好奇是誰投訴他，還有為什麼。他想到早上那個被瑪姬猛衝而嚇壞的資深警察；當時那警察的臉變得好紅，看起來像是快中風了。

史考特感覺到，李蘭正在考慮要不要相信他。

「我剛剛在外頭待了一個小時，你完全沒提過。這讓我覺得你不想讓我知道。」李蘭說。

史考特猶豫了一會兒，這才開口：

「兇殺隊的那些人認為，讓我去看他們要逮捕的那個傢伙，會觸動我的記憶。結果沒有，我什麼都沒想起。感覺上，我好像是讓我的搭檔們失望了。」

李蘭沉默了幾秒鐘，但還是一臉怒容。

「有人報告說你無法控制你的狗，而且你的狗還攻擊一位平民。」

史考特覺得自己臉紅了。紅得像是早上那個驚跳起來的混蛋。

「我控制了瑪姬和當時的狀況，沒有人受到傷害。有點像是現在，面對你這樣。」

巴爵斯又輕聲說話了，不過這次是對李蘭。

「在我看起來，史考特把瑪姬控制得很好，非常好。即使她完全準備好要去撕破你的喉嚨了。」

李蘭的臭臉轉向巴爵斯，史考特知道巴爵斯救了他。

李蘭生氣的雙眼變得若有所思。

「你還想待在我的警犬隊嗎，詹姆斯警員？」

「你明知道我想的。」

「你還是想說服我，應該要批准這隻狗服勤嗎？」

「我正在說服你。」

「事情是這樣的，剛剛我的上司為了你，把我臭罵了一頓，我還支持你。我跟他說，你是一位優秀的年輕人，而且跟你這隻狗的進步狀況讓我很驚訝。我還說我一秒鐘都不相信你不能控制你的狗，任何人要是敢這麼說，那最好過來這裡，當著我的面說。」

史考特不知道要說什麼。這些話出自李蘭，已經是最大的恭維了。

李蘭停頓一下，然後繼續又說：

「等到對外把這些支持的話講完了，接著我就會來臭罵你了。這個原則清楚了嗎？」

「是的，長官。很清楚。」

「實際情況是，這隻狗在我確認合格之前，還不是警犬隊的成員。要是她咬了某個笨蛋，而且被害人的訟棍律師發現你——這個警犬隊的正式成員——讓一般大眾接觸到一隻沒通過專業資格的狗，他們就會告到我們的屁股沒法穿警察制服了。我喜歡我的警察屁股，你呢？」

「是的，長官。我也喜歡你的警察屁股。」

「下回碰到這種事，你把這隻狗關在她的活動狗籠裡，或者帶來這裡放著。清楚了嗎？」

「是的，警佐。」

一滴汗流下李蘭的臉側，他用缺了手指的那隻手緩緩抹掉，手還懸在臉旁。史考特感覺李蘭是故意這麼做的。

「你是愛狗人嗎，詹姆斯警員？」

「你可以用你的屁股打賭。」

「冒著危險的不是我的屁股。」

李蘭又繼續盯著史考特的眼睛一會兒，這才後退一步，低頭看著瑪姬。她咆哮，從她大大的牧羊犬胸膛裡發出低沉的吼聲。

李蘭微笑。

「好狗。你真他娘的是一隻好狗啊。」

他又抬頭看著史考特。

「狗所做的一切，都是要取悅我們或救我們，沒有其他目的。我們也應該有同等的回報。」

他轉身大步離開。

史考特憋著氣，直到李蘭走進煤渣磚房裡才敢呼吸，然後他轉向巴爵斯。

「謝了，大哥。你救了我。」

「是瑪姬救了你。他喜歡她。不表示他不會把她刷掉，但是他喜歡她。你今天早上應該把她留在這裡的。」

「我擔心李蘭會看到她走路跛著腳。」

巴爵斯打量了瑪姬一會兒。

「她沒跛，一次都沒有。她在家裡會跛腳嗎？」

「一次都沒有。」

巴爵斯抬頭看了一眼，史考特看得出來，巴爵斯知道他撒謊。

「那就不要把她操得太兇吧。東西收一收，今天就練到這裡為止。」

巴爵斯喊著要道寧回辦公室，然後這兩位資深警員就留下史考特收拾。史考特解開瑪姬的狗繩，看到她還一直守在他旁邊，覺得很滿意。他拆掉布幕，捲起來，然後去收起那四頂帳篷，瑪姬一直陪在旁邊。

史考特捲起最後一頂帳篷，拿著朝狗舍走時，低頭瞥見瑪姬正在跛行。跟之前一樣，她的右後腿拖著，比左後腿慢了半拍。

史考特停下來，這樣瑪姬也會停下來，然後他望向狗舍。李蘭的窗子裡沒看到人。門也關著。沒有人在看他們。

史考特放下帳篷，幫瑪姬扣上狗繩，然後又搬起那些帳篷。他讓瑪姬走在自己後頭，這樣他就擋在瑪姬和煤渣磚房之間。

他把東西搬進狗舍時，裡頭一個人都沒有。巴爵斯、道寧，以及其他人大概都在辦公室裡，或者離開了。史考特確定停車場是空的，這才帶著瑪姬走向自己的車。她的跛行更嚴重，也更明顯了。

史考特發動引擎，倒車出來。

瑪姬往前站上中央置物箱。吐出舌頭，耳朵折起，看起來像是全世界最快樂的狗。

史考特手指深埋在那些毛皮裡揉著。她看著他喘氣，很滿足。

史考特說，「你可以用你的警察屁股打賭。」

他離開停車場，朝家的方向駛去。

21

五號公路北上車道有一輛大聯結車翻覆，讓那一段高速公路變成大型停車場。史考特到了北好萊塢就下交流道，在山谷村找到一個正在蓋豪華公寓的工地。在工地餵瑪姬吃飯，已經變成了他們的固定模式。他們下車時，他仔細觀察她。她的跛行現在變得很輕微，史考特都不確定那真的是跛行，或者她天生的步態就是那樣，但是看到她狀況改善，他還是鬆了口氣。

他買了烤雞和熱狗給瑪姬，一個豬肉絲墨西哥捲餅給自己，然後跟她坐在不時爆響的釘槍和好奇的建築工人之間。第一個爆響聲意外響起時，瑪姬瑟縮了一下，但史考特判定她的驚嚇反應已經沒以前那麼誇張了。她吃了第一塊熱狗之後，就把注意力放在史考特身上，沒理會那些隨時響起的聲音。

他們一邊吃飯，一邊跟那些建築工人交際，待了將近一個小時。史考特把剩下的波隆那香腸留著，回到車上後賞給她當獎品。此時，她的跛行已經完全消失了。

二十分鐘後，當史考特把車停在瑪麗楚·厄爾太太的前院時，太陽已經落到樹後頭，天空轉為深紫色。一如往常，厄爾太太屋子裡的窗簾緊閉，隔開外頭的世界。

史考特帶著瑪姬稍微散步一下，讓她解放，然後他們進了柵門，沿著厄爾太太的房子側邊走向訪客屋。天色愈來愈暗，厄爾太太的電視如常發出聲音。同樣的路史考特走過幾百回，這回也跟以往沒有不同，直到瑪姬停下來，表情明確無誤。她壓低頭，豎起耳朵，瞪著黑暗中。她的鼻孔隨著吸氣而閃爍著。

史考特看看瑪姬，又看看訪客屋，然後看著周圍的灌木和果樹。

「真的？」

他側門上方的燈壞掉好幾個月了。玻璃門內的窗簾拉開一些，他離開時就是那樣，廚房裡的燈亮著。他看到瑪姬的狗籠、餐桌，以及一部分的廚房。他的訪客屋看起來很好，沒有什麼異常。史考特住在這一帶從來不曾覺得不安全，但是他信任他的狗，瑪姬顯然嗅到了她不喜歡的東西。史考特很好奇，會不會是灌木叢裡有隻貓或浣熊。

「你聞到什麼了？」

話講出來，他才發現自己壓低了嗓子，變成氣音。

史考特考慮要解開她的狗繩，但是想想又決定算了。他可不希望一隻將近四十公斤的大狗突然發動攻擊，傷害百子蓮花叢裡的一隻貓或一個小孩。於是他把狗繩放長。

「好吧，寶貝，來看看你發現了什麼。」

瑪姬拉著他往前，猛吸著地面的氣味。她領頭直接來到側門前，再轉到玻璃門。然後她回到側門前，努力嗅著門鎖，又再度繞過訪客屋到玻璃門，扒著玻璃。

史考特打開玻璃門，但是沒進去。他傾聽一會兒，什麼都沒聽到，然後解開瑪姬的狗繩，用一種響亮而清晰的聲音說話。

「我是警察。我要放出這隻德國牧羊犬了。快出聲，不然這隻狗就會把你撕爛。」

沒有回應。

史考特放開瑪姬。

瑪姬沒衝進屋內，於是史考特知道如果有人來過他家，現在也已經離開了。

瑪姬迅速繞了客廳一圈，接著到廚房巡過，然後大步走進臥室，最後回到客廳。她在客廳走來走去，檢查她的狗籠和餐桌和沙發，然後再度進入臥室。等到她又回來時，原先的焦慮不見了。她搖著尾巴，進入廚房，史考特聽到她在喝水。史考特這才踏入屋內，把玻璃門關上。

「輪到我了。」

史考特在屋裡巡視一遍，首先檢查窗子和門，發現都關得很牢。沒被破壞或撬開過。他的電腦、印表機、桌上的紙張都好好的，電視和無線電話也是。答錄機的紅色留話燈閃著。沙發旁邊地上的紙張、釘在牆上的地圖和簡圖都似乎沒被動過。他的支票簿、他父親的舊手錶，還有他放在一個信封內、壓在床頭收音機鬧鐘底下的三百元現金，全都沒人動過。他的清槍工具、兩盒子彈、一把舊的點三二口徑短槍管輪轉手槍，全都依然放在他衣櫃裡面的那個警局運動袋裡。他平常放在浴室櫃子裡的抗焦慮藥和止痛藥也都還在。

史考特回到客廳。瑪姬趴在狗籠旁的地板上，看到他就翻身側躺，舉起一隻後腿。史考特微笑。

「好乖。」

一切看起來都很正常，但是史考特信任瑪姬的鼻子，他知道她一定是嗅到了什麼。厄爾太太有他家的鑰匙，有時會用來打開訪客屋，讓水電師傅進來修理東西，或是讓除蟲公司進來噴滅蟻藥。她總是會事先跟史考特說一聲，但是也有可能忘了。

「我馬上回來。」他跟瑪姬說。

厄爾太太穿著長袖運動衫、短褲、毛茸茸的粉紅色拖鞋來應門。電視的響亮聲音從她身後傳來。

「嘿，厄爾太太。你今天有讓什麼人到訪客屋裡嗎？」

她朝史考特身後看了一眼，好像以為會看到訪客屋化為廢墟。

「我沒讓任何人進去。你知道我向來會先跟你說一聲的。」

「我知道，但是瑪姬聞到不對勁，有點煩躁。我以為或許你讓水電師傅或除蟲公司的人進去過。」

她又望向史考特身後。

「你的馬桶又出問題了嗎？」

「沒有。我只是舉例而已。」

「唔，我沒讓任何人進去。希望你沒被偷東西。」

「其實只是瑪姬的反應不對勁。窗子和門看起來都沒問題，所以我以為或許你去開過門。她聞到一些新的東西。她不喜歡新氣味。」

厄爾太太又皺眉望向他後方。

「希望她不是聞到老鼠。你家可能有老鼠進去。夜裡我聽到這些果樹上有老鼠，吃我的水果。那些壞東西有辦法把牆都啃穿。」

史考特也回頭看了一眼訪客屋。

厄爾太太說，「要是你聽到老鼠或看到老鼠大便，就跟我說一聲。我會請除蟲公司的人來處理。」

史考特不曉得她猜得對不對，但是沒被說服。

「好的。謝了，厄爾太太。」

「別讓她在草地上小便。這些母狗破壞草坪比汽油還快。」

「是的。我知道。」

史考特回到訪客屋。他鎖上玻璃門，拉緊窗簾。瑪姬側躺在她的狗籠前，快要睡著了。

「她覺得我們屋裡有老鼠。」

瑪姬的尾巴敲了下地板。砰。

史考特走到電話前，發現有一則喬依思．寇利的留話。

「史考特，我是喬依思．寇利。我拿到監視錄影帶光碟了。不急。你隨時可以過來看，只要先打個電話來，確認我或歐索在就行。」

史考特放下電話。

「謝了，寇利。」

史考特去冰箱拿了一瓶可樂娜啤酒，喝了幾口，然後脫掉制服。他沖了澡，穿上T恤和短褲。他喝掉了那瓶啤酒，又去開冰箱拿第二瓶，然後走到那張釘了照片的牆前。

他摸摸絲黛芬妮。

「我還在這裡。」

史考特拿著啤酒到沙發。瑪姬站起來，一拐一拐地走過來，好像她有一百歲似的，然後側躺在他腳邊。她嘆了口氣，全身抖動著。

史考特在她旁邊的地板坐下，兩腳往前伸直，因為彎起來會很痛。他一手放在她側腹。瑪姬的尾巴敲打地板。砰砰砰。

史考特說，「哎呀，我們真是天生一對呢，不是嗎？」

砰砰。

「或許醫生能幫上你。他們幫我打過可體松。會痛，但是有用。」

砰砰砰。

從沙發到牆邊，到處都有檔案夾、圖表，還有他所蒐集大量有關槍擊案的簡報，收成整齊的小疊堆放著。史考特又喝了些啤酒，判定自己看起來就像個想證明外星人幫中央情報局工作的瘋子，大聲嚷嚷著失去的記憶、恢復的記憶、想像的記憶，以及可能不存在的記憶——老天在上，還有一瞥白色鬢角——彷彿某種只有他才能提供的超自然奇蹟，會破解這個案子，讓絲黛芬妮．

安德司起死回生。而現在，他居然讓總局搶劫兇殺隊那些最優秀的警探都相信這套，好像他可以提供他們拼圖中遺失的那片。

史考特的手指撫過瑪姬的毛。

砰砰。

「或許我該拋開過去、向前走了。你說呢？」

砰。

「我也是這麼想。」

他看著那一疊疊紙張資料，邊緣全都排得整整齊齊，那種整齊開始讓他困擾。史考特不是整齊的人。他的車、他的住處、他的生活，全都是一團亂。要是老鼠來過他家，那牠們真是很努力要讓這些紙張看起來沒有被翻動過，而且做得太過頭了。他想到早上在馬歇爾．伊許的竊盜包裡看到的那些工具，要是有人有那些工具，那麼就不需要厄爾太太幫忙，也不需要打破窗戶，就能進入屋裡了。

史考特去臥室拿了他的警用手電筒，然後開了玻璃門出去。瑪姬跟著他，嗅著那玻璃門，同時他用手電筒照著門上的鎖。

「你擋住了。挪開一點。」

那個鎖風化且有刮痕，但是在鎖洞和面板上，史考特沒發現可以顯示鎖被挑過的新刮痕。

接著他去檢查側門。之前的玻璃門上只裝了一個鎖，但這道側門有一個喇叭鎖和一個輔助鎖。史考特拿著手電筒跪下來湊近看。兩個鎖都沒有新的刮痕，但他注意到輔助鎖的面板上有一個黑色污痕。可能是灰塵或油污，但他調整燈光時，看到一種金屬的微光。

史考特用小指去摸，污痕沾到他的指尖。那物質看起來像是一種含銀的粉末，史考特想著會不會是石墨——這是一種乾的潤滑劑，可以讓鎖更容易開。馬歇爾·伊許的偷竊包裡就有一罐石墨粉。噴一點石墨，插入一把挑鎖槍，幾秒鐘之內就可以打開鎖。不需要用鑰匙。

史考特忽然笑了起來，把手電筒關掉。沒有東西被偷，他的住處也沒被破壞。有時一個污痕也就只是一個污痕而已。

「看到一個偷竊包，現在你就想像有一堆竊賊闖入了。」

史考特回到屋裡，鎖上門，拉緊窗簾。他走到絲黛芬妮的照片前。

「我不會拋開過去，我也不會放棄。之前我沒有離開你，現在也不會。」

他坐在她照片下方的地板上，望著那一疊疊檔案和文件。瑪姬在他旁邊躺下。梅隆和史坦格勒之前沒查出任何結果，但不是因為不夠努力。現在他明白他們付出了多麼大的心力，但他們兩個都交出這個案子後，菸酒槍炮及爆裂物管理局才抓到申先生。申先生改變了一切。

史考特翻著一堆凌亂的資料，找到了裝著那個廉價皮革錶帶的證物袋。約翰·陳說這是鐵鏽。史考特再度納悶著錶帶上的鐵鏽會不會是從屋頂來的。不過就算是，也證明不了什麼。

史考特打開那個塑膠夾鏈袋。他拿出錶帶時，瑪姬突然歪著身子爬起來。

史考特問，「你要小便嗎？」

她鼻子湊過來，近得幾乎要踩到他的大腿上了。她看著史考特，猛搖尾巴，嗅著那截廉價皮革。他第一回打開塑膠袋檢查這錶帶時，她就在他面前，現在她又是湊上前來，好像想跟他玩。她現在的舉動，就像之前在馬歇爾．伊許的房子裡。

史考特把錶帶往右移動，瑪姬也跟著移過去。他把錶帶藏在背後，她就開心地左右跳著，想到他背後去。

她想玩。

狗所做的一切，都是要取悅我們或救我們，沒有其他目的。

他第一次把錶帶從證物袋裡拿出來時，瑪姬就跟他在一起。之前幾分鐘他們才玩過，然後她在他檢查錶帶時湊上來聞。當時她湊得好近，他還得把她推開，所以或許錶帶讓她聯想到玩。他試圖想像瑪姬會怎麼想。

史考特和瑪姬玩。

史考特拿起錶帶。

錶帶是玩具。

瑪姬想跟史考特和他的玩具玩。

聞到錶帶時，就去找出錶帶，史考特就會和瑪姬玩。

歡迎來到狗的世界。

史考特把錶帶放回證物袋。他原以為瑪姬會對冰毒散發的化學氣味警覺，是因為他把那種氣味和爆裂物搞混了。巴爵斯說服他說不可能，所以這表示錶帶上一定有另一種她認得的氣味。

馬歇爾和達洛身上應該都有冰毒的化學氣味，但瑪姬沒對馬歇爾警覺。她在屋裡有警覺，對達洛有警覺，現在他又對錶帶有警覺。史考特凝視著瑪姬，緩緩露出微笑。

「真的嗎？我的意思是，真的嗎？」

砰砰砰。

那截薄薄的皮革錶帶，收在證物袋裡已經有將近九個月了。史考特知道，氣味分子會隨著時間而降解。但他覺得合理推測是，一個人的汗水和皮膚分泌的油脂，都會深深滲入錶帶內。

他伸手去拿電話，打給巴爵斯。

「嘿，大哥，我是史考特。希望現在不會太晚。」

「沒問題。有什麼事？」

「氣味能存留多久？」

史考特聽到背景裡有電視的聲音。

「什麼樣的氣味？」

「人類。」

「老弟，我需要更多資訊。地面的氣味？空中的氣味？空中的會被風吹掉。地面的氣味，或許二十四到四十八小時。要看元素和環境。」

「放在證物袋裡面的一截錶帶。」

「狗屎，那就不同了。是裝在那種塑膠證物袋裡的？」

「對。」

「你為什麼會想要知道這種事？可以舉例說說你想要查什麼嗎？」

「有個警探問我的。是他們手上一個案子裡的一件證物。」

「那要看情況。裝在玻璃容器裡面是最好的，因為表面光滑，而且不會跟其他東西起化學反應，不過那些厚重的證物袋也非常好。袋子有封起來嗎？如果沒封，就會有空氣的移動，油份會降解。」

「不，袋子是封住的。然後放在一個紙箱裡。」

「多久？」

史考特被這些問題搞得很不安，但他知道巴爵斯只是想幫忙。

「他們講得好像是相當久。六個月？就算六個月吧。他們只是問一下大致的狀況。」

「好吧。如果是放在那種封起的塑膠證物袋，密不透風，沒有陽光照到，我想氣味應該可以輕易保存三個月，但我也見過狗從封起超過一年的衣服聞出來的。」

「好，謝了，大哥。我會轉告的。」

史考特正想結束通話，巴爵斯阻止他。

「嘿，我差點忘了。李蘭跟我說他很欣賞你調教瑪姬的方式。他認為我們讓她的驚嚇反應進步很多。」

「太好了。」

史考特不想談李蘭。

「別跟他說我告訴過你，好嗎？」

「一定。」

史考特掛斷電話，隔著塑膠證物袋摸著那截錶帶。

他踏上了他哥哥的後塵。

達洛住在他哥哥家，所以屋子裡也有達洛的氣味。瑪姬對達洛和錶帶都有警覺。這截錶帶有可能是達洛的嗎？

史考特摸摸瑪姬的鼻子。她舔了他的手指。

「媽的不可能吧。」

或許兩兄弟一起去申先生的店行竊。或許達洛幫他哥哥把風，在屋頂上觀察有沒有警察跑來。或許目擊證人是達洛，而不是馬歇爾。

史考特審視著塑膠證物袋裡面那截破舊的褐色皮革。

他把那袋子放到一旁，拍著他的狗，一邊想著達洛。

22

次日早晨史考特醒來，覺得焦慮又煩躁。他夢到了馬歇爾和達洛。在夢中，他們冷靜站在街上，看著槍擊在周圍發生。在夢中，馬歇爾告訴歐索和寇利，說那五個男子槍擊後脫掉面罩，喊了彼此的名字。在夢中，馬歇爾知道他們的名字和住址，手機裡還有每個人的臉部特寫照片。史考特只想知道馬歇爾當時是否在場。

他帶瑪姬出門散步一趟，然後回來沖澡，在廚房水槽邊吃了穀物片。他悶悶不樂地想著是否要告訴寇利和歐索有關那截錶帶的事情，最後他判定他們已經覺得他夠瘋了。他不想根據一隻狗而搞出一套推理，讓狀況更加惡化。

到了六點半，他實在等得不耐煩了，就打電話到寇利的手機。

「嘿，喬依思，我是史考特．詹姆斯。我方便過去拿光碟嗎？」

「你知道現在是六點半吧？」

「我的意思不是現在去。隨時都可以，看你。」

她沉默了片刻，史考特很擔心她其實還沒起床。

「抱歉我可能吵醒你了。」

「我才剛慢跑八公里回來。讓我想一下。你可以十一點左右過來嗎？」

「沒問題。啊，聽我說，伊許那邊怎麼樣了？他當時看到了什麼嗎？」

「昨天晚上他根本不說話。他找了一個很好的辯護律師。歐索也第一時間就找了個檢察官過來。他們兩個律師在那邊談認罪協商的條件。」

史考特再次考慮是否要提起達洛，然後再次決定不要。

「好吧，那我們就十一點見了。」

史考特和瑪姬在訓練所從七點十五分練習到十點半，然後他把瑪姬留在那裡的狗舍，自己開車到大船。他關上狗欄時，她一臉困惑的表情，害他滿心愧疚。而她在他離開時發出的吠叫，令他感覺更糟。她持續懇求地吠叫，搞得他難受得閉緊雙眼。他加緊腳步，然後才意識到他之前聽到過。

史考特，別離開我。

沒了瑪姬在他旁邊，這輛龐帝克火鳥 Trans Am 車感覺上好空。之前瑪姬跨立在中央置物箱上，像一道黑與黃褐色的牆，把車子隔成兩半，但現在這輛車感覺好陌生。這是自從他帶瑪姬回家住之後，他第二度獨自在車裡。他們每天二十四小時在一起。他們一起吃、一起玩、一起訓練、一起住。有瑪姬就像有個三歲大的小孩，只不過更好。每當他叫她坐，她就坐。史考特看了一眼空蕩的中央置物箱，期望她沒再吠叫了。

他踩著油門，然後這才意識到，自己這麼一個成年男子、一個警察，開車一直加速，只因為他擔心自己的狗很孤單。他嘲笑自己。

「放鬆點，笨蛋。你這樣加速，好像她是個人似的。她是一隻狗。」

他更用力踩油門。

「你太常自言自語了。這樣不正常。」

十二分鐘後，史考特停在大船的停車場，搭電梯上五樓，很驚訝地發現歐索跟寇利都在電梯口等他。寇利手裡拿著一個牛皮紙信封。

「你可以留著。我幫你燒了備份。」

史考特接過信封，覺得裡面的光碟片移動，但只是勉強點了個頭。歐索看起來像個葬禮指導員。

「你有幾分鐘時間嗎？我們可以進去談一下？」

史考特覺得肚子裡冒起一股難受的熱流。

「是因為伊許？他在這裡嗎？」

「我們進去談吧。很遺憾你沒帶瑪姬來。有她在這裡很開心。」

史考特只聽到一堆咕噥。他已經準備好要透過馬歇爾·伊許的眼睛重現那場槍擊，他甚至已經進入自己的夢魘了。那輛賓利車翻過去，大塊頭男子舉起步槍，絲黛芬妮伸出血紅的雙手。史考特模糊意識到歐索等待他回應，但只是沉默地往前走。

他們都沒再說話，直到在會議桌旁坐下，然後歐索開口解釋。

「伊許先生今天早上招供了。他記得那天夜裡偷的三樣東西——一套象牙雕刻的菸斗。」

寇利說，「不是象牙。是犀牛角，上頭還鑲嵌虎牙。在美國是非法的。」

「隨便啦。那些菸斗之前出現在申先生的被竊物品清單中。」

史考特不關心有什麼東西被偷了。

「他看到那些槍手了嗎？」

歐索挪動一下，好像不太舒服。他的臉柔和下來，變得哀傷。

「不。我很遺憾，史考特。不。他幫不了我們。」

寇利身體前傾，開口了。

「他是在槍擊之前將近三小時的時候，闖進申先生的店。等到你們開車到那裡時，他已經回到家裡，嗑藥嗑得昏頭了。」

史考特的目光從寇利轉向歐索。

「就這樣？」

「我們試過了。原先看起來很樂觀，同一個夜裡，槍擊現場五十呎外就有這麼一樁竊案，這種機率能有多大？但是他沒看到槍擊。他幫不了我們。」

「他撒謊。他看到那些人謀殺了一個警察和其他兩個人。其中一個混蛋還拿著白動步槍。」

寇利說，「史考特——」

「他怕他們會殺了他。」

歐索搖頭。

「他說的是實話。」

「一個冰毒成癮者？一個販毒的竊賊？」

「我們有目擊者證詞和證物，可以用九項不同的重罪和輕罪起訴他。他以前有過一次重罪前科，所以這回再加上兩個，就是三振出局，不可能奢望法官從輕量刑了。」

「那也不表示他說了實話。只表示他很害怕。」

歐索又繼續說。

「他對四椿竊案招供了，包括申先生的。他告訴了我們有關時間、地點、如何進屋、偷了什麼，所有細節，我們都確認過沒問題。有關申先生店裡的竊案，他的說法也都確認過。我們還要他測謊，他通過了。我們問他什麼時間進入申先生的店、什麼時間離開、他看到了什麼。他都通過了。」

歐索往後靠，十指交叉。

「我們相信他，史考特。他沒說謊。他什麼都沒看到。他幫不了我們。」

史考特覺得自己好像失去了什麼。他以為自己應該問更多問題，但什麼都想不出來，也不知道要說什麼。

「你們釋放他了嗎？」

歐索一臉驚訝。

「伊許？老天，沒有。他被關在男子中央看守所，等到宣判之後，會轉到州立監獄的。」

「那個女孩和他兩個室友呢？」

「很快就釋放了。他們也算是我們的籌碼之一，所以就放了他們。」

史考特點頭。

「好吧。那接下來呢？」

歐索摸摸頭髮。

「白色鬢角的事情，伊恩有消息來源。或許有個人知道哪個白頭髮的駕駛。」

史考特看著寇利，她低頭看著會議桌，好像快睡著了。史考特好想問她有關海灘上的那個男人，又再度考慮要不要提起錶帶的事情。

寇利好像感覺到他的目光，忽然直起身子，抬頭盯著他。

「這真的很爛，我知道。我很遺憾。」

史考特點點頭。錶帶和達洛之間的關聯太沒有說服力了。要是他想解釋，他們會認為他聽起來很可悲，或是瘋了。他不希望寇利這樣看他。

他心不在焉地伸手往下要摸瑪姬，但只摸到空氣。史考特看了寇利一眼，很不好意思，但她好像沒注意到。歐索還在講話。

「而且我們有你，史考特。我們的調查不會因為馬歐爾．伊許就結束。」

歐索站起來，結束這場會面。

史考特和寇利也跟著站起來。他拿起那個牛皮紙信封，揮揮手，謝謝他們的努力。他尊敬他們，而且他現在知道，自己之前也該尊敬梅隆和史坦格勒的。

史考特相信歐索說得沒錯。調查不會因為馬歇爾・伊許就結束。還有達洛，只不過歐索和寇利不曉得。

史考特很好奇瑪姬是不是還在吠叫。他匆忙離開大船時，很小心不要跛行。

23

史考特進入狗舍時，瑪姬正在吠叫，但現在是純粹喜悅的叫法。她跳著撲向柵門，站得高高的，尾巴猛搖。史考特讓她出來，揉揉她的毛皮，用尖細的嗓子說話。

「跟你說過我會回來的。跟你說過我不會離開很久的。我也很高興看到你喔。」

瑪姬的尾巴搖得好厲害，整個身體都跟著晃動了。

保羅・巴爵斯和他的黑色牧羊犬歐比站在走廊盡頭。達娜・弗林在她那隻馬利諾瓦牧羊犬蓋特的狗欄裡，檢查他有如剃刀般鋒利的牙齒。史考特微笑，這些強悍的警犬隊領犬員，很多人是軍人退伍，而且這些成年男女跟狗用小女孩似的高音調嗓子講話，都覺得理所當然。

史考特幫瑪姬扣上狗繩時，李蘭出現在他身後。

「還好你又回來了，詹姆斯警員。我們希望你能待久一點。」

瑪姬的歡欣變成一種輕聲的低吼。史考特收短狗繩，讓她靠近自己的腳邊。要是李蘭喜歡史考特和瑪姬合作的方式、認為他們進步很多，那麼史考特會表現得更好給他看。但不會是待久一點。

「只是回來看你一下，警佐。我想帶她一起做些群眾工作。你不反對吧？」

李蘭的臭臉更臭了。

「『群眾工作』是什麼？」

史考特是照抄古德曼醫師的用詞。

「她在人群裡老是很緊張，那是源自創傷後壓力症候群的焦慮。這種焦慮讓她覺得會有壞事發生，就像她會被槍聲嚇到，那是同樣的焦慮。我希望她花時間在人多的地方，這樣她就會學到不會有壞事發生。要是她在人群裡逐漸變得自在，我想應該有助於她習慣槍聲。這樣你明白吧？」

李蘭緩了一下才回答。

「你從哪裡學來這些的？」

「一本書。」

李蘭又慢吞吞思索了一下。

「群眾工作。」

「如果你覺得可以的話。據說這是很好的治療。」

李蘭又是拖了一下才點頭。

「我想你應該去試試看這個方法，詹姆斯警員。群眾工作。那麼，好吧，你們就去找群眾吧。」

史考特帶著瑪姬上車，開到馬歇爾．伊許的房子外頭。他想把瑪姬帶到人群中，但不是為了治療她的焦慮，而是想要測試她的鼻子，以及他關於達洛．伊許的推理。

史考特打量著那棟房子。他不在乎那個女友和兩個室友是否在家，但他不希望瑪姬看到達洛。而如果沒人在家，他也不想在附近等上好幾個小時。

史考特把車往下開到第一個十字路口，掉頭，停在三棟房子之外，那裡的人行道旁有草地。他讓瑪姬下車，用擠壓瓶餵她喝水，然後指著草地。

「尿尿。」

瑪姬嗅著找到一個地點，尿了。這一招是海軍陸戰隊訓練出來的，聽從命令而撒尿。

她尿完後，史考特放下狗繩。

「瑪姬，趴下。」

瑪姬立刻趴下。

「待著。」

史考特離開了。他沒回頭看，但是很擔心。在他家旁邊的公園和訓練所，他可以丟下瑪姬，叫她待在原地不動，自己走到場地另一頭再回來，她都會乖乖待著。甚至在訓練所裡，他走到那棟煤渣磚房後頭，她看不見他時，她也都還是待著。海軍陸戰隊的訓練師對她的基本指令訓練做得很出色，而且她是一隻出色的狗。

他走到伊許家的門前，回頭看了一眼瑪姬。她還是趴在原地，看著他，腦袋抬得高高的，豎起的耳朵像是兩根黑角。

史考特面對門，按了門鈴，然後敲門。他數到十，又敲門，這回敲得更用力。

愛絲特拉・若麗開了門。她看到史考特的制服，第一件事情就是搧空氣。史考特心想，她獲釋後不曉得花了多少時間就又去買冰毒了。他沒理會那氣味，只是露出微笑。

「若麗女士，我是詹姆斯警員。洛杉磯市警局希望你知道你的權利。」

她困惑地皺起臉。現在她的模樣更憔悴了，駝背站在那裡，好像整個人虛弱得無法挺直身子。

「我才剛被釋放。拜託不要又逮捕我。」

「不，女士，不是那些權利。我們希望你知道你有控告的權利。要是你覺得自己遭到惡劣對待，或是你沒有被登記為證據的財物被非法拿走，你有權利控告市政府，而且可能獲得賠償。你明白我剛剛解釋的這些權利嗎？」

她的臉皺得更厲害了。

「不明白。」

達洛．伊許走上來，站在她後方。他瞇起眼睛看史考特，但是沒有任何認出他的表示。

「怎麼回事？」

愛絲特拉雙手交抱在她的平胸前。

「他想知道我們今天是不是被逮捕過。」

史考特插嘴。他原先只想搞清達洛是否在家，現在既然已經知道，他就想離開了。

「你是達諾斯基先生或潘塔里先生嗎？」

「不是。他們不在這裡。」

「如果他們覺得受到了不公平或不合法的對待，就有權利提出投訴。這是我們的新政策，讓人民知道他們可以控告我們。你會告訴他們嗎？」

「不是開玩笑的吧？他們派你來，說我們可以控告你們？」

「是真的。祝你們有美好的一天。」

史考特愉快地微笑往後退，像是要離開的樣子，然後他又站住，收起微笑。愛絲特拉・若麗正要關門，但是史考特忽然走近擋住門。他用冷酷、危險的街頭警察目光盯著達洛。

「你是馬歇爾的弟弟，達洛。你是我們沒逮捕的那個。」

達洛侷促不安起來。

「我什麼都沒做。」

「馬歇爾陸續說了一些事情。我們會回來找你談的。待著不要亂跑。」

史考特又盯著他看了十秒鐘，然後才退後。

「現在你可以關門了。」

愛絲特拉・若麗關上門。

走回他的汽車時，史考特的心臟跳得好厲害。他雙手顫抖撫過瑪姬的毛，讚美她乖乖待著沒動。

他讓瑪姬上車，開到下一個街區，又停好車，等著。他沒等太久。

八分鐘後，達洛離開房子，走得很快。他愈走愈快，最後小跑起來，然後在下一個十字路口轉彎，走向附近最繁忙的阿瓦拉多大街。

史考特跟上，希望自己沒瘋掉，同時希望自己的推理沒有錯。

24

以前當巡邏警察時，史考特有搭檔，開黑白警車。他從來沒接到過便衣任務，也沒開過沒標示的車。以前史考特開黑白警車要跟著某個人時，他會打開警燈，開得很快。於是現在，他要跟蹤達洛，真是難受得要命。

史考特原以為達洛到了阿瓦拉多街會搭巴士，結果達洛朝南轉，繼續走。繁忙街道上的緩慢步調，使得開車跟蹤達洛很困難，但是走路跟蹤應該會更糟。瑪姬會引來注意，而且史考特走路時，要是達洛忽然跳上一輛車，那史考特就會跟丟了。

史考特停在路邊觀察著，直到達洛幾乎離開視線，然後又跟上去，接著又停在路邊。瑪姬無所謂。她很享受跨在中央置物箱，打量車外的狀況。

達洛走進一家小超市，在裡頭待了好久，史考特都擔心他已經從後門溜掉了，然後達洛又走出來，拿著一罐超大瓶的飲料，繼續往南走。五分鐘後，達洛穿過第六街，進入麥克阿瑟公園，而一個街區的距離外，就是之前警方部署要抓馬歇爾的集合處。

「世界好小。」

史考特朝鏡子皺起眉頭。

「別再自言自語了。」

史考特停在公園對街第一個空下的收費停車格，打開門，走出來好看得更清楚。史考特對他所看到的很滿意。

威爾夏大道以北的麥克阿瑟公園有一個足球場、一個露天音樂台，以及鮮綠的草地。草地上點綴著野餐桌、棕櫚樹，以及歷經風霜且灰撲撲的櫟樹。磚石砌的步道彎過草地，上面有推著嬰兒車的女人、滑板客，還有幾個行動遲緩的遊民，推著附近超市所偷來、裝得爆滿的購物推車。帶著嬰兒的女人聚集在兩三張野餐桌，無所事事的拉丁美洲裔青年又佔據了兩三張，而其他的則是被遊民用來當成床。人們躺在草地上曬太陽，跟朋友圍成圈，或者在樹下看書。拉丁美洲裔和中東裔的男人在足球場上跑來跑去，替補球員則等在邊線旁。兩個女孩在一棵棕櫚樹下彈吉他。三個染了頭髮的小鬼在傳著一根大麻菸。一個精神分裂患者在公園裡踉蹌亂走、雙手亂揮，三個脖子有刺青的幫派分子在旁邊看，笑得流淚。

達洛繞過那些幫派分子，穿過草地，經過那三個在抽大麻菸的小鬼，沿著足球場的長邊走向公園另一頭。史考特看不到他了，但這正好在他的計畫之中。

「來吧，大女孩。讓我看看你有什麼能耐。」

史考特幫瑪姬扣上二十呎的追蹤狗繩，但是縮短了，帶著她來到達洛進入公園的那個地點。史考特知道她很焦慮。他們走路的時候，她一直貼在他的腿邊，緊張地望著那些不熟悉的人和嘈雜的車。她的鼻孔連吸三次，吸進周圍環境的氣味。

「坐下。」史考特說。

瑪姬坐了，不時東張西望，但是大部分時間都往上看著他。

他拿出證物袋裡的錶帶，舉到她鼻子前。

「聞一下。聞。」

瑪姬的鼻孔顫抖而抽動著。她在嗅著氣味時，吸氣模式就會改變。嗅聞不是呼吸。她嗅聞而吸入的空氣不會進入肺部。嗅聞是連續地淺淺吸氣幾次，稱之為「系列」。一個系列有可能是嗅三次或七次，瑪姬向來吸三次。嗅－嗅－嗅，暫停，嗅－嗅－嗅。巴爵斯的狗歐比則是每個系列吸五次。總是五次。沒人知道為什麼，但每隻狗都不一樣。

史考特用錶帶碰觸她的鼻子，嬉戲地拿錶帶繞著她的頭揮動，然後再讓她吸一會兒。

「幫我去找，寶貝。幫我去。看我們是不是對的。」

史考特後退，下了指令。

「找，找，找。」

瑪姬連忙起身，耳朵往前豎起，黑色的臉充滿專注。她轉向右邊，檢查著空氣，然後低頭湊到地面。她猶豫著，往左小跑幾步，接著又聞了聞空氣，望向公園。這是她的第一次警覺。史考特知道她聞到氣味了，但是不曉得通到哪裡。她繼續往前走，從人行道這一邊嗅到另外一邊，然後突然退回，再度望向公園。於是史考特知道她嗅出來了。瑪姬匆忙往前，狗繩延展到末端，她像個雪橇狗似的拉得好緊。那三個幫派分子看到他們，跑掉了。

瑪姬循著達洛走過的路徑，在野餐桌之間、沿著足球場的北側往前。那些球員踢到一半停下來，看著警察和他的德國牧羊犬。

史考特來到足球場的盡頭時，看到達洛．伊許了。他站在露天音樂台後頭的角落，旁邊還有兩名年輕女子，以及一名跟達洛年紀相仿的青年。其中一個女子先看到史考特，然後其他人也看過來。達洛看了大約一秒鐘，就拔腿跑向反方向。他的朋友們也跑過音樂台背面，奔向馬路。

「趴下。」

瑪姬立刻趴地。史考特很快趕上去，解開狗繩，然後立刻放開她。

「去逮他。」

瑪姬以極快的速度衝刺。她沒理會公園裡的其他人。她的世界是錐形遺嗅區，而且這個錐形一路縮小到達洛。史考特知道她看到他了，但跟著他的氣味到錐形的末端，就像是跟著一道因她逼近而愈來愈亮的光。就算把瑪姬蒙上眼罩，她也還是能找到他。

史考特跟在瑪姬後頭跑，幾乎感覺不到疼痛，彷彿他身上那些纏結的疤痕是長在另一個人身上。

瑪姬幾秒鐘之內就跑完那段距離。達洛跑過露天音樂台，進入一小片樹林，回頭看一眼，看到了一個黑與黃褐色的夢魘。他在最接近的那棵樹下滑行著停下，背靠著樹幹，雙手護住胯下。

瑪姬在他的腳邊煞住，按照史考特教過她的坐下，同時吠叫。找到就吠叫，吠叫以控制。

史考特到達時，停在十呎外，花了片刻先喘過氣來，這才要瑪姬退開。

「退開。」

瑪姬轉身，快步跑向史考特，然後坐在他左腳邊。

「看守。」

這是海軍陸戰隊的指令。瑪姬呈蹲踞姿勢，抬頭警戒，雙眼盯牢了達洛。

史考特走向達洛。

「放輕鬆。我不會逮捕你的。你不要動就是了。你一跑，她就會撲向你。」

「我不會跑的。」

「很好。跟隨。」

瑪姬快步走上來，靠著他的左腳又坐下，繼續盯著達洛。她舔了舔嘴唇。

達洛緩緩挪動著，想盡量離她愈遠愈好。

「大哥，這是怎麼回事？拜託。」

「她很友善。你看。瑪姬，握手。握手。」

瑪姬舉起右腳，但是達洛沒動。

「你不想握手？」

「媽的才不要。大哥，拜託。」

史考特和瑪姬握手，讚美她，然後賞了她一塊波隆那香腸。等到他把波隆那香腸收起來，就拿出那個證物袋。他打量達洛一會兒，考慮著該怎麼進行。

「首先，剛剛所發生的事情，我不應該這麼做的。我不會逮捕你。我只是想避開愛絲特拉，跟你私下談。」

「馬歇爾被抓的時候，你就在房子外頭。你和這隻狗。」

「沒錯。」

「他當時還想咬我。」

「是她。還有，不，她不是想咬你，否則她一定咬得到。她當時所做的，是發出警示。」

史考特舉起證物袋，讓達洛可以看那截斷掉的錶帶。達洛看了一眼，沒認出來，然後又看。史考特看到達洛閃過一抹記得的神色，顯然認出那截熟悉的錶帶。

「認得嗎？」

「那是什麼？看起來像是褐色的ＯＫ繃。」

「這是你的半截舊錶帶。看起來有點像是你現在戴的，不過之前你這個舊錶帶鉤到圍欄，錶帶斷了，這半截掉到人行道上。你知道我怎們知道這是你的嗎？」

「那不是我的。」

「上頭有你的氣味。我讓她聞了錶帶，她就追著你的氣味穿過公園。這麼多人在公園裡，而她就靠這個錶帶的氣味找到你。她是不是很厲害？」

達洛的目光掠過史考特，想找出路，然後又望向瑪姬。他知道跑不了。

「我才不在乎上頭有什麼氣味。我從來沒見過這個玩意兒。」

「你哥哥向警方招供，他曾在九個月前去偷了一家中國進口商店。叫亞洲風物店。」

「他的律師跟我說了。那又怎麼樣？」

「他去偷的時候，你也幫了忙吧？」

「媽的才不可能。」

「你就是在那裡掉了錶帶的。就在屋頂。當時你在幫他把風嗎？」

達洛的眼神閃爍。

「你是在開玩笑吧？」達洛說。

「事後你們還在樓上逗留，小小開個派對，放鬆一下？」

「去問馬歇爾。」

「達洛，你和馬歇爾看到了那場謀殺嗎？」史考特逼問。

達洛像個洩氣的皮球垮下來。他瞪著史考特後方好一會兒，吞嚥著，然後舔了嘴唇。他的回答緩慢而慎重。

「我不曉得你在說什麼。」

「三個人被謀殺了，包括一名警察。要是你看到什麼，或知道什麼，你可以幫你哥哥。或許甚至幫他爭取到不必坐牢。」

達洛又舔了嘴唇。

「我想跟我哥的律師談。」

史考特知道往下沒戲了。他想不出別的招數，於是後退。

「我跟你說過我不會逮捕你。我們只是談話而已。」

達洛看了瑪姬一眼。

「他會咬我嗎？」

「她。不，她不會咬你。你可以走了。但是想想我剛才說的，好嗎？你可以幫馬歇爾的。」

達洛盯著瑪姬，緩緩往後退，直到離開那片小樹林。然後他轉身，踉蹌著跑了起來。

史考特看著他離開，想像達洛和他哥哥從屋頂往下看，槍的火光照亮他們的臉。

「他當時在那裡。我知道那個小子當時就在那裡。」

史考特看著瑪姬。她凝視他，嘴巴咧得大大的，舌頭蓋過一片鋒利的白牙而往下垂。

史考特摸摸她的頭。

「你是有史以來最棒的小妞，真的。」

瑪姬打了個哈欠。

史考特扣上瑪姬的狗繩，回頭穿過公園，走向他們的車。他邊走邊給喬依思·寇利發了簡訊。

25

歐索的眼神看似平靜，但像是放在爐子上加熱的煎鍋。史考特之前把瑪姬帶去狗舍交給巴爵斯，這會兒跟寇利和歐索坐在會議桌旁。他的新聞所得到的反應跟原先預期的不同。

歐索瞪著那個證物袋，彷彿裡頭裝的是狗糞。

「這個之前放在哪裡？」

「那些檔案下頭的箱子底部。本來放在一個牛皮紙信封裡頭。是一般的小信封，不是大信封。梅隆本來要把它送還給約翰·陳的。」

寇利看了上司歐索一眼。

「科學調查組把它裝袋，因為上頭的污痕看起來像是血。但結果那是鐵鏽，所以他們交還給梅隆，要得到他的允許才能丟掉。梅隆寫了一張卡片，說可以丟掉。我猜想他是忙得忘記還了。」

歐索把那袋子扔在桌上。

「我沒看過這個證物袋。你檢查資料時，在箱子裡看到過這個信封嗎？」歐索問寇利。

「沒有。」

史考特說，「在我手上——那張卡片和信封。就在樓下我車上。你想要的話，我去拿來。」

歐索挪動了一下位置。過去十分鐘，他一直在挪動和調整自己的姿勢。

「啊，我想要，但不是現在。你憑什麼認為你可以不問一聲，就從這個辦公室拿走任何東西？」

「那張卡片上說那是垃圾。梅隆叫他丟掉的。」

歐索閉上眼睛，但是臉上充滿張力。他的聲音冷靜，但雙眼還是閉著。

「好吧，所以你擅自拿走，因為你認為它是垃圾，但是現在你相信它是證物了。」

「我當初拿走，是因為上頭的鐵鏽。」

歐索睜開眼睛。他什麼都沒說，於是史考特繼續講下去。

「他們撿到這個證物，是在人行道上，正上方是俯瞰著命案地點的屋頂。就是我跟你們講過的那個屋頂。我前幾天去那裡的時候，手上也沾到了鐵鏽。我以為中間可能有什麼關聯。我想好好思考一下。」

「所以你拿走時，希望這個是證物。」

「我當時不曉得我希望什麼。我想要好好思考一下。」

「我想這就是『是』了。是或不是都沒關係，因為我根本不在乎你當時認為這是證物還是垃圾，問題就出在這裡。如果這是證物，像你這樣拿回家裡，而且你不是偵辦這個案子的警察，只是個我們對你很客氣的混蛋，那麼你就破壞了證物保管鏈。」

然後寇利輕聲開口，「老大。」

史考特沒回答，也不在乎歐索是不是認為他是混蛋。這截褐色皮革錶帶連接到達洛，而達洛可能會連接到那群開槍的兇手。

歐索的臉一直很緊繃，直到左眼下方開始抽動。然後他平靜下來，那張臉也變得柔和。

「我道歉，史考特。我不該那樣說的。對不起。」

「我搞砸了。我也對不起。但是這截錶帶之前出現在槍擊現場，原來戴在達洛．伊許手上。我敢保證。我的狗不會搞錯的。」

寇利說，「達洛否認這錶帶是他的，而且否認他當時在現場。好吧，我們可以採集他的DNA做比對。然後我們就會知道了。」

歐索望著那個證物袋，然後椅子轉向門。

「傑瑞！佩提維奇！麻煩你們去看看伊恩在不在？請他過來找我。」

幾分鐘後，「自我男」伊恩．米爾斯加入他們。他的臉比史考特記憶中更紅。伊恩看到史考特，露出驚奇的微笑。

「你又從記憶庫裡面撈出新的東西了？那個白色鬢角變成了一個大大的酒糟鼻嗎？」

這個蠢笑話聽了很煩，但是歐索在史考特回答前就趕緊講正事。

「史考特相信，馬歇爾．伊許去偷申先生的店時，他弟弟達洛也去了，而且可能目睹了那場槍擊案。」

米爾斯皺眉。

「我都不曉得他有弟弟。」

「你沒有理由應該知道。到目前為止，我們都沒有理由認為這個弟弟涉入。」

米爾斯雙臂在胸前交抱。他打量著史考特，然後轉向歐索。

「馬歇爾通過了測謊。我們已經確定馬歇爾在槍擊案發生時，就已經離開那裡了。」

「他也宣稱只有自己一個人去偷。要是史考特的判斷是對的，或許馬歇爾不過是很會撒謊而已。」

自我男的目光又轉回史考特身上。

「你記得這個小鬼？他看到了槍擊？」

「那不是記憶。我只是說他在現場，而且我相信他是在屋頂。我不知道他是什麼時間在那裡的，也不知道他看到了什麼。」

歐索把證物袋推向米爾斯，米爾斯看了一眼，沒碰。

「史考特在案件檔案箱裡頭發現了這個。是科學鑑識組在現場找到的半截皮革錶帶。史考特相信這個錶帶是達洛．伊許的，所以達洛當時在現場。在我們更進一步調查之前，你得知道我們有個證物保管鏈的問題。」

歐索描述史考特所犯的錯誤，只是冷靜而平鋪直敘的口吻，但米爾斯的臉色愈來愈陰沉。後來米爾斯終於開口發脾氣時，史考特感覺自己像個十二歲的學童被叫到校長辦公室。

「你他媽的在開我玩笑吧？你在想什麼鬼啊？」

「我想著整整九個月，沒有人做事，這個案子還是懸案。」

歐索朝米爾斯舉起一隻手阻止，然後看了一眼史考特。

「告訴伊恩有關那隻狗的事情，就像你剛剛跟我解釋的那樣。」

史考特從瑪姬第一次聞到氣味樣本開始，然後一路告訴「自我男」有關他在麥克阿瑟公園的測試，瑪姬如何追蹤氣味穿過寬達四個街區的公園，一路追到達洛．伊許。

史考特指了一下證物袋，就放在會議桌上米爾斯旁邊。

「就是這個。我們中槍那一夜，他就在現場。」

米爾斯一直沉默聽著，體毛濃密的前臂交抱在胸前。等到史考特講完，他眉頭皺得更深了。

「這聽起來很扯。」

歐索聳聳肩。

「要查清楚很簡單。那隻狗有可能真的聞到了。」

史考特知道米爾斯會聽歐索的，所以他又更進逼。

「她逮到達洛．伊許了。你看到這些紅色條紋了嗎？屋頂有一道生鏽的鐵欄杆。科學調查組說這些小小的紅色污痕是鐵鏽。他的手錶鉤到欄杆，扯斷了，這一截掉在下頭的人行道上。科學調查組就是在那裡撿到的。」

歐索靠向米爾斯。

「我是這麼想的。我們去把那小子抓回來，幫他採樣，做DNA測試比對。然後我們就知道這錶帶是不是他的了。之後，我們再來查他是不是看到了什麼。」

米爾斯走到門邊，但是沒離開，好像還需要做什麼動作才滿意。

「我不曉得該希望這個事情很好還是垃圾。你把我們害慘了，小子。我他媽的不敢相信你把一個證物偷偷拿走，順帶說一聲，就連最愚蠢的辯護律師都會指出你污染了證物。」

歐索往後靠。

「伊恩，事情已經發生了。放下吧。」

「真的？在他媽的九個月、什麼都查不出來之後？」

「就祈禱這是好事吧。要是DNA比對吻合，我們就知道他撒謊，知道他瞞著什麼，然後我們可以找出一千個繞路的辦法。這種事我們以前也應付過的。」

要是未來的法官排除這個錶帶當證物，可能也會排除掉因為這個錶帶而往下得到的所有證據。這些往下的證據被稱為「毒樹的果實」，在這個原則下，從壞證據衍生出來的證據也同樣是壞的。要是調查的警探知道自己有一個壞果實，他們就會設法找個途徑繞過壞果實，利用不相關的證據去達到同樣的結果。這就是所謂的繞路。

米爾斯站在門邊，搖著頭。

「我太老了。這種壓力會把我搞死。」

他似乎又想了一會兒，然後轉向史考特。

「好吧。所以你和那隻靈犬追到這個小子的時候，想必你有問他問題吧？」

「他否認一切。」史考特說。

「嗯，你受過偵訊的訓練，有沒有問他是否看到了那場槍擊？」

「他說他當時不在場。」

「他當然會那樣說。所以你真正做到的是，你給了這小子一個預告，讓他知道我們要去逮他，也讓他知道我們想問他什麼。現在他有很多時間去編出好答案來。幹得好啊，福爾摩斯。」

自我男說完之後走出會議室。

史考特看著歐索和寇利。大部分是看著寇利。

「我知道我的道歉不值錢，但是我想說對不起。」

歐索聳聳肩。

「爛事總是會發生。」

歐索椅子往後推，離開了。

寇利站起來，但是沒走。

「來吧，我送你去搭電梯。」

史考特跟著她，不知道要說什麼。當初他發現牛皮紙裡面的那一截銾帶，因為是在人行道撿到的，而且上頭有鐵鏽，讓他覺得這截銾帶和自己都見證了那一夜的種種事件。它實際連結到絲黛芬妮、槍擊，以及他想不起來的種種記憶，他本來希望這截銾帶能幫助自己，把那一夜看得更清楚。

走到電梯時，寇利碰觸他的手臂。她的表情哀傷。

「這種事情難免會發生的。沒有人死掉。」

「今天沒有。」

寇利臉紅了，史考特這才發現自己講這話，只是讓她更尷尬也更難為情。

「老天，我的打擊率真是百分之百。我其實不是那個意思。你只是好心而已。」

她放鬆了，臉紅也褪去一些。

「我是好心沒錯，但我講那些是真心的。證據不見得一定會排除。這類問題每天都有人在爭辯，所以先別緊張，等到以後碰到了，再來緊張也不遲。」

史考特覺得稍微好過一點了。

「你說了算吧。」

「還有，如果達洛的DNA比對符合那截錶帶，我們就有個憑據可以往下追，這都是多虧了你。」

電梯門開了。史考特一手按住門，但是沒進去。

「你和一個男人在沙灘上的那張照片。他是你丈夫嗎？」

寇利整個人僵住不動，史考特以為自己得罪她了，但接著她露出微笑轉身。

「想都不要想，警員先生。」

「太遲了。我已經開始想了。」

她繼續走。

「關掉你的腦袋吧。」

「我的狗喜歡我。」史考特說。

寇利走到通往兇殺分隊辦公室的門時，站住了。

「他是我哥哥。小孩是我的姪女和侄兒。」

「謝謝，警探。」

「祝你有美好的一天，警員。」

史考特上了電梯，下樓去開他的車。

26

下午接下來的時間，史考特都在跟瑪姬做進階的車輛練習。包括要從打開的車窗裡鑽出來；從打開的窗子進入一輛車去抓嫌犯；史考特在車上，讓瑪姬不拴狗繩在車外，仍然聽從指令。他們警犬隊的公務車是制式的巡邏轎車，前後座之間有沉重的鋼絲網隔開，還有遙控開門系統，可以在一百呎外打開後門。這套遙控系統讓史考特可以自己待在車上、讓瑪姬下車，也可以自己下車不帶她，然後在一段距離外，只要他按腰帶上的一個按鈕，就可以讓她下車。

瑪姬討厭警犬隊的車。她跳上後座還算樂意，但是一等史考特坐上駕駛座，她就開始哀鳴，扒著隔開他們的鋼絲網。他下令要她坐下或趴下時，她會停止，但是幾秒鐘之後，她就又試，更努力想要碰到他。她使勁對著那鋼絲網又抓又拉，史考特都擔心她的牙齒會咬斷掉，只好趕緊練習完，換到下一個練習。

李蘭一整個下午都斷續來觀察他們的練習，但是大部分時間都不在場。史考特不太確定這是好跡象，不過瑪姬在練習中老是得跳上車或跳下車，李蘭在場的時間愈少愈好。練習結束後，看到瑪姬沒有跛行，讓史考特鬆了一口氣。

史考特收好訓練裝備，清理了場地，正要帶著瑪姬走出犬舍時，他後方通往辦公室的門打開，李蘭出現了。

「詹姆斯警員。」李蘭說。

史考特扯著狗繩，阻止瑪姬發出吼聲。

「嘿，警佐。我們正要回家。」

「我不會耽誤你太多時間的。」

李蘭進入犬舍，於是史考特只好回頭走向他。

「我打算把我們那個小帥哥夸羅分派給另一位領犬員。因為我當初本來是要把夸羅分派給你的，我想現在應該跟你說一聲。」

史考特不確定李蘭為什麼要告訴他，也不曉得把夸羅分派給另一位領犬員是什麼意思。

「好。謝謝你告訴我。」

「還有一件事。你剛開始跟瑪姬小姐合作時，曾要求給你兩星期，我再重新評估她。現在我可以給你三星期。祝你晚上愉快，詹姆斯警員。」

史考特判定應該犒勞一下瑪姬。他們在伯班克市一個建築工地慶祝，他買了炸雞、牛腩，還有兩隻火雞腿。食物卡車的那個女人愛上了瑪姬，問可不可以幫史考特和狗一起合照。史考特說沒問題，接著工地裡的工人也都排隊要來合照。中間瑪姬只吼過一次。

到家後，史考特帶瑪姬出去散步一下，然後沖了澡，把裝了光碟的信封拿到桌上。想到要看兩個死去的男人出去尋歡作樂，讓他覺得毛骨悚然，但是史考特希望看了之後，能有助於他面對這樁槍擊案那種瘋狂、傷及無辜旁觀者的本質，還有絲黛芬妮的暴力死亡。他希望他不是在欺騙自己。或許他只想為自己的怒氣找個更好的目標。

史考特打開信封，發現裡面有兩張光碟，一張標示著泰勒氏，另一張標示著紅色俱樂部。光碟的數目讓他覺得不對勁，然後他想起梅隆曾登記紅色俱樂部給了兩張光碟。他很好奇寇利為什麼只給他一張，但是判定無所謂。

史考特把紅色俱樂部的光碟放進電腦裡。趁著電腦讀取時，瑪姬走進廚房，喝了好久的水，聽起來大概喝了好幾加侖，然後她又回到客廳，在史考特腳邊蜷縮成一顆黑色與黃褐色的大球。她現在都不在她的狗籠睡覺了。他往下伸手摸她。

「好乖。」

砰砰。

紅色俱樂部的監視影片是用一個固定在天花板的黑白攝影機拍攝的。沒有聲音。那個高角度拍攝著一個大房間，裡面充滿了坐在卡座裡或餐桌旁的上流男子或男女，觀看穿表演服裝的女人在台上擺姿勢，同時侍者在桌子間穿梭。影片開始三十秒後，貝洛瓦和帕雷先被帶到一張兩人桌。史考特看著他們，毫無感覺。兩分鐘後，一名女侍走過去幫他們點菜。史考特覺得無聊，按了快速前進鍵。畫面裡快速度、動作忽動忽停的女侍送來飲料，貝洛瓦動作滑稽，帕雷先盯著舞者。中間有一度，貝洛瓦攔住了一個經過的女侍，那女侍指向大房間後方。貝洛瓦循著她指的方向以三倍速度走過去，兩分鐘後又同樣迅速回來。應該是去上廁所了。更多快速前進的影片過去，貝洛瓦付帳，兩人離開，去上廁所，然後螢幕畫面停住。

影片結束了。

除了工作人員，這兩個男人跟其他人都沒有互動。沒人來找他們，兩個人沒有去找其他顧客講話，也都沒使用手機。

史考特退出光碟。

對他來說，看過這個監視影片後，貝洛瓦和帕雷先都沒有比之前更真實，依然只是兩個即將因為不明原因而被斃掉的中年男子。史考特恨他們。他但願自己有他們被射殺的影片。他但願自己在他們離開俱樂部的時候就射殺他們，免得之後那些混蛋殺了絲黛芬妮，還開槍打得他一身破碎，導致他現在這樣，在這裡哭。

砰砰砰。

瑪姬在他旁邊觀察著。她耳朵折起，眼神關切，她看起來柔軟又光滑得像海豹。他摸摸她的頭。

「我沒事。」

史考特喝了點水，上了廁所，然後把泰勒氏的光碟放進電腦。高處的攝影機角度包括了接待區、吧檯一部分，還有三張模糊的桌子。帕雷先和貝洛瓦從畫面左下角進入時，他們的臉剛好因為角度而看不到。

穿著深色套裝的一男一女領檯員歡迎他們。短暫交談後，那名女領檯員帶他們入座。之後直到他們離開時，史考特才又看到他們。

史考特退出那片光碟。

到目前為止，紅色俱樂部的光碟品質較好，於是史考特很納悶沒出現的那片光碟裡頭有什麼。為了確定自己沒搞錯，他找出梅隆訪談李察·勒文的紀錄，重新看了一遍那行手寫的註記：

李察·勒文——送來監視影片——兩張光碟——證物編號H六二一八B

史考特決定撥電話給寇利。

「喬依思嗎？嘿，我是史考特·詹姆斯。希望你不介意，我對這些光碟有個問題要請教。」

「沒問題。什麼事？」

「不曉得你為什麼只給我一張紅色俱樂部的光碟，而不是兩張。」

寇利沉默了片刻。

「我給了你兩張光碟啊。」

「對，沒錯。一張是泰勒氏的，一張是紅色俱樂部的，但是紅色俱樂部應該有兩張光碟才對。梅隆這裡寫了個註記，說他收到了兩張光碟。」

寇利又沉默了一會兒。

「我不曉得要說什麼。紅色俱樂部只有一張光碟。我們有洛杉磯國際機場的監視影片，還有泰勒氏的影片，以及紅色俱樂部的。」

「梅隆的註記說有兩張的。」

「我聽到你剛剛說的了。這些影片有人仔細看過了，你知道？唯一的收穫就是確認了他們抵達和離開的時間。沒有人看到任何不尋常的地方。」

「為什麼會有一片光碟不見了？」史考特又問。

寇利回答的口氣很不高興。

「爛事常常有。東西會搞丟，會放錯地方，會有人拿了東西就忘了。我會再去查，好嗎？這些事情難免會發生，史考特。你還有別的事情嗎？」

「沒了。謝謝。」

史考特覺得好難受。他掛斷電話，收好光碟片，然後躺在沙發上。

瑪姬過來，在沙發旁嗅過後找了一個點，躺下來。史考特伸手摸著她的背。

「你是這件事裡唯一好的部分。」

砰砰。

27

瑪姬

瑪姬漫步在一片令人昏昏欲睡的綠色田野上，滿足而平靜。她肚子飽飽的，嘴巴也不渴。史考特的手是溫暖的安慰。那個男人是史考特。她是瑪姬。這個地方是他們的家，而他們的家很安全。

狗會注意到一切。瑪姬知道那個男人是史考特，因為其他人類講這個字眼時，他就會看著講話的人。她就是用這個方法知道彼得是彼得，而她是瑪姬。人們說出瑪姬這個名字時，會看著她。瑪姬了解來、待著、退開、狗籠、散步、球、尿尿、床鋪、找、貓、野戰口糧、食物、好乖、喝、坐、趴下、操蛋、打滾、獎品、去看守、吃掉、去找他們、去逮他們……還有很多其他字眼。只要把那些字眼跟食物、歡樂、玩、取悅老大聯想在一起，她就很容易記住。這點很重要。取悅老大讓整個團隊強大。

史考特的手動了，瑪姬睜開眼睛。他們的家平靜而安全，於是瑪姬沒起身。她傾聽著史考特在屋裡移動。她聽到他去小便，幾秒鐘後聞到了小便氣味，接著是熟悉的沖水聲。過了一會兒，她聞到史考特用在嘴裡那種綠色泡沫的甜香。等到水聲停了，史考特回來，充滿了那種綠色泡沫、水、肥皂的清爽氣味。

他蹲在她旁邊，撫摸她，講著一些她不了解的話。但是聽不懂也無所謂。她了解他聲音中的愛與體貼。

老大開心，團隊就開心。

我是你的。

史考特躺在黑暗中的沙發上。瑪姬聞到了他身體逐漸冷卻，知道他快睡著了。等到他睡著，她嘆了口氣，自己也逐漸陷入夢境。

家裡的一個新聲音吵醒了她。

他們的家是由氣味和聲音所定義的——地毯；油漆；史考特；牆壁上老鼠的氣味，他們交配的吱吱聲；那個只有聲音為伴的老女人；爬上柳橙樹吃水果的老鼠；兩隻追獵老鼠的貓的氣味。史考特帶她回家之後，瑪姬便開始學習這個地方，隨著每次吸氣而學到更多，像是電腦下載著一份永遠沒完沒了的檔案。當那些資訊收集在她的記憶裡，氣味和聲音的種種模式也變得熟悉起來。

熟悉是好的。不熟悉是壞的。

那個老女人的家外頭傳來一個輕微的摩擦聲。

瑪姬立刻抬起頭，朝那個聲音豎起耳朵。她認得人類的腳步聲，也聽得出有兩個人正沿著車道走近。

瑪姬匆忙趕到玻璃門前，鼻子湊到窗簾底下。她聽到一根小樹枝斷掉，枯脆的葉子被踩碎，摩擦聲變得愈來愈大。樹上的老鼠停止移動，靜靜躲在原地。

瑪姬快步走到窗簾一側，腦袋從簾子底下探出去，吸入更多空氣。腳步聲停住了。

她昂起頭，傾聽著，嗅了嗅。她聽到柵門的門閂發出金屬碰撞的啪噠聲，聞到他們的氣味，認出了入侵者。那些白天進入他們家的陌生人又來了。

瑪姬爆出一陣雷鳴般的吠叫。她撲向玻璃門，從肩部到尾巴，整個背部的毛都直豎起來。

家裡有危險了。

團隊遭受威脅了。

她豎起的毛是一種警告，無論入侵者是誰，只要威脅到團隊，她都會趕走或殺掉他們。

她聽到他們奔跑。

「瑪姬！瑪姬！」

史考特下了沙發，來到她身後，但是她沒理會他。她更努力想趕跑入侵者，警告他們。

「你是在朝誰叫？」

那刮擦聲變小了。車門甩上的聲音。汽車引擎的聲音愈來愈小，直到消失。

史考特拉開窗簾，站在她旁邊。

威脅已經離開了。

家裡安全了。

團隊安全了。

老大安全了。

她善盡職責了。

「有人在那裡嗎？」

瑪姬抬頭注視著史考特，滿心愛意與歡喜。她折起耳朵，搖著尾巴。她知道他正在察看黑暗中有什麼危險，但是什麼都不會發現的。

瑪姬小跑到廚房喝水。等她回到客廳，史考特已經又回到沙發上。她好開心看到他，把臉放在他膝上。他搔搔她的耳朵，撫摸她，瑪姬開心地搖著尾巴。

她嗅嗅地板，轉著身子，直到她找到最好的位置，然後在他旁邊趴下。

老大安全了。

家裡安全了。

團隊安全了。

瑪姬閉上眼睛，但是沒睡，聽著史考特的心跳減緩，呼吸均勻，隨著他的皮膚冷卻，他身上那一百種氣味混合而成的獨特氣息也改變了。她聽到外頭熟悉的活躍夜晚，融合著老鼠的吱吱叫和高速公路的遙遠車聲；她嗅著空氣中充滿了預料中的老鼠、柳橙、泥土、甲蟲氣味；她躺在原處不動，憑著嗅覺和聽覺巡邏著他們的世界，彷彿自己是有魔眼的、近四十公斤重的鬼魂。瑪姬嘆氣。等到史考特平靜下來，她也才讓自己入睡。

28

次日早晨，帶瑪姬出去散步回來、又沖過澡之後，史考特決定自己來追查那片遺失的光碟。李察．勒文的連絡資訊就在他訪談紀錄的第一頁。

紅色俱樂部這個時間應該沒人，所以史考特打去勒文的私人電話。語音信箱的聲音是男性，但是沒有講自己的姓名。史考特自稱是偵辦帕雷先謀殺案的警探，說他有關於光碟的一些問題，請勒文盡快回電給他。

到了七點二十分，史考特正在綁鞋帶，瑪姬就在門和她的狗繩之間蹦蹦跳跳。看到她學會察覺種種跡象，他覺得很樂。每回他綁鞋帶，她就知道要出門了。

史考特說，「你好聰明。」

七點二十一分時，他的手機響了。史考特以為自己走運，是勒文回他電話了。然後他看到螢幕上的來電顯示，是洛杉磯市警局。

「早安。我是史考特．詹姆斯。」

他把手機夾在下巴底下，邊聽邊綁好鞋帶。

「我是安森，蘭帕特區的警探。我現在跟我的搭檔宣克曼警探站在你的屋子前面。我們想跟你談一下。」

史考特走到玻璃門前，不明白為什麼有兩個蘭帕特區的警探會跑來他家。

「我住在訪客屋裡。你們看到面前有個柵門嗎？門沒鎖，走柵門進來就行了。」

「我們知道你們家有一隻警犬。我們不希望那隻狗引起問題。你可以把她關起來嗎？」

「她不會引起問題的。」

「你可以把狗關起來嗎？」

史考特不想把瑪姬關在狗籠裡，而如果把她關進臥室，她為了想出來，可能會把門抓爛。

「等一下。我出去好了。」

史考特把瑪姬擠開，開了門。

「不要出來。請把狗關起來。」

「聽我說，大哥，我沒有地方關她。所以你們要就來跟狗在一起，或者我出去見你們。自己選。」

「把狗關起來。」

史考特把手機扔在沙發上，擠過瑪姬，出去找他們。

一輛灰色的福特皇冠維多利亞停在車道口的對街。兩名穿獵裝、打領帶的男子走過來，停在車道半途。高的那個五十出頭，一頭灰金色的頭髮，臉上皺紋好多。矮的那名警探三十來歲後段，比較胖，發亮的臉，禿頂的周圍是一圈褐色頭髮。兩個看起來都不友善，也都沒有假裝。

比較老的那個亮出警徽皮夾，裡面是警察證和金色的警徽。

「我是鮑伯．安森。這位是柯特．宣克曼。」

接著安森把警徽皮夾收起來。

「我剛剛要求你把狗關起來。」安森說。

「我沒有地方關她。所以我們要嘛在這裡談，否則就進去跟狗在一起。她不會傷害人的。她會嗅你們的手，你們會喜歡她的。」

宣克曼望著柵門，似乎很擔心。

「你拴上柵門了？她不可能出來吧？」

「她不在院子裡，她在我屋子裡。沒事的，宣克曼。真的。」

宣克曼兩手的大拇指鉤在皮帶上，獵裝掀得夠開，看得到皮帶上的槍套。

「我警告過你了。那隻狗要是衝到這裡來，我就會把她撂倒。」

史考特後頸的寒毛豎起。

「你是怎麼回事，大哥。你想朝我的狗開槍，那最好先射殺我。」

安森冷靜地插嘴。

「你認識一位達洛．伊許嗎？」

原來是這樣。達洛大概去報案投訴他了，這兩個是要來調查的。

「我知道他是誰，沒錯。」

「伊許先生會認為你的狗無害嗎？」

「去問他啊。」

「我們現在是問你。你上次看到他是什麼時候?」

史考特猶豫一下。如果達洛去投訴他，警方就會問他有沒有其他證人。安森和宣克曼可能已經跟愛絲特拉・若麗或達洛在公園的那些朋友談過。史考特回答得很小心，他不確定他們問這些問題有什麼用意，但他不希望被逮到撒謊。

「我昨天見過他。這是怎麼回事，安森?你們是政風處的人嗎?我應該打電話找警察保護聯盟的代表嗎?」

「我們是蘭帕特區的警探，不是政風處的。」

宣克曼又接著開口了。

「你昨天跟他見面，那是怎麼回事?」

「達洛的哥哥最近因為多重竊盜罪被逮捕——」

宣克曼打岔。

「他哥哥叫什麼?」

「馬歇爾・伊許。馬歇爾承認犯下四宗竊盜罪，但是有證據顯示達洛跟他一起作案。我去他家想找他談，他不在家，應門的人說他跟朋友約了在麥克阿瑟公園碰面。」

宣克曼又打岔。

「誰跟你講的?」

「馬歇爾的女朋友，叫愛絲特拉．若麗。她有冰毒癮，跟馬歇爾一樣嚴重。她住在他們那棟房子裡。」

安森含糊地點了個頭，似乎是證實了之前已經有人跟他完整報告過這些，而現在正在思索他所得到的報告，跟史考特剛剛講的有什麼不同。

「好吧。所以你就去了麥克阿瑟公園。」

「達洛一看我走近就跑了。我的狗阻止了他。從頭到尾，我和我的狗都沒碰他，我也沒說要逮捕他。我要求他合作，他拒絕了。我跟他說他可以離開。」

宣克曼揚起眉毛看著安森。

「鮑伯，你聽聽這傢伙，還跑出去問人問題。警犬隊的人什麼時候開始有警探的警徽了？」

安森始終沒看他的搭檔，表情也沒變。

「史考特，我問你一個問題——在你們談話時，達洛有威脅過你嗎？」

史考特覺得安森的問題很奇怪，不明白他的用意是什麼。

「沒有，長官。他沒威脅過我。我們只是談話。」

「在公園之後，你還有再跟達洛見第二次面嗎？」

「沒有。他說有嗎？」

宣克曼又插嘴。

「你跟達洛買過藥物嗎？」

這個問題沒頭沒腦就出現，史考特覺得一股寒氣沿著背脊往上。

「咳息錠？維可汀？」

宣克曼掌心對外、張開十指搖搖手，像是在嘲弄史考特，要他說出自己早已知道的答案。

「沒有？有？兩種都是？」

這兩種止痛藥都是史考特的外科醫師開的處方箋，而且是在兩個街區外的藥房合法購買的。宣克曼講的是商品名，而不是學名。他精確講出史考特家裡有的這兩種止痛藥。

宣克曼垂下手，整個人忽然變得極其嚴肅。

「不回答？你現在有吃藥嗎，史考特？抗焦慮藥物搞得你很難思考嗎？」

那股寒氣擴散到肩膀，然後一路蔓延到他的手指。史考特想到前幾天晚上他們回家時，瑪姬發出有人來過的警示。

史考特後退一步。

「這個問答結束了，除非我的上司命令我接受問話。你們兩個王八蛋可以滾了。」

安森依然冷靜而輕鬆，絲毫沒有離開的表示。

「你把絲黛芬妮的謀殺案怪在馬歇爾．伊許頭上嗎？」

這個問題讓史考特整個人僵住了，像是照相機的快門凍結了畫面。

安森又繼續，一副明智而體諒的口吻。

「你中槍，你的搭檔被謀殺，這兩個混蛋可能是目擊者，卻從來沒有出來提供線索，那些兇手現在還逍遙法外。你一定非常生氣。誰能怪你呢？馬歇爾和達洛讓他們逃過制裁。我可以想像那有多麼令人憤怒。」

宣克曼贊同地點頭，眨都不眨的雙眼像兩個髒兮兮的十分錢硬幣。

「我也可以想像，鮑伯。換了我會想懲罰他們。啊，沒錯，我想跟他們討回公道。」

兩個警探注視他，等待著。

史考特腦袋抽痛。現在他明白，他們在調查的案子，恐怕是比騷擾投訴更嚴重的。

「你們兩個為什麼來這裡？」

頭一次，安森似乎表現出真誠的友善。

「要問你有關達洛的事情。我們剛剛就在問。」

安森轉身，走向他們的車。

宣克曼說，「謝謝你的合作。」然後跟著他的搭檔往回走。

史考特對著他們的背部說話。

「發生了什麼事？達洛死了嗎？」

安森開車門，上了前乘客座。

「要是我們有進一步問題，會再打給你。」宣克曼說，小跑繞過車前，上了駕駛座。

那輛車發動時，史考特朝他們喊話。

「我是嫌疑犯嗎？告訴我發生了什麼事。」

車子往前駛離路邊時，安森回頭看了一眼。

「祝你有美好的一天。」

史考特看著他們離開。他的雙手顫抖，襯衫被冷汗沁溼了。他告訴自己要呼吸，但是卻辦不到。

吠叫聲傳來。

他聽到瑪姬在吠叫。他站在這裡，瑪姬困在訪客屋裡，她不喜歡這樣，她要他回去。

史考特，別離開我。

「我馬上來。」

他開門時，瑪姬上下蹦跳，開心地繞著他打轉。

「我在這裡。別緊張，寶貝。我也很開心。」

史考特其實不開心。他困惑又害怕，只是木然站在門邊，任由瑪姬繞著他打轉，直到他注意到電話的留話燈在閃。小螢幕上顯示他在外頭跟安森和宣克曼講話的那幾分鐘裡，有兩通未接電話。

史考特按了留話的播放鈕。

「喂，史考特，我是查爾斯．古德曼醫師。有一件相當嚴重的事情發生了。請盡快回電給我。這件事很重要。」

我是查爾斯．古德曼醫師。

史考特找他諮商已經七個月了，怎麼可能不認得他的聲音。

史考特刪掉那則留言，繼續聽。下一則是保羅．巴爵斯的留話。

「老弟，我是保羅。過來之前先打電話給我，馬上打。在跟我談過之前，不要過來。」

史考特不喜歡巴爵斯聲音裡頭的那種緊張。保羅．巴爵斯是他所認識的人裡頭最冷靜的之一。

史考特深吸一口氣，吐出來，然後打給他。

巴爵斯說，「媽的搞什麼？發生了什麼事？」

史考特祈禱自己不會吐出來。從巴爵斯的口氣，史考特聽得出他知道些什麼了。

「你指的是什麼？」

「幾個政風處的抓耙仔來這裡等你。媽的李蘭快氣炸了。」

史考特又連續深呼吸幾次。先是安森和宣克曼，現在又是政風處。

「他們找我要幹嘛？」

「狗屎，老弟，你都不曉得？」

假裝久了就會成真。

「保羅，拜託。他們說了什麼？」

「梅斯聽到他們跟李蘭在一起。他們會把你抓去總局，你再也不能回來這裡了。」

史考特覺得巴爵斯好像在說別人的事情。

「我被暫時停職了嗎？」

「一點也沒錯。沒有警徽。沒有薪水。在他們不管調查什麼鬼的期間，你只能回家吃自己。」

「這太扯了。」

「打電話給工會。過來之前找一個代表和一個律師。另外老天在上，可別說我打過電話給你。」

「那瑪姬怎麼辦？」

「老弟，她不是你的。我會盡量查查看，再打電話給你。」

然後巴爵斯掛斷了。

史考特覺得暈眩而站不穩。他緊閉起眼睛，照古德曼醫師教過他的，想像自己獨自在一片沙灘上。專注在細節上才能分心。那些沙子被太陽曬得好燙，一粒粒的，聞起來有乾掉的海藻和死魚和鹹味。太陽好毒辣，曬得他的皮膚都皺起。史考特慢慢冷靜下來，心跳也隨之減緩，腦子清晰起來。他必須冷靜下來，才能想清楚。想清楚很重要。

政風處正在調查，但是安森和宣克曼沒有逮捕他。這表示法官沒有發出逮捕令狀。史考特還有周旋的餘地，但是他需要更多事實。

他打電話到喬依思．寇利的手機，祈禱不會轉到語音信箱。

電話鈴響第三聲，她接起來了。

「我是史考特。喬依思，發生了什麼？這是怎麼回事？」

她沒有回答。

「你人在哪裡？」

「在我家。兩個蘭帕特區的警探剛剛離開。他們講得好像達洛．伊許死了，而我是嫌疑犯。」

她又猶豫不說話，好像無法決定要不要回答，他好怕她會掛斷電話。幸好沒有。

「兩個帕克警探昨天晚上去找達洛，想叫他來採DNA樣本。結果發現他被人射殺了。達洛、愛絲特拉．若麗，還有另外一個室友，都死了。」

史考特跌坐在沙發上。

「他們認為我殺了三個人？」

「史考特。」

「這聽起來像是毒品殺人案。這些人販毒。他們有毒癮。」

「已經排除了。他們家裡有一批新來的貨，放在那裡沒人拿走。」

她又暫停下來。

「有人在說你的精神狀態不穩定——」

「胡說八道。」

「——說你對梅隆和史坦格勒大發脾氣，你的種種壓力，還有你吃的那些藥。」

「蘭帕特區那兩個警探知道醫生開給我的處方藥。他們對我吃什麼藥一清二楚。他們怎麼可能知道，喬依思？」

「我不曉得。這裡不應該有人曉得。」

「這些傳言是誰說的？」

「每個人都在談論你。頂樓的。隊裡的高官。有可能是出自任何人。」

「但是他們怎麼會知道。」

「這事情鬧很大。他們不喜歡你硬要插手這個案子。」

「我沒殺那些人。」

「我只是告訴你這裡流傳的說法。你是嫌疑犯。去準備找律師吧，我可以給你幾個名字。」

他回到沙灘，慢慢深吸一口氣，再慢慢吐出。

瑪姬的下巴歇在他膝蓋上。他撫摸著她海豹般光滑的腦袋，想著她會不會喜歡在沙灘上奔跑。

「我為什麼要殺他？我想知道達洛是不是看見了什麼。或許他沒看見。現在我們不會知道了。」

「或許你想逼他說話，一時衝動殺了他。」

「他們是這樣說的嗎？」

「有人這樣提到過。我得掛電話了。」

「你認為是我幹的嗎？」

寇利沉默了。

「你認為我殺了他們嗎？」

「不。」

喬依思．寇利結束通話。

史考特放下電話。

瑪姬溫柔的褐色眼珠望著他。

他摸摸她的頭，想著達洛是不是知道些什麼秘密。

「現在我們永遠不會知道了。」

保密九個月是很長一段時間。要是達洛槍擊那晚看到了什麼，史考特不太相信他可以一直憋著都不說，然後史考特想著達洛會告訴誰。馬歇爾可能知道，但馬歇爾現在被關在男子中央看守所。

史考特想了一會兒，來到他的電腦前。他上了洛杉磯郡警局的網站，查了馬歇爾的逮捕登記號碼，然後打電話給男子中央看守所的連絡櫃檯。

「我是洛杉磯市警局搶劫兇殺隊的巴德．歐索警探。我要見一位犯人馬歇爾．伊許。」他把名字拼給對方。

接著史考特唸出馬歇爾的逮捕登記號碼，又繼續說。

「我是要去通知他有關他弟弟的消息，所以這是個禮貌性的拜訪。不需要他的律師在場。」

會面安排好之後，他就幫瑪姬扣上狗繩，盡快離開訪客屋。他得趕緊移動，而且持續移動，否則他就無法度過這一關。

史考特在影視城上了高速公路，駛向洛杉磯市中心的男子中央看守所方向。他降下車窗。瑪姬跨在中央置物箱她平常的老位置，看著風景，享受吹進車內的風。她踩在那個小小的位置上，看起來很侷促，但是開心而滿足。史考特靠向她，就像平常他想推開她的老樣子。她也靠過來，讓他感覺好多了。

他希望自己走進看守所後，還能出得來。

第四部

團隊

29

電話響起時，史考特在好萊塢交流道上，正經過環球影城。他希望是寇利或巴爵斯打來的，可以告訴他更多資訊。但結果是古德曼。這是他現在最不想講話的人，但他還是接了電話。

「史考特，我是查爾斯．古德曼。我一直試著連絡上你。」

「我本來就打算要打給你。我得取消明天的諮商約診。」

史考特慣常的約診是次日。

「我打電話來也是要取消。辦公室裡出了點事。我覺得很不好意思，恐怕你聽了也會很不高興。」

史考特從來沒聽過古德曼的口氣這麼焦慮。

「你還好嗎，醫師？」

「對我來說，病人的隱私和他們的信任是最重要的——」

「我信任你。發生了什麼事？」

「兩天前的夜裡，我的辦公室被人闖入了。史考特，有些東西被偷了，其中包括你的檔案。我真的很抱歉——」

史考特腦中閃過宣克曼和安森，還有警政大樓頂樓那些高官，這些人竟然都曉得一些他們不可能知道的事情。

「醫師，等一下。我的檔案被偷了？我的檔案？」

「不光是你的，不過你是其中之一。顯然他們隨便抓了一把——過去和現在的病人中，姓氏G到K開頭的。我已經打電話——」

「你報警了嗎？」

「來了兩個警探。他們找了一個人來採指紋，在門上、窗子上和櫃子上留下了一堆黑色粉末。我不曉得應該要留著，還是可以擦掉。」

「你可以擦掉，醫師。他們採完了。那兩個警探怎麼說？」

「他們沒跟我說是應該留著還是擦掉。」

「我指的不是指紋粉。而是這樁竊案。」

「史考特，我要你知道，我沒把你的名字告訴他們。他們要求我提供一份名單，列出哪些病人的檔案被偷。但是那樣就侵犯了我們的秘密。加州的法律也規定不能透露的。我之前沒有、以後也絕對不會說出你的名字。」

史考特想到自己的秘密已經被侵犯，覺得想吐。

「他們針對這樁竊案說了什麼？」

「門窗都沒破，所以闖進來的人顯然有鑰匙。那兩位警探說，像這樣的竊案，通常是清潔人員認識的人幹的。他們弄到了鑰匙，看到什麼抓了就走。」

「清潔工幹嘛要偷那些檔案？」

「檔案上有你們的個人資料和帳單資訊。那兩位警探說我應該通知你——不是特別指你，而是所有檔案被偷的病人——讓你們去通知信用卡公司和銀行。我說不出我有多麼抱歉。這些人偷走了我跟你們諮商的筆記，現在你還得去對付這些信用卡的麻煩事情。」

史考特的思緒迅速從安森和宣克曼跳到寇利，然後又轉到古德曼醫師診所的竊案，一切都湊起來了。

「這是什麼時候發生的事？」

「前天夜裡。我昨天早上來診所，然後，唉，我看到發生的事情，心就往下沉。」

三天前的晚上，瑪姬回到家，警覺到有人闖入過。史考特回想起他門鎖上的粉末物質，但是他當時不以為意。

史考特開到下一個交流道，在卡溫格隘口下了高速公路。他在看到的第一個停車場停下。

「醫師？去你那邊的兩位警探叫什麼名字？」

「啊，這個嘛，我有他們的——是的，我找到了。華倫．布若得警探和一位黛博拉．科倫警探。」

史考特記下名字，跟古德曼說他這幾天會再打電話過去，然後立刻打電話到北好萊塢社區警局。轉接到警探組時，他表明自己的身分，然後要求找布若得或科倫警探。

「科倫警探在，請稍等。」

幾秒鐘之後，科倫警探接起電話。她的口氣聰明而專業，讓他想到寇利。

「我是科倫警探。」

史考特又講了一次自己的名字，再加上他的警徽編號和服務單位。

科倫說，「好的，警員。我能效勞什麼？」

「你和布若得警探負責一位查爾斯．古德曼醫師的竊案。他的診所在影視城？」

「沒錯。可以問一下你問這個做什麼嗎？」

「古德曼醫師是我的朋友。這通電話是非正式的。」

「懂了。隨你問吧。我能回答的就會告訴你。」

「竊賊是怎麼進去的？」

「從門。」

「有趣。你們的人跟古德曼說，竊賊是用萬能鑰匙開門進去的？」

「不，當時我是說，你看進門這麼乾淨俐落，通常是竊賊跟某個在這棟建築裡的人買了鑰匙。我的搭檔認為，竊賊是用撞匙的方式打開的。不過我個人認為是利用挑鎖槍。在那個二樓走道上，彎腰開著鎖，你會希望快點打開。用挑鎖槍比較容易。」

史考特身側的疼痛蔓延到背部。

「為什麼你們認為是這兩種之一，而不是萬能鑰匙？」

「我想檢查那些鎖，所以借了醫師的鑰匙。鑰匙很滑，我擦過之後，再去開鎖，還是很滑。

兩個鎖裡頭都噴滿了石墨粉。」

他覺得自己的車子彷彿縮小了，好像被車外的壓力擠扁了。

科倫說，「還有別的問題嗎？」

史考特正想要說沒有，然後又想到了。

「指紋呢？」

「完全沒有。竊賊戴了手套。」

史考特謝了她，放低手機。他望著經過的車輛，隨著每經過一輛車，他愈來愈覺得害怕。有人侵入他的人生，而且想利用他的人生，好把達洛．伊許的謀殺案套在他頭上。有人想知道他知道什麼、他想什麼、他對殺害絲黛芬妮的兇手有什麼猜測。有人不希望這些兇手被發現。

史考特掉頭往回開，一路回到他的訪客屋。他進入臥室，找到櫃子裡頭他的舊潛水袋。那是個很大的尼龍運動袋，現在裡頭塞滿了蛙鞋、浮力背心，還有其他潛水設備。史考特把那些東西倒出來時，瑪姬在櫃門邊嗅。他已經快三年沒打開過這個袋子了，不曉得她是不是嗅到了海洋和魚，或者時間已經消除了這些東西的氣味。

史考特開始收拾東西放進袋子裡，包括他的備用手槍和子彈、他父親的舊錶、鬧鐘收音機底下的現金、裝著信用卡收據和帳單的鞋盒、兩套換洗衣服，還有他的個人用品。他清空了浴室裡的醫藥櫃。古德曼的名字印在藥瓶的標籤上，現在史考特毫不懷疑其中有關聯。三天前有人進入過他家，仔細檢查過他的東西，看到了古德曼的名字。兩天前的夜裡，有人闖入古德曼的辦公室，偷走了史考特的心理諮商紀錄。

史考特拿著他的袋子到客廳。他把自己之前所蒐集那些有關槍擊案的資料攏成一大疊，放進袋子裡。空空的地板看起來大些了。

瑪姬的頭探入袋子內，又縮回來看著史考特，彷彿很無聊，然後走進廚房去喝水。

史考特打量著客廳，想著自己還該帶什麼。他又把自己的筆記型電腦放進去，然後拆下牆上他的圖表和照片。他本來考慮把絲黛芬妮的照片留在牆上，但她從一開始就陪著他，所以他希望她也陪他到最後。她的照片是他放進袋子裡的最後一樣東西。

他扣上瑪姬的狗繩，繃緊肌肉，把潛水袋揹上肩膀。他本來以為身側會一陣劇痛，結果幾乎沒感覺。

「來吧，小妞。我們去把這件事情搞定。」

史考特告訴厄爾太太說他會離開幾天，然後把潛水袋放進汽車的後行李廂，開著車回到高速公路上。

開往看守所。

開得很快。

30

喬依思・寇利

她踏上屋頂時，阿爾登・瑪黎皺眉看著周圍。

「看看有多髒，真是一塌糊塗。你會把身上穿的好衣服都給毀掉了。」

「我不會有事的，瑪黎先生。謝謝。」

屋頂上到處亂丟著葡萄酒瓶、破掉的大麻菸斗，還有保險套。就跟她在史考特・詹姆斯的手機照片裡所看到的一樣。她走出樓梯間後，先搞清方位。她要尋找命案地點上方的那片屋頂。

瑪黎先生待在門邊。

「我幫你個忙，省下你身上這套好衣服？到樓下來，我給你海灘褲和漂亮的瑪黎世界襯衫，那個嫘縈軟得像在親吻你的皮膚喔。」

「謝謝你，但是我這樣沒問題。」

寇利判定了岔路口的方向，然後朝那裡走去。

「小心那些針頭。在那裡很危險。」

他的關懷很貼心，但是也煩得要命。寇利很高興他待在門邊，沒跟過來。

她跨過一道矮牆，來到最角落的那棟樓房，朝邊緣移動。一如史考特所描述過的，樓頂邊緣的女兒牆上有一道低矮的鑄鐵防護欄杆。欄杆很髒，生鏽了，而且腐蝕得很嚴重。寇利小心不要碰觸到欄杆，身體前傾，從欄杆之間往外看。她看到四層樓下一條完全正常的街道，有熙來攘往的正常活動。但是在九個月前，三個人在那裡被謀殺，史考特．詹姆斯正在流血垂死中，街道上散落著亮晶晶的彈殼。

寇利沿著護欄走。欄杆上殘存的少數黑色油漆已經褪色成一種柔和的灰。大部分金屬上都結了細細的、紅褐色的鐵鏽。寇利摸了一下，檢視手指上的鐵鏽。褐色的成分多過紅色，不過還是夠紅，看起來像乾掉的血。

她踮起腳，想看到下頭的人行道，但還是不夠高。就在她正下方的那個地點，九個月前，科學調查組撿到了那截錶帶，以為上頭的紅色污漬是血。

寇利從皮包裡拿出證物袋，打開袋口，設法讓那皮革錶帶露出來，同時留意不要讓自己的手指碰到錶帶。她隔著塑膠證物袋，握住那錶帶。

然後寇利另外一隻手的大拇指按了一下欄杆，比對大拇指上的鐵鏽和錶帶上的污痕。兩者看起來很像，寇利又用大拇指去按欄杆，這回還揉一揉，好沾起更多鐵鏽。現在錶帶上的污痕和她大拇指上的，看起來一模一樣。寇利覺得很振奮，但是心知光憑外觀也證明不了什麼。

她封好證物袋，塞進皮包，然後拿出筆和一個白信封。她利用那支筆把一大堆鐵鏽刮進信封內。等她覺得量足夠了，就封起信封，謝謝瑪黎先生的幫忙，然後帶著她的樣本去科學調查組。

31

男子中央看守所夾在唐人街和洛杉磯河之間，是一座低矮、表面光滑的水泥建築物。這棟外觀結實而不祥的建築，若說是一所資金豐厚的大學所設的科學中心也會有人信，只除了周圍環繞著金屬網圍籬，裡頭還關了五千名囚犯。

史考特把車停在對街的一處公共停車場，但是沒下車，一手放在瑪姬的背部好讓彼此保持冷靜。二十五分鐘後，瑪姬開始嗅，耳朵警戒地豎起。史考特便替她扣上狗繩，等待著。保羅．巴爵斯出現時，他們下車。

「在我看到你之前的四十秒鐘，她就知道你來了。」

巴爵斯顯然很不安。他嘴巴不樂意地抿成一直線，雙眼瞇成兩道縫。

「政風處的那些抓耙仔離開了。他們判定你不會進去了。」

「不是我幹的。」

「要命啊，老弟，我知道。否則我就不會來了。」

史考特一直想不出自己去看守所時，該把瑪姬怎麼辦，於是他在高速公路上打了電話給巴爵斯。巴爵斯認為他瘋了，但還是來到這裡。

史考特遞出狗繩。巴爵斯皺眉了片刻，還是接過來了。他讓瑪姬嗅嗅他的手，然後揉她的腦袋。

「我會帶她去散步。等到你出來了，就傳簡訊給我。」

「要是我沒出來，幫她找個好的家，行嗎？」

「她已經有家了。去吧。」

史考特快步離開，沒有再回頭。他們知道瑪姬會想跟著他，果然如此。在她的世界裡，他們是團隊，而團隊就是要死守在一起的。

瑪姬低嗚又吠叫，史考特聽到她的爪子像銼刀似地抓著柏油地面。巴爵斯之前警告過他不要回頭或揮手道別，或做任何一般人做的那類蠢事。狗不是人。眼神接觸會讓她更努力想去追他。狗會從你的雙眼看穿你的心，巴爵斯告訴他，狗會被我們的心牽著走。

史考特避開往來車輛，穿過馬路，從大門進去。他擔任巡邏警員的七年間，曾經來過男子中央看守所大約二十次。大部分都是從他們的社區警局移送嫌犯或囚犯過來，所以都是走後門的一道斜坡進去。

這回從大門進去，史考特花了點時間搞清方向，然後跟一名郡警說他約了要來跟一名囚犯會面，又說了馬歇爾的名字。史考特站在那兒，身穿他的海軍藍制服，胸口別著警徽，一點都不像搶劫兇殺隊的警探。他吸了口氣，說自己是巴德·歐索。

那名郡警什麼都沒說，只是打了個電話。幾分鐘後，一名女郡警出現了。

「你是歐索？」

「是的。」

「我們正要帶他上來。我會帶你過去。」

史考特稍微鬆了口氣，跟著她經過安檢站來到一個房間。她要他交出手銬和槍，把兩樣東西都鎖在一個放槍的保險箱裡，給了他一張收據，然後帶他到一間會客室。史考特很滿意這個房間。平民訪客和律師會被帶到小隔間，有厚重的玻璃隔開，只能用電話跟囚犯交談。執法人員需要一個更寬容些的訪談環境。這個房間裡有一張老舊的富美家塑料面桌子，三把塑膠椅。桌子的一側固定在牆壁上，上頭裝了一條鋼棒，用來銬住囚犯。史考特挑了一張面對門的椅子。

那位郡警說，「他馬上就來。你需要什麼嗎？」

「不用，謝謝。我很好。」

「我就在走廊的盡頭。等你談完了，出了這道門，右轉。我們會把你的東西交還。」

一名警校剛畢業、健壯又年輕的郡警帶著馬歇爾進入會客室。馬歇爾穿了一件天藍色的連身服、球鞋，細瘦的手腕上有手銬。他看起來比史考特記憶中還要瘦，大概是因為停止吸毒的關係。馬歇爾看了史考特一眼，然後瞪著地板。就跟他幾天前被帶離他家時一樣。

那名年輕郡警讓馬歇爾坐在史考特對面，把他的手銬鎖在鋼棒上。

史考特說，「不必銬了。我們沒問題的。」

「規定的。馬歇爾，你還好吧？」

「嗯。」

那郡警出去後關上門。

史考特審視著馬歇爾，這才明白自己毫無計畫。他對馬歇爾・伊許一無所知，只知道他很瘦、有毒癮，而且他弟弟和女友前一天被謀殺了。馬歇爾大概今天早上就知道這事情了。他的紅眼睛應該是哭出來的。

「你很愛你弟弟吧？」

馬歇爾抬頭看了一眼，又別開眼睛。史考特看到他紅眼睛裡的憤怒。

「這算哪門子問題？」

「對不起。我不曉得你們的關係怎麼樣。有些兄弟，你也知道怎麼回事，就是會彼此痛恨。還有的……」

史考特聲音愈來愈小。馬歇爾漲滿淚水的雙眼給出了答案。

「我從他九歲開始撫養他。」

「我很遺憾。有關達洛，還有愛絲特拉。我了解那有多傷心。」

馬歇爾眼中又閃出憤怒。

「啊，沒錯，還真的。饒了我吧，老兄，你怎麼可能了解？我們不如認真談點正事，是誰殺了我弟弟？」

史考特椅子後推，站起來，解開他的襯衫。

馬歇爾往後靠，顯然很驚訝。他不明白這是怎麼回事，只是搖著頭。

「不，別這麼做。住手，大哥，我要喊郡警來了。」

史考特把襯衫扔在椅子上，脫掉裡面的汗衫，露出左肩交叉的灰線，以及身體右側那個大大的、疙瘩起伏的Y字疤痕。他觀察著馬歇爾的表情變化。

史考特讓他好好看個清楚。

「我就是這樣了解的。」

馬歇爾看了史考特的臉一眼，然後目光又回到那些疤痕。他無法移開視線。

「怎麼回事？」

史考特穿上汗衫，扣著他襯衫的釦子。

「你談成認罪協商的條件時，跟負責的警探承認你九個月前去偷過一家中國進口商店。他們問過你是不是看到了一樁槍擊案。當時三個人死亡，一個人命危，被丟在那邊等死。」

馬歇爾點點頭，同時開口。

「是的，先生，他們問過。我承認那樁竊案，但是我沒看到那場槍擊。據我所知，槍擊是發生在我離開之後。」

他又看一眼史考特的肩膀，但是現在疤痕被衣服遮住了。

「被丟在那邊等死的，就是你嗎？」

馬歇爾太真誠、太自然了，史考特知道他說的是實話。沒有必要幫他測謊。

「那天夜裡，我失去了一個很親的朋友。昨天夜裡，你失去了你的弟弟。那一夜奪走我朋友的，就是後來殺害達洛的人。」

馬歇爾坐在那裡，瞪著眼睛，皺著臉，顯然想搞懂這件事。他的雙眼閃爍，史考特心想，要是巴爵斯說得沒錯，要是狗可以從人的雙眼看到一個人的心，瑪姬就能從馬歇爾的眼睛看到他心碎了。

「幫我搞懂一下，因為——」

「達洛那天晚上跟你在一起嗎？」

馬歇爾又是往後靠，似乎很不耐煩。

「搞什麼屁啊？我偷東西從不帶達洛一起去的。你在鬼扯什麼？」

「讓他在屋頂上。幫你把風。」

「媽的不可能。」

他是真心的。馬歇爾說的是實話。

「達洛當時在那裡。」

「狗屁。我告訴你，他沒有。」

「那如果我跟你說我可以證明呢？」

「我會說你撒謊。」

史考特決定不要提瑪姬，而是跟馬歇爾說他們比對DNA結果符合。當他拿出手機要秀出裡頭的錶帶照片時，突然想到馬歇爾可能記得他弟弟的錶。

他伸出手機，好讓馬歇爾看。

「達洛的手錶是不是有像這樣的錶帶？」

馬歇爾緩緩坐直身子。他伸手去拿手機，但是被銬住了，拿不到。

「我幫他弄來了那個手錶。這是我送他的。」

史考特仔細思考著。馬歇爾現在相信他了，而且馬歇爾會幫忙。運氣比DNA更好。

「這錶帶是在我中槍的那天清晨，在人行道上被發現的。這些小污漬是來自屋頂的欄杆。我不曉得他那一夜是什麼時間在那裡的，也不知道為什麼，或他知道什麼，但是達洛那一夜是在那裡沒錯。」

馬歇爾緩緩搖頭，試圖回憶往事，心裡問自己一些問題。

「你的意思是，他看到了那些謀殺？」

「我不曉得。他從來沒跟你提過？」

「不，當然沒有。從來沒提過。老天啊，要是提到，你以為我會不記得嗎？」

「我不曉得他是不是看到了兇手，但是我想，那些槍手們很擔心被他看到了。」

馬歇爾的目光游移，在那個小房間裡尋找答案。

「你們之前都以為我看到了那場槍擊，結果我沒有。或許達洛在槍擊發生時早就離開了，就跟我一樣，什麼屁都沒看到。」

「那麼他們殺了他，就是白忙一場，可是他也不會復活了。」

馬歇爾用肩膀擦擦眼睛，在藍色連身服上頭留下深色的溼印子。

「該死，這真的太扯了。操他媽太扯了。」

「我想抓到他們，馬歇爾。為了我和我的朋友，也為了達洛。我需要你幫我，把這件事給搞定。」

「媽的搞屁，就算他看到什麼，反正他沒告訴我。狗屎，即使他沒有看到什麼，他也沒告訴我。大概是怕我踢他屁股！」

「像這麼瘋狂又刺激的事情？姑且說他看到了吧。我們假裝一下。」

因為要是達洛離開那個屋頂時什麼都沒看到。史考特就沒有別招了。

「這麼大的事情，瞞著不說的壓力太大了。他會告訴誰？他最要好的朋友。即使他怕得不敢告訴任何人，但是可能會告訴這個好友。」

馬歇爾點著頭。

「愛蜜莉亞。他寶寶的媽媽。」

「達洛有小孩？」

馬歇爾的眼珠在房間裡頭轉，似乎在搜尋記憶。

「現在大概兩歲了，是女兒。我們其實不知道那到底是不是達洛的孩子，不過她說是。他愛她。」

然後馬歇爾忽然明白自己剛剛用的是現在式，又改口。

「愛過。」

她名叫愛蜜莉亞．戈以塔。寶寶叫吉娜。馬歇爾不知道地址，不過他告訴史考特哪裡可以找到那棟公寓。馬歇爾已經將近一年沒看過那個寶寶了，很想知道她長得像不像達洛。

史考特向馬歇爾保證自己看了之後會跟他說，然後正要離開去找那位郡警時，馬歇爾忽然在他椅子裡轉身，問了一個史考特也不斷在問自己的問題。

「都過了這麼久，為什麼他們忽然會害怕達洛看過他們？他們怎麼知道當時達洛在屋頂那兒？」

史考特覺得自己知道，但是沒把答案說出來。

「馬歇爾，可能會有一些警探來看你。別告訴他們這件事。別告訴任何人，除非你聽說我死了。」

馬歇爾的紅眼睛露出害怕的神色。

「我不會說的。」

「就連碰到警探都不能說。尤其不能跟警探說。」

史考特出了會客室之後右轉，拿了他的手銬和槍，盡快離開看守所。

他在停車場邊的人行道等了將近十分鐘，巴爵斯和瑪姬才繞過轉角。瑪姬又跳又叫，竭力扯著狗繩，於是巴爵斯放手讓她去。她奔向史考特，耳朵往後、舌頭吐出，看起來像是全世界最快樂的狗。史考特張開雙臂，抱住衝過來的她。那是將近四十公斤、黑色與黃褐色的愛。

巴爵斯的表情不像瑪姬那麼開心。

「你進去發生了什麼事？」

「我還沒出局。」

巴爵斯咕噥著。

「那麼，好吧。我們下回見了。」

巴爵斯轉身要離開。

「馬歇爾認出那截錶帶了。是達洛的。是瑪姬確認他的，大哥。」

「我從來不懷疑。」

「我也不懷疑。」

史考特和瑪姬爬上他們的車。

32

在回聲公園那一帶的高速公路以北，史考特在一條破敗的街道上找到了愛蜜莉亞・戈以塔住的那棟二次大戰前蓋的公寓。這棟老建築物樓高三層，每層樓有四戶。一座室內的中央樓梯，沒有冷氣，而且外觀跟這個街區的每一棟公寓都一模一樣。只除了流淚聖母圖。她那棟公寓的正面，畫著一個巨大的聖母馬利亞，哭得眼睛流血。馬歇爾之前跟史考特說，這幅畫看起來還比較像一個得了厭食症的藍色小精靈，但是經過的人絕對不會沒看到。馬歇爾說得沒錯。這個聖母小精靈有三層樓高。

馬歇爾不記得愛蜜莉亞住在哪一戶，於是史考特去問了管理員。他身上穿的制服很管用。在靠後面的頂樓，三〇四。

史考特不曉得愛蜜莉亞是否知道達洛死亡的消息。等到他和瑪姬來到三樓，他聽到哭聲，就知道她曉得了。他在她門外暫停一下傾聽，瑪姬則嗅著門底下。屋裡傳來一個小孩的哭號，伴隨著間斷的大聲吸氣，同時一個啜泣的女人一下懇求小孩別哭，一下又保證一切都會沒事的。

史考特敲門。

那小孩繼續哭號，但是啜泣聲停止了。過了一會兒，那哭號聲也停止了，但還是沒人來應門。

史考特又敲門，然後用他巡邏警察的口吻說話。

「我是警察，請開門。」

二十秒過去了，沒有回應，於是史考特又敲門。

「我是警察。請你開門，否則我就要請管理員來幫我開門了。」

哭號聲又開始了，現在那女人的啜泣聲從門後傳來。

「走開。走開！你才不是警察。」

她聽起來很害怕，於是史考特讓聲音變得柔和些。

「愛蜜莉亞？我是警察。我是為了達洛・伊許來的。」

「你叫什麼名字？你叫什麼名字？」

「史考特・詹姆斯。」

她的嗓門拉高，成為一種發狂似的尖叫。

「告訴我你的名字！」

「史考特・詹姆斯。我叫史考特。我是警察。請開門，愛蜜莉亞。吉娜沒事吧？除非我看到她沒事，否則我不會離開。」

等到終於聽到門閂滑開，史考特站到一旁，好讓自己看起來比較沒有威脅性。瑪姬依照他所受的訓練，自動來到他左側，面對著門。

門開了一條縫，一名不會超過二十歲的少女朝外窺看。她一頭稻草色的長髮，蒼白的臉上有雀斑。她的眼睛和鼻子都發紅，嘴唇顫抖著吸氣，但是她的表情沒有心碎或哀悼。

史考特．詹姆斯見過這樣的女人表情：長期被丈夫家暴的老婆，逃離皮條客持刀追殺的妓女，以及餘悸猶存的強暴被害人。他也在那些稚齡子女失蹤的媽媽臉上看過這種表情——預料會有最糟糕的事情發生。史考特知道那種恐懼的臉。他在愛蜜莉亞的臉上看到了，於是立刻曉得達洛目睹了那場槍擊，而且告訴過她，說如果被那些槍手發現，就會殺了他。

她擦掉鼻涕，又問了一次。

「你叫什麼名字？」

「我是史考特。這隻狗是瑪姬。你和吉娜沒事吧？」

她看了瑪姬一眼。

「我得打包。我們要離開了。」

「可以讓我看一下寶寶嗎？拜託。我想看看她是不是沒事。」

愛蜜莉亞朝樓梯看了一眼，好像懷疑可能會有人躲在那裡，然後打開門，就轉身匆忙走向她的孩子。吉娜在遊戲圍欄裡面，沾了鼻涕的臉皺成一團。她的頭髮是深色的，但是看起來一點也不像達洛。愛蜜莉亞抱起她，上下搖晃了一會兒，又把她放回圍欄裡。

「好吧，看到沒？她很好。現在我得打包了，我有個朋友要來。瑞秋。」

一個褪色的藍色滑輪登機箱放在門邊。一個比史考特歲數還大的新秀麗行李箱打開來攤在地上，像個巨大的蚌殼，裡頭被玩具和嬰兒用品裝得半滿。愛蜜莉亞跑進臥室，拖著一個裝滿衣服的褐色垃圾袋出來。

史考特問，「達洛跟你說過，說他們會殺了你嗎？」

愛蜜莉亞把那袋子扔在門邊，又跑回臥室。

「對！那個大蠢貨。他說過他們會殺了我們，我才不要在這裡等死。」

「誰殺了他？」

「那些該死的兇手。你是警察，你難道不曉得？」

她拿著一個垃圾桶跑出來，裡面裝滿梳子、髮膠，和盥洗用具。她把裡頭的東西倒進新秀麗行李箱，垃圾桶扔在一旁，然後把一個天鵝絨小布囊塞進史考特手裡。

「來吧，拿去。我早跟那個蠢蛋說過他是白痴。」

她又回頭要進臥室，史考特抓住她一隻手臂。

「慢著。聽我說，愛蜜莉亞。九個月前，達洛跟你說了什麼？」

她哭了起來，揉著一邊眼睛。

「他看到那些戴著面罩的傢伙朝一輛汽車開槍。」

「告訴我他所講的每一句話。」

「他說，如果他們知道他看到了，他們就會殺了我們，寶寶也是。我想要打包。」

她想掙脫手臂，但史考特握住不放。瑪姬逼近了，開始吼叫。

「我來這裡就是要阻止他們的，好嗎？這就是為什麼我會來。所以幫幫我。告訴我達洛說了什麼。」

她不再掙扎，低頭看著瑪姬。

「這是警衛犬嗎？」

「是的，警衛犬。達洛跟你說了什麼？」

她打量著瑪姬時，史考特感覺到她放鬆了，於是放開她的手臂。

「他當時在一棟樓房的屋頂，聽到一個撞擊聲。蠢達洛就跑去看，看到有一輛卡車和警察，還有幾個男人圍著一輛勞斯萊斯，開槍射得稀巴爛。」

史考特懶得糾正她。

「他說那狀況太瘋狂了，他說，媽的，那簡直像是塔倫提諾的電影，這些戴面罩的傢伙朝警察和那輛勞斯萊斯開槍。達洛嚇壞了，趕緊從屋頂往下衝，但是等到他來到一樓，外頭變得很安靜，那些男人彼此喊著，於是白痴達洛就在那裡看。」

「他跟你說過他們講什麼嗎？」

「只有狗屎，快點，找出那該死的玩意兒，隨便那些的。他們被警笛嚇到了。警笛聲愈來愈近。」

史考特這才明白自己一直憋著氣。他的脈搏在耳內變得好響。

「達洛說過他們發現了什麼嗎？」

「說有這麼個傢伙爬進勞斯萊斯裡頭，拿著一個公事包跳出來。他們上了另外一輛車，趕緊離開那裡。然後蠢達洛，他就想，在這輛勞斯萊斯裡的有錢人，或許有個戒指或手錶，於是他就跑向那輛車。」

史考特心想，達洛美化了這個故事。

「警笛不是愈來愈接近了嗎？」

「他就是很智障對不對？車裡那兩個人被開槍射殺，血流得到處都是，我這個低能男朋友還冒著性命危險，只為了八百元和這個——」

她拍了一下那個天鵝絨小布囊。

「我說，你這個蠢蛋，你瘋了嗎？那些錢上頭有血。白痴達洛沾了一身的血，而且快嚇死了。他逼我保證不會說出去，連暗示都不行，因為那些神經病槍手會殺了我們。」

「他有看到他們的臉嗎？」

「你難道沒聽清楚我剛剛說的話嗎？他們戴了面罩。」

「或許其中一個脫下面罩了。」

「他沒說。」

「那有沒有提到刺青，或者頭髮的顏色，戴什麼戒指或手錶？他有沒有以任何方式描述他們長什麼樣？」

「我只記得面罩，像滑雪面罩那樣。」

史考特又努力想了一下。

「你剛剛一直問我叫什麼名字。你為什麼要問？」

「我以為你是他們。」

「這表示什麼?你聽過他們的名字。」

「史耐爾。他聽到有個傢伙說,『史耐爾,快點。』要是你的名字是史耐爾,我就不會讓你進來了。聽我說,大哥,我得打包了。拜託。瑞秋快來了。」

史考特看著那個小布囊。布料是粉紫色的天鵝絨,用拉繩束緊了,上頭有一塊深色的變色。史考特打開小布囊,把裡面的東西倒在手裡,是七顆灰色的石頭。瑪姬抬起鼻子,對那小布囊很好奇,因為史考特好奇。這點是他從這些天觀察她而得知的。史考特把那些石頭倒回去,然後將小布囊放進自己的口袋。

「瑞秋什麼時候會到?」

「馬上,隨時會到。」

「你打包吧,我會幫你搬。」

瑞秋到的時候,愛蜜莉亞已經準備好要走了。史考特拿著那個新秀麗行李箱和塞滿衣服的垃圾袋。愛蜜莉亞抱著小女孩和一個枕頭,瑞秋則拿其他的。史考特解開瑪姬,讓她跟在後面。史考特要求愛蜜莉亞不要鎖上門,她照辦了。

等到所有東西都搬上車,史考特問了她和瑞秋的手機號碼,然後把愛蜜莉亞拉到一邊。

「別告訴任何人你跟瑞秋在一起。別告訴任何人你覺得達洛發生了什麼事,或達洛那天夜裡看到了什麼。」

「你們不能派個警察陪著我嗎？像是那種證人保護計畫？」

史考特沒理會她的問題。

「你聽說馬歇爾的事情嗎？他現在人在男子中央看守所。」

「啊，我都不曉得。」

史考特又說了一次。

「男子中央看守所。我兩天內會再打電話給你，好嗎？但是如果我沒打，到了第三天，我要你去見馬歇爾，把你剛剛告訴我的話說給他聽。」

「馬歇爾不喜歡我。」

「帶著吉娜去。告訴他達洛看到了什麼。告訴他一切，就跟你剛剛告訴我的一樣。」

她害怕又困惑，史考特覺得她可能一上車就會叫瑞秋一直開一直開，永遠不要停下來。但是她看著瑪姬。

「我要去的地方很大，我想要一隻狗。」

然後她上了瑞秋的車，她們開走了。

史考特讓瑪姬小便，然後回車裡拿了他的潛水袋，揹著上去愛蜜莉亞的那戶公寓。他在廚房找到一個大鍋，裝滿了水，然後把那鍋子放在地上。

「這是給你的。我們可能要在這裡待幾天。」

瑪姬嗅嗅那水，然後回頭去探索這戶公寓。

史考特拿著潛水袋，在愛蜜莉亞那戶公寓裡客廳的沙發上，盯著牆壁看。他覺得疲倦，真希望自己用化名住在地球的另一邊，腦袋裡頭不要充滿了憤怒和恐懼。

史考特打開那個天鵝絨小布囊，倒出裡頭的小石子。他頗確定這七顆小石頭是尚未切割的鑽石。每個大概都像他的指甲那麼大，半透明的，而且是灰色。看起來就像冰毒，其中的諷刺性讓他微笑起來。

他把那些石頭倒回小布囊，微笑也隨之消失了。

據說國際刑警組織認為貝洛瓦和一個法國鑽石銷贓集團有關聯，於是梅隆和史坦格勒推測貝洛瓦是走私鑽石來美國要交貨，或者來美國取一批那個銷贓集團買的貨。無論是哪個，那些槍手得知了這個計畫，跟蹤貝洛瓦，然後要行搶時殺了貝洛瓦和帕雷先。梅隆和史坦格勒利用這些假設追查這個案子，但是當初告訴他們貝洛瓦跟鑽石有關聯的那個人，後來又跟他們說其實並沒有。就是自我男。伊恩．米爾斯。

史考特仔細想一遍。梅隆和史坦格勒本來對貝洛瓦的鑽石關聯一無所知，直到米爾斯說了這個情報，引起他們的注意。為什麼一開始要提起，後來又說沒有？要嘛就是米爾斯清查貝洛瓦時得到錯誤的資訊，只是真的犯錯而已；否則就是他撒謊，好讓調查轉向。史考特很好奇米爾斯是怎麼知道這個關聯，後來又為什麼會改變說法。

史考特翻著他的潛水袋，要找這個案子最早那幾個星期他所收集的剪報。當時負責偵辦的還是梅隆，他曾給史考特一張名片，背面手寫了他家裡和手機的號碼，說史考特隨時可以打給他。

那是在他們翻臉、梅隆再也不回他電話之前。

史考特注視著梅隆的號碼，努力想著該跟他說什麼。有些電話就是比較難打。瑪姬走出臥室。她打量了史考特一會兒，然後走到打開的窗子前。他猜想她是在為他們的新天地做氣味分類。

史考特撥了號碼。要是轉到梅隆的語音信箱，他就打算掛掉。但是鈴響到第四聲，梅隆接起來了。

「梅隆警探，我是史考特．詹姆斯。希望你不介意我打來。」

梅隆沉默了好久，這才回答。

「我想要看狀況。你最近還好吧？」

「我想過去拜訪你，不曉得可不可以？」

「嗯。為什麼？」

「我想當面跟你道歉。」

梅隆低聲笑了起來，史考特覺得鬆了口大氣。

「我退休了，老弟。要是你想大老遠開車過來，那就來吧。」

史考特抄下梅隆的地址，扣上瑪姬的狗繩，開車北上到西密谷。

33

梅隆坐在草坪椅上往後傾斜，抬頭看著上方的樹葉。

「你看這棵樹。我太太和我買下這裡時，這棵樹還不到八呎高。」

史考特和梅隆坐在梅隆家後院一棵樹蔭廣闊的酪梨樹下，喝著健怡可樂加檸檬角。地上點綴著一顆顆活像大便的腐爛酪梨果，吸引來成群打轉的蚊蚋。幾隻小蚊蚋繞著瑪姬，但是她好像無所謂。

史考特欣賞著那棵樹。

「要吃多少酪梨醬都有，永遠。我喜歡這樣。」

「告訴你吧，有些年頭，那酪梨真是好到不能再好。但是有些年，果子上頭就長了一串串小瘤。我得搞清楚是怎麼回事。」

梅隆是個大塊頭的胖男人，一頭逐漸稀疏的灰髮，被太陽曬黑的臉上皺紋遍布。他和他太太在聖蘇珊娜山的山麓丘陵買了一英畝地，上頭有一棟農莊式房屋。這裡離洛杉磯很遠，都已經在聖費爾南多山谷西邊了。開車來回洛杉磯市區的通勤時間很長，但是負擔得起的房價和小城的生活步調，彌補了開車的麻煩。很多警察都住在這裡。

之前梅隆穿著短褲、夾腳拖、褪色的哈雷機車T恤來開門。他很友善地叫史考特帶著瑪姬繞過屋側，說他會去後院跟他們會合。等到梅隆幾分鐘後出來，帶著健怡可樂和一顆網球。他請史考特去椅子那邊坐，又拿著網球在瑪姬面前揮，接著把球側投到後院另一邊。

瑪姬沒理會。

梅隆一臉失望。

史考特說，「她不追球的。」

「真可惜。我以前養了一隻拉布拉多犬，她成天都在追球。你喜歡警犬隊嗎？」

「非常喜歡。」

「很好。我知道你以前一心想要去特警隊。幸好你現在找到另一個喜歡的單位。」

他們在樹下安頓下來時，史考特想到李蘭很愛講的一個笑話。

「特警隊和警犬隊只有一點不同。狗是不會跟你談判的。」

梅隆大笑。等到笑聲止歇，史考特面對他。

「聽我說，梅隆警探——」

梅隆阻止他。

「我退休了。喊我克里斯或大哥就行了。」

「我以前太混蛋了。我沒禮貌又嘴巴壞，而且我錯了。我對自己之前的行為很羞愧。我道歉。」

梅隆瞪著眼睛一會兒，接著舉杯朝他傾斜。

「沒有必要，但是謝謝你。」

史考特也舉起自己的玻璃杯，和他碰杯，然後梅隆往後靠坐。

「只是讓你知道一下，當時你那麼過分，但是，要命啊，其實我可以理解的。該死，我想破這個案。儘管你可能不這麼認為，但是當時我真是拚了老命，我和史坦格勒，狗屎，每個參與的人都很拚。」

「我知道。我正在看那些檔案。」

「巴德·歐索讓你參與？」

史考特點頭。梅隆又朝他傾斜杯子。

「巴德是個好人。」

「我看到你們製造出那麼多文件，真是嚇壞了。」

「常常加班到深夜。我很驚訝我老婆居然沒堅持跟我離婚。」

「我可以問你一些事嗎？」

「隨你問。」

「我見過伊恩·米爾斯——」

梅隆的大笑打斷他。

「自我男！巴德跟你說過為什麼大家喊他自我男（I-Man）嗎？」

史考特發現自己跟梅隆相處得很愉快。在工作上，梅隆向來是保持距離且毫無幽默感的。

「因為他名叫伊恩（Ian）？」

「根本不是，不過大家當著他的面都這樣說。別搞錯我的意思，那傢伙是個優秀的警探，真的。而且他過去的工作紀錄很輝煌，不過每回伊恩訪談時，總是開口閉口就說，我發現、我找到、我了解，所有功勞都是我的。老天啊，自我男？就是指他很自我中心啦。」

梅隆又大笑，史考特覺得很振奮。梅隆談自我男談得很樂，而且似乎很願意討論這個案子，但是史考特提醒自己要小心進行。

「你很氣他嗎？」

梅隆的表情很驚訝。

「為什麼？」

「貝洛瓦的那件事。去追鑽石的關聯。」

「就是他跟那個銷贓人阿諾德．克魯梭有來往？不，伊恩後來把那件事搞清楚了。國際刑警組織有一份名單，列出克魯梭認識的人，貝洛瓦在那份名單上。那個名單搞錯了，是克魯梭的業務經理跟其他一百五十個人都投資了兩筆貝洛瓦的生意。那不算是關聯。」

「我的意思就是這樣，他好像應該先自己查清楚，省得大家白忙一場。」

「不，他必須提出來。他有丹澤那案子。」

史考特想了一下，但是不記得聽過這個名字。

「我不曉得。什麼是丹澤？」

「你知道的，丹澤保全車搶案。帕雷先命案之前的三、四個星期，一輛丹澤公司的保全車從洛杉磯國際機場開到比佛利山莊，途中遭到搶劫。司機和兩名保全人員被殺害。有個沒對外公布的消息是，歹徒搶走了一批價值兩千八百萬的未切割鑽石。現在想起來了嗎？」

史考特沉默了好久。他想著口袋裡的那個天鵝絨小布囊，覺得太陽穴的壓力愈來愈大。

「是啊，有點模糊的印象。」

「這些大型搶案，最後總是會轉到總局的搶劫分隊。伊恩聽說那些鑽石會被運到法國，就找國際刑警組織打聽，看有什麼可能的買家。這些全都是貝洛瓦被謀殺之前幾個星期的事情，所以他的名字本來毫無意義。但是後來他被槍殺，如果把丹澤案加進來，重新思考貝洛瓦認識克魯梭這件事，那就非得去追查清楚不可。後來我們又發現，其實他們之間沒有關聯，貝洛瓦只不過是那天晚上剛下飛機的一個法國人而已。」

史考特望著那些繞著落地酪梨果打轉的蚊蚋，想著自我男就像一隻繞著貝洛瓦打轉的蚊蚋。史考特隔著長褲摸著褲口袋裡的那個小布囊，手指撫過那些小石頭。

梅隆拍打著空中飛過的一隻蚊蚋。然後檢查自己的手，看有沒有打到。

「真討厭這些該死的東西。」

史考特想問梅隆有關遺失的光碟，但是知道自己必須很小心。梅隆似乎樂於聊天閒扯，但要是他感覺到史考特在調查這個案子的偵辦經過，他可能就會打電話回局裡。

「我懂了，但是有些事情我很好奇。」

「別怪自己。換了我也會好奇的。」

史考特微笑。

「你們從洛杉磯國際機場開始查帕雷先和貝洛瓦的行蹤，幾乎就是一路追到命案地點。那他會是在哪裡拿到鑽石的？」

「他沒拿到鑽石啊。」

「我的意思是，在你們排除他涉入鑽石搶案之前，認為他是在哪裡拿到鑽石的。」

「我懂你的意思。他沒有拿到鑽石。你知道人們偷到鑽石之後，會發生什麼事嗎？」

梅隆沒等到史考特回答。

「他們會找買家。有時是保險公司，有時是像克魯梭這樣的銷贓人。而如果有個銷贓人買下這些鑽石，你知道這個銷贓人必須做什麼嗎？他也得找到一個買家。我們原先相信，克魯梭稍早在法國買下這些鑽石，然後轉賣給一個在洛杉磯這邊的買家。」

「這表示，貝洛瓦是他的送貨小弟。」

「我們有各個地方的監視影片，洛杉磯國際機場的，行李提領區、停車場，還有他們去的餐廳和酒吧。除非有個人在某個紅燈處，把那些鑽石扔給他——這點我有想過——否則比較可能的是，他帶著鑽石進入美國。不過這也不重要。他沒參與克魯梭的銷贓事業，所以整個鑽石的事情都只是假象。你看著好了。巴德會發現帕雷先或貝洛瓦——其中之一、或者兩個人都是——找錯人借錢了，而且不能靠破產法保護他們。」

史考特覺得自己問夠了。他想去查有關丹澤保全車搶案的事情，於是決定結束這場訪問。

「聽我說，克里斯，謝謝你讓我過來。閱讀那些檔案讓我開了眼界。你真的做得很棒。」

梅隆點點頭，朝史考特微微一笑。

「謝了，不過我只能說，如果你正在看那些檔案，那你一定睡得很飽。」

梅隆大笑，史考特也跟著他笑，但接著梅隆斂起笑容，身子朝他前傾。

「你為什麼跑來這裡？」

瑪姬往上看。

梅隆的眼周遍布皺紋，但雙眼清亮且若有所思。梅隆退休前當了三十四年警察，其中有將近二十年是在搶劫兇殺隊。他大概訪談過兩千名嫌犯，而且把大部分都送進牢裡。

史考特知道自己之前越過紅線了，但他很想知道梅隆在想什麼。

「如果當時那些鑽石在貝洛瓦身上呢？」

「我會覺得很有趣。」

「丹澤搶案沒破案？」

梅隆清亮的雙眼動都不動。

「破了，結案了。」

史考特很驚訝，但是從梅隆的雙眼裡，他只看到一種若有所思的冷漠。

「你跟那些搶匪談過嗎？」

「太遲了。」

史考特從那對不動的雙眼中看到了什麼。

「為什麼？」

「你中槍之後三十二天，他們的屍體在方斯金被發現。是被射殺的，死了至少十天了。」

方斯金是聖貝納迪諾山區的一個度假小鎮，在洛杉磯東邊的兩個小時車程外。

「搶劫丹澤保全車的那票人？確定是他們？」

「確定。四個職業搶匪。前科很多。」

「但也不能確定是他們。」

「現場發現一把槍，符合殺害丹澤司機的那把。另外還發現了兩顆未切割的鑽石。保險公司確認是丹澤保全車當初運送那批鑽石的其中兩顆。夠確定了吧？」

史考特緩緩點頭。

「我想應該是。」

「無論如何，要是讓我賭，我賭就是他們幹的。」

「那些鑽石全都找回來了嗎？」

「據我所知，還沒有。」

史考特覺得這個說法很怪。

「誰殺了他們？」

「他們死在山上一棟破爛的小木屋裡，附近沒有別的屋子。推理是，他們搶劫後上山躲在那裡，尋找買家，結果被黑吃黑。」

「在搶案兩個月之後？」

「沒錯。」

「你相信？」

「不曉得。我還沒決定。」

史考特仔細看著梅隆的雙眼，不確定對方是否願意讓他追問。

「在貝洛瓦被槍殺後，過了三十二天，搶匪的屍體被發現。」

「這是真的，但是結掉丹澤案是個不錯的結局。這樣大家都不會再有懷疑了。」

「結掉案子的是誰？」

「聖貝納迪諾郡警局。」

「丹澤是我們局裡的案子。負責結案的是誰？」

「伊恩。」

梅隆緩緩起身，像個老人似的呻吟著。

「我坐太久就會全身僵硬。來吧，我送你上車。車程會比你想像的久。」

走到他車子的那段路，史考特再度考慮著要把口袋的鑽石掏出來給梅隆看。梅隆顯然一直在想這些事情，但是只肯提供一些隱晦的答案，史考特得自己從他的話裡去琢磨出來。這表示梅隆還在猶豫、害怕，或者他是在耍史考特，想看他知道些什麼。史考特決定不要掏出那些鑽石。他不能讓任何他不信任的人知道鑽石的事，或知道愛蜜莉亞的下落。

史考特讓瑪姬跳上車，然後回頭看著梅隆，忽然想到最後一個問題。

「你親自看過那些監視影片嗎？」

「哈，或許伊恩親自做每件事，但我可不是自我男。這麼大的案子，我們會授權出去給別人幫忙的。」

「這表示檢查影片的是另外一個人。」

「你會信任你所託付的人。」

「檢查影片的是誰？」

「不同的人。你在檔案裡或證物紀錄裡可能查得到。」

史考特料到他會這麼回答，但梅隆給了他方向。然後梅隆又補充。

「自我男會搞得好像都是他一個人完成所有事，但是別相信他。他有幫手。而且我敢說，那些幫手都是他信任的人。」

史考特搜尋著那對清澈、若有所思的雙眼，這才明白，自己只能查到梅隆允許他查到的。

「謝謝你讓我過來。我早該跟你道歉的。」

史考特上了駕駛座，發動引擎，然後降下車窗。梅隆目光掠過他，望著已經站在中央置物箱的瑪姬。

「她站在那裡，不會妨礙你嗎？」

「我已經習慣了。」

梅隆目光轉到史考特身上。

「我雖然退休了，不過我還是希望看到這個案子結掉。路上別開太快。注意安全。」

史考特倒車出了車道，轉向高速公路的方向，納悶著梅隆說這些話是提醒，還是威脅。

史考特調整後視鏡，直到他能看到梅隆，還站在車道上觀察。

34

史考特開著車上了雷根高速公路，覺得胃裡糾結又發酸。他相信梅隆對他有所期待，但是梅隆一直在跟他兜圈子，只給他勉強足以往下查的資訊。梅隆很厲害，比史考特想像中更厲害，不過梅隆給了他丹澤的線索。

丹澤保全車搶案發生時，對史考特而言，只不過是又一則新聞而已，不會比其他的新聞更重要，而且很快就忘了。史考特住院的那幾個星期，不曉得丹澤案的發展，也不曉得 件保全車搶案的調查會跟他的案子有所重疊，而且有重大的影響。現在他讀過一疊五吋厚的、有關埃瑞克·帕雷先的報告和訪談紀錄，但是帕雷先跟鑽石毫無關聯，所以沒提到過丹澤案。丹澤保全車的結案，感覺上像是藏在檔案裡的一個秘密。當史考特明白這個案子的所有檔案有四、五呎高時，他很好奇還有多少其他秘密埋藏在裡面。

聖蘇珊娜隘口就在前方，再過去就是聖費爾南多山谷了。過了一會兒，瑪姬離開中央置物箱，在後座伸展四肢，閉上眼睛。史考特曾花過那麼多力氣想逼她坐在後面，但現在竟然懷念起有她在旁邊的感覺了。

他降下車窗，看了一下手機。他的警犬隊分隊長、都會司指揮官，還有一個自稱是政風處奈潔拉·瑞佛斯的警探都留了話。史考特沒聽留話就都刪掉。巴爵斯沒打電話來，李察·勒文也沒有。喬依思．寇利也沒打。

史考特想打給她，想聽她的聲音，想要她站在他這一邊，但他不知道自己能不能信任她。他想告訴她一切，讓她看那些鑽石，但是他不能拿愛蜜莉亞和她的寶寶冒險。他已經這樣害過達洛了。之前他等於是在達洛的背部畫了個靶子，而某個人就朝那個靶子扣下扳機。

史考特沉默開著車，手機放在膝上。他看了一眼後照鏡。瑪姬還在睡。他隔著長褲摸了一下那個小布囊，好確定那是真的。他不曉得下一步該怎麼做，也不曉得要去哪裡，於是他繼續開下去，穿過聖費爾南多山谷上方，思索著。他可以從網際網路的查詢開始。搜尋關於丹澤案的舊新聞，還有那幾名被發現死在山區的男子，看報導裡是否提到自我男，或者提到某個人叫史耐爾的。

早晚他都會去找寇利，而且他需要有個什麼證實愛蜜莉亞的說法。他需要有個東西說服寇利，而且不會危及愛蜜莉亞的性命。

接近州際五號高速公路的交會口時，史考特的手機響了。他不認得那個號碼，於是他讓電話轉進語音信箱。手機顯示說有一則留言，他就按了播放，聽到一個開朗的男子聲音，是他不認得的。

「啊，嘿，詹姆斯警探，我是李察．勒文，回你的電話。沒問題，你儘管吩咐。我很樂意回答你的問題，或者盡力協助。你有我的號碼，但是我再給你一次。」

史考特沒等到他唸出號碼，立刻按了回電鍵。才響一聲，李察．勒文就接起來。

「嗨，我是李察。」

「我是史考特・詹姆斯。抱歉，我剛剛在講另一通電話。」

「啊，嘿，沒問題。我們以前沒見過吧？我不記得你的名字。」

「對，我加入調查才兩個星期。」

「嗯，好吧，我明白了。」

「你還記得梅隆和史坦格勒警探曾找你訪談過？」

「啊，當然記得。」

「是有關你們的顧客帕雷先和貝洛瓦？」

「被謀殺的那兩位。記得很清楚。我感覺好差。我的意思是，他們來這裡玩——好吧，不是這裡，是在俱樂部裡——五分鐘後，就發生了這麼可怕的事情。」

勒文喜歡講話，這是好事。更重要的是，他是那種喜歡跟警察講話的人，這樣更好。史考特碰到過很多這樣的人。勒文喜歡那種互動，而且他會竭盡全力幫忙。

「我這邊的案件資料說，當時你提供了兩片光碟，裡面有帕雷先和貝洛瓦在俱樂部那一夜的監視影片。」

「是啊，沒錯。」

「你當時是親自交給梅隆警探嗎？」

「不，我想他當時不在局裡。我到了警政大樓的大廳，交給櫃檯的一位警察。他說這樣沒問題。」

「啊，好吧。另外你是給了兩片光碟，不是一片。」

「沒錯，兩片。」

「兩片不同的光碟，或者是同樣內容的兩份拷貝？」

「不，不，兩張是不一樣的。我跟梅隆警探解釋過。」

「他退休了，所以他現在不在這裡。我想搞清楚這些檔案和登記紀錄，另外偷偷告訴你，我搞得很糊塗。」

李察．勒文大笑。

「喔，嘿，我完全懂。狀況是這樣的。我燒了兩片光碟，一片是裡頭的攝影機，另外一片是外頭的攝影機。兩個攝影機連到不同的硬碟，所以各燒一片比較簡單。」

史考特腦中閃過紅色俱樂部外頭那個停車場的畫面，覺得自己的腎上腺素加速分泌。

「外頭的攝影機有拍到停車場？」

「是啊，沒錯。我按照梅隆警探的吩咐，擷取了他們抵達到離開那段時間的影片。」

秘密的碎片出現了。一個接一個，逐漸拼合起來。史考特心中的一股壓力迅速釋放出來。

瑪姬有所感覺，在後頭驚醒了。他看了鏡子一眼，看到她站起來。

史考特說，「真不好意思要跟你說這個，真的，但是看起來，我們搞丟了外頭的那片光碟。」

「別擔心。一點問題都沒有。」

那傢伙的口氣好自信，史考特想著或許勒文陪著帕雷先他們去取車，又送他們上車，因此可以仔細描述那一夜的狀況。

「你記得帕雷先或貝洛瓦在停車場做了什麼嗎？」

「我可以做得更好。我有備份影片。我會再燒一片光碟給你，這樣就不會有人惹上麻煩了。」

勒文笑著說，史考特覺得腎上腺素多到爆表。

「那太好了，勒文先生。我們不希望任何人惹上麻煩。」

「我可以送去給你，或者留在櫃檯？同樣的地址嗎？」

「我過去拿吧。現在、今天晚上、明天早上都行。這事情有點重要。」

史考特邊開車邊跟勒文約好。瑪姬又爬上中央置物箱，陪在他旁邊，直到他們下了高速公路。

35

喬依思・寇利

次日上午十點零四分，寇利在她的辦公小隔間裡。她站起來，撫直長褲，利用這個機會看一下整個辦公區的狀況。歐索在凱若・塔萍分隊長的辦公室裡，跟分隊長、伊恩・米爾斯、兩個蘭帕特區的兇殺組警探，還有一個政風處的抓耙仔在討論達洛・伊許的謀殺案。那個抓耙仔正在盤問歐索有關史考特怎麼接觸到這個案件的檔案。他們想挖出某些行政違規，歐索很火大。寇利已經被盤問過了，猜想自己還會被找去再問一次。

辦公區裡三分之二的小隔間都是空的，這很常見，因為警探大部分都出去辦案了。剩下有人的小隔間，包括她隔壁的。那是個名叫哈倫・密克的三級警探，不過密克正在跟他四個女友之一講電話，亮出他的完美假牙，滿嘴胡說八道。

寇利坐下，拿起她的電話，恢復之前的談話。

「好吧，繼續說。比對符合嗎？」

那個科學調查組的鑑識專家約翰・陳一副沾沾自喜的口氣。

「叫我天才吧。我想聽這些話從你性感、美麗的嘴唇吐出來。」

「你會聽到騷擾指控的聲音啦。那些廢話就省省吧。」

陳的聲音變得不高興。

「我猜想我們以前太忙著打情罵俏，都沒認真上科學課。只有鐵和鐵合金會生鏽，而鐵鏽，根據定義來說，就是氧化鐵。因此，所有的鐵鏽都是一樣的。」

「所以你無法辨別？」

「我當然可以辨別。這就是為什麼我是天才。我沒去查那些鐵鏽，而是查鐵鏽裡面有什麼。在這個案例裡，就是油漆。兩個樣本裡面所含的油漆殘餘物，都顯示含有二氧化鈦、碳、鉛，比例一模一樣。」

「意思是，錶帶上的鐵鏽是來自那些欄杆？」

「就是這個意思。」

寇利放下電話，注視著她和侄兒、姪女的合照。她哥哥當時吵著要全家人一起參加去阿拉斯加的遊輪之旅。就是那種十日或十一日的行程，從溫哥華出發，沿著加拿大海岸北上，一路停靠各個港口，最後到阿拉斯加。看冰河，他說，還有殺人鯨。寇利在這份工作上已經看過夠多殺人兇手了。

歐索和其他人還在開會。寇利站起來，故意經過塔萍的辦公室去倒咖啡。她慢慢來，想偷聽。這類會議的參加者會改變，但是談的事情還是一樣，寇利覺得很煩。這些人在討論史考特的心理狀態和病歷，說出一些可信的細節——而這些事是他們不應該知道的——同時爭執著要不要申請逮捕令去抓史考特．詹姆斯。看起來是已成定局了。

自我男注意到她在咖啡機前面逗留，於是走過來關上房門。寇利倒掉咖啡，回到她的小隔間。

她才剛坐下，桌上的電話響起鈴聲。

「我是寇利警探。」

史考特．詹姆斯問出那個最要命的問題。

「我可以信任你嗎？」

她坐直身子，高到足以看到相鄰的小隔間。密克還在跟他女朋友講電話，被她講的事情逗得大笑不已。寇利壓低嗓門。

「你說什麼？」

「你是壞警察嗎，喬依思？這事情你也有份嗎？」

他的聲音好焦慮，搞得她更擔心塔萍辦公室裡面的那些人說得沒錯。她把嗓門壓得更低。

「你在哪裡？」

「前幾天有人闖入我家。第二天夜裡，又有人闖入我心理醫師的診所，偷走我的檔案。查爾斯．古德曼醫師。北好萊塢區的布若得和科倫警探負責偵辦這個案子。你打去問，就曉得我沒說謊。」

「你在說什麼啊。」

「打去問。偷走古德曼檔案的人把那些資料餵給局裡的某個人，而這個人正在努力要陷害我。」

寇利看了一下辦公區裡頭。沒有人在聽她講電話，也沒人注意她。

「我不喜歡你要推演出來的結論。」

「我不喜歡活在這個結論裡。」

「你為什麼要跑掉？你知道這樣看起來有多糟糕嗎？」

「我沒跑掉。我正在努力搞定。」

「你要搞定什麼？」

「我有東西要給你看。我就在這附近。」

「什麼東西？」

「不能在電話裡面談。」

「別那麼誇張。我是站在你那邊的。我找了科學調查組檢查了達洛那截錶帶上的鐵鏽。比對結果符合屋頂上的鐵鏽，好嗎？達洛當時的確是在屋頂上。」

「我有更好的。我拿到失蹤的光碟了。」

她看了一下塔萍的辦公室。門還是關著。密克還在跟他的女朋友講電話。

「紅色俱樂部的光碟嗎？你從哪裡弄到的？」

「店經理留了備份。你會想看這個的，喬依思。你知道為什麼你想看？」

她知道他在想什麼，於是給了他答案。

「因為有人不希望我看。」

「沒錯。跟你同一層樓的人。」

「你指的會是誰？」

「伊恩．米爾斯。」

「你瘋了嗎？」

「他們都說我瘋了。打去北好萊塢社區警局吧。」

「我不必打去。你人在哪裡？」

「你出了大樓左轉，在春日街過馬路。要是安全的話，我會去接你上車。」

「老天啊，史考特，你以為會發生什麼事？」

「不曉得。我不知道能信任誰。」

「給我五分鐘。」

「單獨來。」

「知道了。」

寇利放下電話時，這才明白自己的手在發抖。她雙掌搓揉，同時塔萍辦公室的門剛好打開，這個突來的驚訝讓她雙手抖得更厲害了。伊恩．米爾斯走出來，後面跟著政風處的抓耙仔和一個蘭帕特區的警探。米爾斯看了她一眼，於是她抓起桌上的電話，假裝正在通話。他經過時又看了她一眼，但是沒停下來，一路走出辦公區。

寇利繼續假裝講電話，等著看歐索會不會出來。她等了三十秒鐘，然後放回電話，把皮包揹上肩膀，迅速離開警政大樓。

36

史考特讓他的車緩緩前進，在市政廳公園旁觀察著大船的入口。瑪姬跨在中央置物箱，冷氣送風口對著她的臉。冷風吹得她的毛皮起伏。她好像很喜歡。

史考特希望寇利會出現，但是不確定她真的會來。十分鐘過去了。他愈來愈害怕她會告訴歐索或其他警探他打去找過她，而過去的這十分鐘，就意味著他們正在策劃該怎麼做。

寇利從大船的玻璃船首下方出現，迅速走向春日街。她在街角等到綠燈，開始過馬路。史考特觀察著船首，看起來沒有人在跟蹤她。他開著車往前，在下一個轉角停在她旁邊，降下車窗。

「你有告訴任何人嗎？」

「沒有。我沒告訴任何人。你能不能叫你的狗不要佔住位置？」

寇利打開車門時，瑪姬退到後座，好像是明白前座不夠大。

寇利上了車，拉著關上車門。他看得出她在生氣，但是也沒辦法。他需要她幫忙。

「天哪，看看這些狗毛。我一定會沾得全身都是。」

史考特加速往前開，同時檢查後照鏡看有沒有尾隨的車。

「我本來不確定你會來。謝了。」

「我沒告訴任何人。沒有人跟著。」

史考特在第一個路口轉彎，仍一面留意著後照鏡。

「隨你吧。我們要去哪裡？」寇利問。

「附近。」

「搞得這麼戲劇化，最好是值得。我討厭戲劇化。」

史考特沒回應。他繞過那個街區，幾秒鐘後亮出警徽，開進史丹利．默思克法院大樓的停車場。來到陪審員停車區。這裡離大船三個街區。

他在陰影處找到一個車位，關掉引擎。

「你腳邊有一台筆記型電腦。我們會看影片，然後你再跟我說我是不是戲劇化。」

她拿起那台筆電遞給他。他打開來，喚醒了休眠的螢幕，然後又交給她。光碟已經放進去了。影片的開頭影像凍結在播放器的視窗裡，那是一個明亮、清晰、高角度的畫面，紅外線光照射下的紅色俱樂部停車場。裡頭有少量淡淡的色彩，不過大部分都被洗成灰色調。鏡頭拍下去的角度包括俱樂部的紅色門口、另一頭停車場服務員的值班室，還有大半個停車場。這片光碟史考特看過七次了。

寇利說，「紅色俱樂部的停車場？」

「外頭的攝影機。在你看之前，必須先知道幾件事。我還有光碟的備份。達洛看到了槍擊。他跟一個朋友說了槍擊的事情，而且我知道那個朋友的下落。」

寇利的表情半信半疑。

「這個人可靠嗎？」

「我們看影片吧。達洛告訴過他的朋友，說槍手之一從賓利車裡拿走一個公事包。我在影片最末尾看到了公事包，是他們要離開的時候。」

史考特湊過來，點了播放鍵。凍結的影像立刻活了過來。帕雷先和貝洛瓦從俱樂部出來，走了幾步停下。一個停車服務員匆忙迎上來。帕雷先給了他一張取車票。那個服務員鑽進值班室拿了車鑰匙，然後大步走向停車場另一頭，走出畫面。帕雷先和貝洛瓦仍然站在門口談話。

史考特說，「我們可以快速前進。」

「我沒關係。」

一分鐘後，賓利車從畫面右下角出現，一路往前開。紅色煞車燈亮起，帕雷先走過去。服務員下車，遞出車鑰匙，接了小費。帕雷先上車，但是背景的貝洛瓦經過他身邊，走向馬路。他模糊的身影出現在人行道上，但是離燈光太遠，沒法看得很清楚。帕雷先關上車門，等著。

史考特說，「這樣的狀況會往下持續二十五分鐘。」

「什麼？」

「貝洛瓦在等人。這就是中間缺掉的時間。」

「我無所謂。」

兩個瘦得像蘆葦稈的年輕女人開著法拉利跑車來到。一個男人從一輛保時捷下來；接著是一輛捷豹車，下車的是一對中年男女。那些車輛來到或離開，他們的車頭燈就會掃過在人行道上徘徊的貝洛瓦。帕雷先一直待在車上。

史考特說，「快來了，注意。」

街道上一輛車緩緩經過貝洛瓦，停下。貝洛瓦被煞車燈照亮，可以看到他走近那輛車。他經過煞車燈後，就再也看不到人影了。

寇利說，「你看得出那是什麼車嗎？」

「沒辦法，太暗了。」

一分鐘後，貝洛瓦從黑暗中走進停車場，左手提著一個公事包。他上了賓利車，帕雷先開走了。

史考特按下停止鍵，望著寇利。

「調查過程中，有個人看過這個影片，對吧？他們跟梅隆和史坦格勒說裡頭沒什麼值得看的，然後就把光碟丟了。」

寇利緩緩點頭，雙眼茫然若失。

「賓利車裡頭沒發現公事包。」她說。

「是啊。」史考特回答。

「狗屎。」

「還沒而已，你們會找到的。你還記得丹澤保全車搶案嗎？」

她雙眉之間出現一道深深的溝紋。

「當然記得。梅隆和史坦格勒原先以為貝洛瓦來這個俱樂部，是為了鑽石。」

「價值兩千八百萬的未切割、商業等級鑽石，對吧？」

寇利又是緩緩點頭，簡直像是感覺到下一步會有什麼發展。

史考特把那個有醜陋污漬的小布囊從口袋裡掏出來，提著懸在兩人中間。她的目光望著那個小布囊，然後又轉回他臉上。

「達洛不光是跟他那位朋友描述他當時看到了什麼，他還在那些槍手離開後，從其中一具屍體身上拿了東西，後來交給了這個朋友。你認為這是什麼？」

他把那些石頭倒在另一手。

「狗屎。」

「真的？我猜是未切割、商業等級鑽石。」

她瞪著他，並不覺得好笑。

「你認為鑽石就放在那個公事包裡？」

「我猜想是這樣。你認為呢？」

「我認為小布囊上頭的這個污漬，應該會跟貝洛瓦的DNA比對符合。」

「那我們的看法一致。」

史考特把那些小石頭倒回小布囊裡，發現寇利還是瞪著他看。

「這些是誰給你的？」

「對不起，喬依思，我不能告訴你。」

「達洛是跟誰坦白的？」

「我不能告訴你，現在還不行。」

「這些東西是物證，史考特。這個人有最直接的情報。有了這些，就可以開一個新案子了。」

「有了這些東西，就可以害死一個人了。有個人謀殺了達洛，還想誣陷我殺害了三個人。」

「如果這事情是真的，那我們就得證明。這也是我們該做的事。」

「怎麼做？新開一個案子？跑去跟歐索說出來，問他該怎麼處理？要是上頭那裡有個人知道，接著其他每個人都會知道，我就等於在這個線民的背部畫了一個靶子，就像我害死達洛那樣。」

「那太瘋狂了。你沒有殺達洛。」

「很高興有人是這麼想的。」

「你必須有個信任的對象。」

「我有啊，這隻狗。」

史考特看了瑪姬一眼。

寇利的臉色變得堅硬如冰。

「操你的。」

「我信任你，喬依思。你。這就是為什麼我會打電話給你。但是我不知道其他還有誰牽涉在內。」

「牽涉在什麼之內？」

「丹澤案。一切都從丹澤案開始。」

「丹澤案已經結案了。那些人被謀殺，死在聖貝納迪諾山的某個地方了。」

「方斯金鎮。就在這個影片裡面的公事包被人從喬治·貝洛瓦手裡搶走的一個月後。鑽石始終沒找回來。就是這些鑽石。」

史考特抓著那個小布囊的束繩懸盪著，然後塞進長褲口袋裡。

「丹澤案的搶匪——死了。貝洛瓦和帕雷先——死了。達洛·伊許——死了。而且自我男持續出現。丹澤案本來是西洛杉磯社區警局負責的，自我男把案子搶到總局來，自己指揮這個專案小組，還利用西洛杉磯的人手幫忙。」

寇利搖頭，嘴唇緊抿成一條線。

「這麼做完全正常。」

「正常個屁。這件事一點都不正常。自我男把貝洛瓦的情報告訴梅隆，又說服梅隆相信貝洛瓦跟鑽石毫無關係——就是達洛·伊許從貝洛瓦屍體搜出來拿走的這批鑽石。」

「他為什麼要這麼做？」

「跟某個人撒謊說他們在這光碟裡沒看到什麼，理由是一樣的。因為如果說實話，梅隆或史坦格勒或你，最後會發現貝洛瓦和克魯梭的關係。自我男把自己放在一個位置，可以控制梅隆知道些什麼。梅隆不會質疑他。梅隆必須相信他。他也真的相信了。梅隆跟我說過他們是怎麼合作的。」

「你去找過梅隆？」

「我有個直覺，他其實有點懷疑丹澤案，也懷疑丹澤案的結案方式。」

史考特看得出來，她逐漸把拼圖湊在一起了。

「我們得去查一開始負責丹澤案的人，看他們是怎麼連接到自我男的。梅隆給了我提示。他跟我說，自我男從來不是一個人完成所有事，而且他只跟他信得過的人合作。他暗示這些人恐怕不誠實。」

「那你想怎麼做？」

「來個一槍斃命。把他們找來之後掀開底牌，罪證確鑿，讓他們沒法再出去殺任何人。」

「我們早晚會需要達洛的那個朋友。我們需要一份宣誓證詞。無論這個人說什麼，都得經過確認，可能還得測謊。」

「等到你們準備好要抓人，我會帶你們去見達洛的朋友。」

「我們需要從那個小布囊採集DNA，然後請科學調查組做比對。還需要保險公司或其他權威機構幫忙，確認這些鑽石就是當初丹澤案被搶走的那些。」

「全部都可以交給你。」

「太好了。全部。現在能不能至少給我這張光碟？」

「為什麼要打草驚蛇？」

寇利嘆氣，打開車門。

「我自己走回去。接下來我會看能查出什麼，然後通知你。」

史考特給了她最後一個資訊。

「達洛聽到了一個名字。」

她已經一腳跨出車外，這時停下來，轉頭瞪著他。

「一個槍手喊了另外一個的名字。史耐爾。」

「你還有什麼瞞著我沒說的嗎？」

「沒有。就這樣了。史耐爾。」

她下車，關上車門，然後要走。

「離自我男遠一點，喬依思。拜託，別相信任何人。」

寇利站住，回頭望著車窗內。

「太遲了。我已經信任你了。」她說。

史考特看著她走出停車場，覺得自己心碎了。

「你不應該的。」

現在他已經在寇利的背部釘了一個靶子，而且知道自己沒有辦法保護她。

37

喬依思・寇利

寇利拍掉黏在長褲上的最後一根狗毛，走出電梯。她望著這條她走了三年多的走廊，現在顯得更高、更寬，而且往前延伸無止境，走廊上的每個人都看著她。她忽然覺得腦袋右側裡頭一股劇痛，聽到了她母親的聲音，我警告過你不要看那麼多電視，你一定是長了腦瘤。但願。或許她母親說得沒錯，是腦瘤害得她跟史考特一樣瘋。只不過史考特沒瘋。史考特有那張光碟和那些鑽石。

她一步步往前走，過了一會兒，進入隊上的辦公區。歐索在他的小隔間裡。塔萍的辦公室門開著，但是現在裡面沒人。密克看了一下時間，好像急著想離開。她認識的這些男女同事，三年來一起工作，一起說過話，一起喝過咖啡。

這事情你也有份嗎？

我可以信任你嗎？

寇利進入會議室，拿了謀殺大書坐下來。她挑了面對門的座位，要是有人進來，她立刻就能看到。

從史丹利・默思克法院大樓走回來的一路上，寇利大半的時間都在思索著，不知該怎麼查出西洛杉磯區搶劫組一開始是誰負責丹澤案。她不能問伊恩或任何跟他共事的人，也不能打電話去西洛杉磯區搶劫組。要是史考特判斷正確，這些人真的是壞蛋，那麼有關丹澤案的任何提問，都會引起他們的警覺。

寇利閱讀過謀殺大書兩次，整個案子的檔案閱讀過一次。有關貝洛瓦、阿諾德・克魯梭、丹澤案的那些部分，她之前只是大略瀏覽過而已。當時她知道幾個月前搶劫分隊已經排除掉克魯梭的關聯，也就覺得沒有必要在一條死胡同裡面浪費時間。但現在她翻著謀殺大書，尋找丹澤案的案號。

寇利很快查到了，然後抄下來，拿回她的小隔間。

她叫出洛杉磯市警局檔案儲存局的頁面，正想輸入資料時，歐索忽然出現，嚇了她一跳。

「你有史考特的消息嗎？」

她把椅子轉過去面對他，設法把他的目光從電腦螢幕引開。他看了她的螢幕一眼，這才看著她。

「沒有。還是找不到他嗎？」寇利問。

歐索的臉皺起來。

「可以麻煩你打給他嗎？」

「為什麼要我打給他？」

「因為我叫你打。我留了話給他，但是他都沒回。或許他會回你的電話。」

「我沒有他的電話號碼。」

「我會給你。如果你連絡上他，設法跟他講道理。這件事情愈來愈失控了。」

「好吧，沒問題。」

他又看了她的電腦一眼，然後轉身離開。

「巴德。你認為他殺了那些人嗎？」

歐索皺了一下臉。

「當然不。我去拿他的電話號碼。」

寇利清空她的螢幕，坐立不安，直到歐索回來交給她號碼。一等他離開，她就又叫出檔案儲存局的頁面，繼續輸入。根據規定，只能調閱跟自己偵辦中案件有關的資料，於是寇利查了她桌上一份兩年未破的兇殺案，把案號填進去。

編號L－一六六四九一出現了，是一個PDF檔。第一份文件是結案表格，由伊恩．米爾斯填寫並簽名，後頭三頁長的說明中，描述狄恩．川特、麥斯威爾．吉朋斯，以及琴．李恩．瓊斯（均已死亡）的屍體被發現，並被指認為丹澤保全車搶案的犯案者。米爾斯引用並附上科學調查組與聖貝納迪諾郡警局的報告，證明此三人死亡現場的一把槍，被確認曾用於丹澤搶案；另外跨國保險公司的文件也確認死亡現場所發現的兩顆鑽石，就是遭搶的同一批。伊恩．米爾斯的結論是，這三名搶案的犯案者現在已經死了，於是這個案子也就理所當然結案了。

老套的屁話。

寇利瀏覽著伊恩附上的文件，直到她找到西洛杉磯區原始檔案的開頭。首先是兩份表格文件，由第一批趕到現場的警探填寫並簽名，接著是一份現場報告，描述這些警探如何奉派前往現場，到達時發現了什麼。寇利沒費事去閱讀，直接跳到最後。報告的簽名者是喬治．艾弗斯警探和大衛．史耐爾警探。

寇利清空她的螢幕。

歐索在他的小隔間裡，正在講電話。塔萍的辦公室門關著。寇利站起來，看著整個辦公區，然後坐下來，瞪著螢幕。

她說，「你這狗娘養的。」

寇利忽然站起來，出去沿著走廊，來到搶劫分隊的辦公區。同樣的一堆小隔間，同樣的地毯，所有一切都一樣。一名搶劫分隊的警探愛咪．林恩坐在第一個小隔間。

「伊恩在嗎？」

「應該吧。我剛剛才看到他。」

寇利走向後方伊恩的辦公室。她進門時，自我男正在寫著什麼。看到她進來，他表情驚訝，或許還有一點提防。

「伊恩，你還有其他符合白色鬢角的人選名字嗎？我們得逮住這些人渣，一堆混帳王八蛋。我們要釘死他們。」

她想看著他，她想把這些話說出來。

「好的。我會盡快幫你查到名字。」

寇利氣呼呼回到自己的辦公桌。

喬治·艾弗斯。

大衛·史耐爾。

她想查出有關他們的一切，而且她知道該怎麼查。

38

伊恩・米爾斯

對於職業盜賊，無論是不是在通緝中，搶劫分隊都保留了詳盡的檔案。不是那些小賊，比方偷車青少年，或是臨時起意去搶加油站的那些活寶，而是貨真價實的職業盜賊。寇利離開他辦公室的五十分鐘後，伊恩正在搜尋這個資料庫，要找可能的白髮駕駛人，此時他的電子郵件發出收到信件的叮聲，他看了一下標題。

看到那是來自檔案儲存局的自動通知，他的雙肩發緊。這類通知是供結案警察、主管各局處單位勾選的，只要有人去查結掉的案子，系統就會發電子郵件通知相關人員。每個伊恩手上結掉的案子，他都勾選了要通知，不過他其實只在乎其中四個案子。其他的都是煙幕彈而已。

伊恩起身，關上辦公室的門，然後回到位子上。自從洛杉磯市警局採取了這套新系統之後，他只接到過三次通知信。每次他都很怕打開信，但那三次都只是他不在乎的案子。這會兒，他花了足足三十秒，才鼓起勇氣點開電子郵件。然後他開始胃痛。

丹澤案。

通知信裡面的資訊很少。沒有查詢者或單位的名字，只有查詢的日期和時間，以及查詢者偵辦中的案件號碼。

光是這個案號，就告訴了他許多，而他不喜歡其中所透露的含意。

這個案號前面有個指定碼HSS，意思是兇殺分隊（Homicide Special Section）的案子。兇殺分隊的任何一個警探都可以走四十呎，直接來問他有關丹澤案的問題，但是某個人選擇瞞著他，自己去查資料庫。這可不妙。偵辦中的案件檔案是被鎖住的，系統裡查不到號碼。不過伊恩有變通的辦法。

他打電話給走廊另一頭的娜妮．萊利。娜妮是平民僱員，也是凱若．塔萍的辦公室助理。

「嘿，娜妮，我是伊恩。你現在還是跟十分鐘前一樣漂亮嗎？」

娜妮笑了，一如往常。他們這樣打情罵俏好幾年了。

「只為了你漂亮，寶貝。你要找老大？」

「只是要問個事情。你們那邊有個偵辦中的案件——」

伊恩唸出案件號碼。

「這是誰在辦的？」

「等我一下，我來查是誰——」

他等著娜妮輸入號碼。

「是寇利警探。喬依思．寇利。」

「謝了，寶貝。你最棒了。」

伊恩放下電話，更不喜歡了。要是寇利對丹澤案有興趣，剛剛來他辦公室時，為什麼都沒提起？而只是講了一堆屁話，說要把帕雷先案的那些槍手給逮到？他反覆思索其中所代表的意義，然後拿了他的東西，沿著走廊去兇殺分隊。

寇利在她的小隔間裡，正湊向前對著電腦螢幕，看起來是一邊在講電話。他從她後方走過去，想看她正在看什麼，但是她的腦袋遮住螢幕了。她講電話的聲音好小，他聽不見她在講什麼。

「警探。」伊恩朝她說。

她聽了猛然一震，轉過頭來，臉色蒼白。她的電話按在胸口，身體往旁傾斜以遮住螢幕。這不是好跡象。

伊恩遞給她那張姓名清單。

「這是你要的名字。」

她接過那張紙。

「謝了。沒想到這麼快。」

他看著她眼中的陰影移動，顯然很害怕。他於是好奇那個伊許小子告訴史考特・詹姆斯多少，而詹姆斯又告訴寇利多少。

「樂意效勞。你還會在辦公室待一陣子吧？」

「啊，是的。怎麼了？」

「我會繼續查，看能不能查出更多名字。」

伊恩回到自己的辦公室，關上門，用他的手機打給喬治·艾弗斯。

「我們有麻煩了。」

伊恩說出他希望艾弗斯做些什麼。

39

稍早碰過面的三個小時後，寇利傳簡訊給史考特，說她有關於丹澤案的資訊。他們講好在史丹利．默思克法院大樓的停車場碰面，跟之前一樣。她上了他的車，他覺得她看起來緊繃又焦慮。

「我找了一個人事室的朋友打聽艾弗斯和史耐爾，完全是私下談話。我跟她說我有一個專案小組，需要最頂尖的人才，在考慮這兩個人。她了解。這個人是我進局裡的第一個主管。」

「結果她怎麼說？」

「他們很爛。」

史考特不確定自己該有什麼反應。

「史耐爾的風評是辦案聰明、有效率，但是很馬虎。他喜歡冒險、走捷徑，跟伊恩沒有淵源，但是艾弗斯和伊恩則是鐵哥兒們。天啊，我身上已經沾了狗毛，你看看。」

瑪姬趴在後座。

「我一直沒時間清理。那艾弗斯呢？」

寇利徒勞地拍著她的長褲，同時繼續報告。

「艾弗斯和伊恩在霍倫貝克區當了四年的搭檔。艾弗斯是主責的，但是大家都知道真正做事的是伊恩。艾弗斯出了狀況，生活一場糊塗。他喝酒喝太兇，老婆離開他，就是常發生在警察身上的那些蠢事。伊恩一直罩他，讓他撐下去。但是太多人指控他了。後來伊恩被調到總局來，艾弗斯就被調去西洛杉磯分局了。」

「他被指控的是什麼樣的罪名？」

「很嚴重的罪名。誰撿到就歸誰，你知道？」

這是警察間開玩笑的說法，只不過對爛警察來說不是玩笑。要是他們突襲搜查時發現一袋現金，他們會留下符合重罪法令的錢，剩下的佔為己有。誰撿到就歸誰。

「我知道。有人指控自我男這些骯髒事情嗎？」

「他的紀錄清白得很。他一直幫著艾弗斯，直到艾弗斯終於振作起來。」

史考特看著瑪姬，摸摸她。她睜開眼睛。

「那是雙向流通的。」

「什麼流通？」

「要是伊恩幫艾弗斯收拾過，那麼有時候艾弗斯也會幫伊恩收拾善後的。」

「總之，現在艾弗斯在西洛杉磯，他的搭檔是史耐爾。他們負責辦丹澤案，總共辦了四天，然後伊恩就接手這個案子，他們兩個成了手下。接手的第二天，也就是搶劫案發生的第六天，艾弗斯拿到法官的授權令，開始監聽狄恩·川特和威廉·吳的電話。」

史考特完全不曉得這兩個人是誰，但是寇利像一列特快車，只是繼續迅速講下去。

「兩個月後，狄恩・川特、麥斯威爾・吉朋斯、琴・李恩・瓊斯被發現陳屍在聖貝納迪諾山區，是被謀殺的。」

史考特想起梅隆提過這事情。「就是搶劫丹澤保全車的那票人。」

「一般是這麼認為，也大概是真的。」

梅隆也是這麼說。

「威廉・吳是誰？」史考特問。

「聖瑪利諾市的一個銷贓人。他賣珠寶和藝術品給中國的有錢人，但是他也有歐洲的關係。更重要的是，大家知道狄恩・川特和吳長期有來往。要是狄恩・川特偷了珠寶或藝術品，幾乎可以確定，他會拿去找吳脫手。」

史考特明白往下會推到哪裡了。

「艾弗斯和史耐爾知道鑽石在川特手上。」

「一定是。或許伊恩的某個線民給他消息。當時搶案才發生六天，他們知道或懷疑狄恩・川特那幫人幹了這一票。於是他們竊聽川特和吳的電話，聽了三個星期。這個案子的檔案裡面沒有竊聽內容逐字稿。完全沒有。零。」

史考特驚呆了。

「他們聽到吳和克魯梭達成交易。他們知道貝洛瓦要來洛杉磯，也知道他什麼時間、地點會拿到那些鑽石。他們想搶走這些鑽石。」

史考特望著瑪姬，碰一下她的鼻尖，她佯裝要咬他的手指。

「這樣足以讓我們立案調查嗎？」

寇利搖頭。

「不，我希望夠，但是不夠。」

「我覺得聽起來很夠了。你可以從頭到尾，把所有的點連起來。」

「伊恩會這樣說，『我們從三個獨立的可靠來源接到消息，說川特想透過吳先生把這批鑽石脫手，我們知道吳先生和川特先生已經是老交情了。由於有這個可靠的消息，我們取得了需要的法院授權令竊聽電話，但是無法取得顯示他們有罪的資訊。於是我們相信，川特先生和吳先生的溝通都是見面，或者用拋棄式手機。』所以呢，我們的說法根本動不了他。」

史考特覺得自己的怒氣愈來愈高漲。

「艾弗斯、史耐爾、米爾斯是三個人。但是去射殺貝洛瓦的有五個人。」

「就我所看到的資料，沒發現其他可疑的人。我們先專注在現有的資訊。要是我們可以突襲這些傢伙，他們會供出另外兩個人的。」

史考特知道她說得沒錯。

「好吧。艾弗斯和史耐爾都還繼續工作嗎？」

「史耐爾是，但是艾弗斯在槍擊案之後六天就辭職了。」

「這樣可不聰明。」

「不曉得。他的年紀符合退休資格。他比伊恩年長，所以退休也不算奇怪。」

「老到有白頭髮？」

「老天啊。我不知道。這兩個人我從來沒見過。」

史考特心想，如果艾弗斯老得可以退休，或許他就是那個白頭髮、藍眼珠的駕駛人，他的DNA會符合那輛脫逃車上所收集到的頭髮毛囊。

「艾弗斯是先遣兵。你有他的地址嗎？」史考特問。

寇利往後靠坐。「你以為去找他能發現什麼？鑽石？鑽石沒了，槍沒了，那一夜的每一樣東西都沒了。」

「我們需要一個東西，能把這些人和槍擊案直接連在一起。可以證明艾弗斯或史耐爾或自我男當天出現在槍擊現場的，對吧？」

「對。如果你希望這個案子是所謂的灌籃，可以十拿九穩，那我們就需要一個直接證據。」

「好吧，我會到處去查探。或許我會走運。」史考特說。

「之前我們為了錶帶的事情告誡過你，你都沒有認真聽嗎？你所發現的一切，都不會被承認的。不管你發現了什麼，你的相關證詞上了法庭都不會被接受。對我們一點用處都沒有。」

「我聽進去了。我什麼都不會拿。要是我發現什麼有用的，就讓你想出一個繞路的方法。」

寇利一臉受不了的表情，但是她翻著手上的紙，找到喬治．艾弗斯的地址。

「我真該去檢查一下我的腦袋。」

「對我有點信心吧。」

寇利翻了個白眼，推開車門，猶豫著。她一臉憂心。

「你有安全的地方可以待嗎？」

「有。謝了。」

「好吧。」

史考特看著她下車，還想再多說些什麼。

「要我開車送你嗎？」

「我想走路。這樣我才有時間清掉這些狗毛。」

史考特微笑，看著她走遠了，然後開車離開停車場。他要去找喬治．艾弗斯。

40

喬依思・寇利

寇利穿過史丹利・默思克法院大樓的停車場，朝大船走去。她邊走邊揀掉身上的狗毛，又拍著長褲。那隻德國牧羊犬很漂亮，但是她真是個狗毛製造機。

寇利來到停車場盡頭，跨過一道低低的柵欄鍊，上了人行道。她不認為他們做這件事情的方法是正確的，於是現在她擔心史考特會污染這個案子。寇利完全相信有個陰謀，連接起丹澤案和貝洛瓦、帕雷先，以及絲黛芬妮・安德司的謀殺案，但是她和史考特這樣做的方式不對。就算他搞不清楚，她也不該這麼糊塗的，於是她現在很懊惱自己居然沒有阻止他。

警察貪贓枉法的事情向來存在，以後也不會消失，即使是在全世界最好的警察局也不例外。這類調查有例行的程序，通常必須在完全保密的狀況下進行，直到提出控告為止。寇利有個朋友曾跟特別行動組合作，她打算去尋求她的建議。

「寇利警探！喬依思・寇利！」

她轉向那個聲音，看到一個衣著考究的男子朝她快跑而來，一邊揮著手。他身穿黃褐色的獵裝，裡頭是天藍襯衫和深藍領帶，下身穿了牛仔褲；看那個模樣，簡直就像是從Ralph Lauren的服裝目錄裡跑出來的。他的獵裝奔跑時翻開，露出扣在腰帶上的金色警徽。

他減速停下，露出微笑。

「希望你不介意。我剛剛在法院看到你。」

「我們認識嗎？」

他碰一下她的手臂，讓到一旁，讓兩個急步走向法院的女人過去。

「我想跟你談談搶劫兇殺隊的事情。你要回去嗎？我跟你一起走。」

他又碰了她的手臂，催她往前走，自己走在她旁邊。他很輕鬆、孩子氣，而且充滿魅力，但他站得離她太近。寇利不懂他為什麼認定她是從大船過來的，現在要回去。

一輛暗藍色的轎車駛過他們旁邊，慢下速度。

寇利說，「你在兇殺組還是搶劫組工作？」

「搶劫組。而且我很厲害。」

他又碰她的手臂，好像她應該認識他，寇利覺得很煩。

「現在我不方便。給我你的名片。我們另外再找時間談吧。」

他亮出男孩氣的笑容，湊得好近，把她逼到了人行道邊緣。

「你不記得我？」

「完全沒印象。你叫什麼名字？」

那輛舊車的後車門在他們面前彈開。

「大衛．史耐爾。」

他用力抓住她的手臂，把她推進車裡。

41

太陽地是個勞動階級的社區，位於格倫代爾北邊的山麓丘陵間。這些平坦地面不毛且乾旱，地名「太陽地」是名副其實。介於高速公路與山區之間的住宅區街道上，排列著一棟棟農莊式灰泥小房子。但是當地勢逐漸升高到特杭葛峽谷時，尤加利樹和黑胡桃樹為這些街坊增添了一種農村、鄉野的氣息。喬治·艾弗斯就住在這裡一棟外牆裝了魚鱗板的房子，可能是穀倉改裝的。他屋前的院子裡石頭遍布，屋頂裝了碟形衛星天線，還有一艘金屬藍的遊艇停在屋側。那艘遊艇用布蓋住，而且看起來好像好幾年沒下水過了。艾弗斯沒有車庫，只有一個車棚，裡頭是空的。

史考特開車經過，掉頭，停在兩棟房子外。警察的電話很少公開，但是史考特試了查號台，要求查太陽地的一位喬治·艾弗斯。結果沒有。他打量了艾弗斯的房子一會兒，很想知道有沒有人在家。那個空車棚也不表示什麼，但是他不想一直瞪著那棟房子看，看到地老天荒。

史考特很慶幸自己穿了便服來。他把手槍塞到襯衫裡頭，讓瑪姬下車，沒費事去扣上狗繩。

他走到前門，叫瑪姬待在屋子側邊看不到的地方，然後按了兩次門鈴。等到都沒人來應門，他繞過屋側來到後院。史考特沒發現警鈴，於是他打破廚房窗子的一片玻璃，開了窗子爬進去。瑪姬朝那窗子竭力伸長脖子，還低嗚著想跟。

「坐下。待著。」

史考特打開廚房門，喊了一聲，瑪姬快步跑進去。他從她的表情知道她很警戒。她的頭抬得高高的，耳朵往前豎起，臉因為專注而皺起。她進入一種高速搜尋狀態，呈波浪形路線前進，搜過整棟屋子，好像這裡有個氣味讓她很擔心，她想尋找來源。

史考特明白，這只可能意味著一件事。

「你找到他了，對吧？這個混蛋去過我們家。」

廚房、餐室、客廳都沒有什麼不尋常之處。破舊不成套的家具，一堆沾了碎屑的紙盤。兩張一九三〇到四〇年代的洛杉磯市警局警察裱框照片，一張老影集《佛萊德探案》的海報，裡面的男主角傑克．韋伯和哈利．摩根握著左輪手槍。整個看起來，屋主不像是剛從鑽石搶案中分到五百萬元，不過也的確，他們沒分到。

瑪姬回到客廳加入他時，變得比較冷靜了。

一道短廊從客廳伸出去，通向幾個臥室。不過他們來到的第一個房間半是儲藏室、半是艾弗斯的自戀室。牆上掛了許多艾弗斯和他洛杉磯市警局朋友的裱框照片。年輕、穿著制服的艾弗斯在警察學院的畢業典禮上。艾弗斯和另一個警員在他們的巡邏車旁合影。艾弗斯和一個金髮、眼神哀傷的女人炫耀他剛收到的金色警探警徽。艾弗斯和年輕的伊恩．米爾斯在一個霍倫貝克區的犯罪現場。史考特認出艾弗斯，是因為他出現在所有照片裡，隨著他歷年照片逐漸變老，史考特覺得腳下的地板彷彿垮掉了。

喬治・艾弗斯在照片中比其他人的塊頭都大。他龐大、粗壯，有個大肚腩，而且不是那種鬆軟的肚子，而是結實的。

史考特毫不懷疑。他從靈魂裡頭認得這個肚子。

喬治・艾弗斯就是那個拿著AK－四七自動步槍的大塊頭男子，史考特恍然大悟的那一刻，同時看到了那步槍發出閃光，一閃、一閃。

「停止。」

史考特逼自己呼吸。瑪姬在他旁邊低鳴。他摸摸她的頭，那閃光消失了。

牆上的那些照片裡，沒有一張可以把艾弗斯連接到槍擊案現場或那些鑽石，但史考特無法別開目光。他一張接一張瀏覽過去，直到有一張吸引他停下。那是一張彩色照片，艾弗斯和另一名男子在一艘深海捕魚船上。他們在微笑，搭著彼此的肩膀。另一個男人年長幾歲，而且塊頭較小，一頭白髮，眼珠是鮮豔的藍色。

看到他，觸動了史考特的記憶，像一部電影在他眼前展現：那輛福特Gran Torino車的駕駛人一邊朝其他槍手喊叫，一邊把面罩往上拉，露出他的白色鬢角。其他人紛紛上車，那駕駛人再度面向前方，面罩脫掉，史考特看到他的臉——這個男人的臉——同時那輛車轟然駛離。

史考特陷入回憶中，此時他口袋裡的震動把他拉回現實。他掏出手機看，發現是寇利傳來的簡訊。

我找到了。

第二則簡訊緊接著發過來。

跟我碰面。

史考特回傳。

找到什麼？

幾秒鐘後，她的回答傳來。

鑽石。快來。

史考特也趕緊回覆。

哪裡？

他奔向自己的車子，瑪姬也跟著他一起跑。

42

瑪姬

瑪姬跨立在中央置物箱，觀察著史考特。她注意到他動作和姿勢和面部表情的微妙變化，同時也完全留意到他的氣味。她觀察著他的眼睛，曉得他往哪裡看、看多久。他傾聽他的聲音，即使他沒在跟她講話時，每個手勢和眼神和語調都是訊息，供她解讀。

她吸入他不斷改變的氣味，聞到一種熟悉的組合——恐懼的酸、喜悅的鮮甜、憤怒的苦玫瑰、緊繃的焚葉。

瑪姬自己的期待感也愈來愈強。她記得她和彼得走上那條長路之前，也曾有類似的跡象，彼得做好準備，全神貫注。其他海軍陸戰隊員也在做同樣的事。她還記得他們講的話。做好準備。做好準備。做好準備。

瑪姬興奮地發出低鳴。

史考特摸她，讓她滿心喜悅。

他們將會走上那條長路。

史考特做好準備了。

瑪姬兩腳不斷挪動著重心，焦慮而蓄勢待發。她脊椎的毛一路從肩部到尾巴都豎起，同時血的氣味充滿她的口腔。

團隊要去尋找。

團隊要出獵了。

瑪姬和史考特。

兩隻戰犬。

43

在離大船幾個街區的地方，史考特下了好萊塢交流道，過了第一街大橋到洛杉磯河東岸。東岸這一帶排列著倉庫、工廠、食品加工廠。他在一輛輛巨大的聯結車之間往南行駛，尋找著寇利的位置。

「放輕鬆，寶貝。冷靜。冷靜。」

瑪姬站直身子，在中央置物箱和後座之間緊張地前後移動。站在中央置物箱時，她就凝視著擋風玻璃外，好像在尋找東西。史考特很好奇她在找什麼。

他轉入兩座人群熙攘的倉庫之間，然後看到了倉庫後方的那棟空屋，那是一家破產的貨運公司所留下的，離街道很遠。裡頭排列著幾個專門設計給十八輪卡車的裝卸平台，入口處有個大大的「出售或出租」的牌子。

「她就在這裡。」

一輛淺黃褐色的破車停在裝卸平台旁。平台裡面的大裝卸門是關閉的，但是旁邊一扇供人員進出的小門開著。

瑪姬稍微低頭看，鼻孔翕動著。

史考特把車停在那輛破車旁，發出一則簡訊。

到了。

他下車時，收到寇利的回訊。

裡面。

史考特讓瑪姬跳下車，走向那小門。他納悶著寇利怎麼會曉得這個地方，又為什麼鑽石會在這裡。不過反正兩者他都不是很關心。他希望這個能成為艾弗斯被判死刑的鐵證；不光是艾弗斯，還有自我男，以及其他人。

倉庫的內部幽暗，但是燈光還夠亮。那個大而空蕩的空間寬得足以停放四輛卡車，高度超過九公尺，中間只有粗大得像樹幹的幾根支撐柱隔間。倉庫遠端那一邊的幾扇門通往辦公室。其中一扇門開著，燈光透出來。

瑪姬低下頭，開始嗅聞。

「嘿，寇利！你在裡頭嗎？」

史考特踏進去，瑪姬跟著他行動。他很好奇寇利為什麼不在外頭她自己的車上等，而且為什麼他到了，她還不出來。

史考特朝著倉庫遠端那扇打開的門喊。

「寇利！你在哪裡？」

寇利沒回應。連傳簡訊都沒有。

史考特更深入倉庫內部，此時瑪姬警覺起來。她僵在原地，低著頭，耳朵前豎，瞪大眼睛。

史考特循著她的目光看去，但只看到空蕩的倉庫和遠端那扇打開的門。

「瑪姬？」

瑪姬忽然往後看，面對著通往停車場的門。她昂起頭吼叫，那是一種警告的吼叫。

史考特回頭要朝門跑去，看到兩名男子拿著手槍從倉庫那一端過來。一個是三十來歲，穿著一件黃褐色獵裝，另一個是喬治·艾弗斯的白髮釣魚好友。史考特覺得好想吐，心臟猛跳。認出那個白髮駕駛人的那一刻，他明白米爾斯和艾弗斯知道了。他們抓走了寇利，或甚至謀殺了她，然後引誘他踏入這個陷阱。

然後那白髮男子看到史考特，開槍。

史考特反擊，急忙躲開。他認為自己擊中了那個白髮男，但是他動作太快，沒有看清楚。

「瑪姬！」

史考特朝遠端那扇門奔跑。那個穿黃褐獵裝的年輕男子追在他後頭，開了兩槍。史考特往旁邊閃，躲在最接近的一根支撐柱後頭。他把瑪姬拉近。

黃褐獵裝男子又開了兩槍，子彈轟進柱子。

史考特盡可能縮著身子，同時緊拉了瑪姬。他看了一眼那些辦公室，祈禱寇利還活著。他放聲大喊。

「寇利，你在這裡嗎？」

絲黛芬妮·安德司、達洛·伊許，現在是喬依思·寇利。

他害死的人愈來愈多了，而且他自己可能就是下一個。

史考特看了一下前門，然後是他後方通往辦公室的門。他又怕又氣，身體都在顫抖。要是艾弗斯和自我男和其他槍手都在後頭的辦公室裡，那他們就包圍他了。早晚會有個拿槍的人從辦公室的門出來，結束掉他們九個月前沒完成的事情。他們會殺了他，大概也會殺了瑪姬。

他把她拉得更近。

「沒有人會被丟下，好嗎？我們是搭檔。寇利也是，如果她在這裡的話。」

瑪姬舔他的臉。

「是啊，寶貝。我也愛你。」

史考特跑向辦公室的門。瑪姬也跟著跑，還奮力跑到他前面。

「瑪姬，不要！回來這裡。」

瑪姬跑向門。

「跟隨！」

她跑進門。

「瑪姬，退開！退開！」

瑪姬跑進去了。

瑪姬

跟著史考特進入這棟倉庫時，瑪姬感覺到他的恐懼和興奮，她自己也有相同的感覺。這個地方充滿了威脅和危險的氣味。響亮的聲音跟她在外頭那條長街上聽到的一樣，她聞到那個入侵者的新鮮氣味，還有其他的氣味。史考特的恐懼愈來愈強。

她要跟他在一起。

取悅他並保護他。

要是史考特想在這個危險的地方玩，那麼她樂於陪他玩，儘管每個響亮的聲音都害她瑟縮。

史考特更深入倉庫，瑪姬跑在他旁邊。更多響亮的聲音傳來，史考特把她拉緊。認可！讚美！

老大開心。

團隊開心。

她心中充滿歡喜與愛。

瑪姬知道那個入侵者在前面，清楚得像是她能看穿那些牆壁。隨著錐形遺嗅區愈來愈縮小，他新鮮、有力的氣味也愈來愈濃。

史考特奔跑，瑪姬也跟著跑，知道自己必須保護他。她必須把那入侵者趕走，或者摧毀。

瑪姬拉長步伐，尋找著威脅。

史考特命令她停下，但是瑪姬沒停下。她準備好了。

老大安全。

團隊安全。

其他的瑪姬都不知道。空氣中充滿了入侵者和其他男子的氣味，有些熟悉，有些則否；她嗅到他們的恐懼和焦慮。她嗅到槍油和皮革和汗水。

他們也準備好了。

瑪姬搶先史考特一大段距離進了門，看到前頭還有另一扇門。那個入侵者和另外一名男子在門內等待著。

一萬代的遺傳基因，讓她充滿了保衛者的憤怒。

她要照顧史考特，保護史考特。

她不會讓他受到傷害。

她寧可自己死。

瑪姬奮力奔向錐形遺嗅區的尖端，好拯救史考特。

喬依思・寇利

史耐爾和艾弗斯把寇利綁住、塞了嘴巴，丟在自我男車子的後行李廂裡，像個老影集裡面的笨妞被害人。寇利編出唬人的話，讓他們暫時不敢殺她。她跟他們說歐索知道了。她講出人事室那位隊長朋友的名字，就是曾告訴她艾弗斯和史耐爾背景的那位，她的說法聽起來夠真實，讓伊恩猶豫了。他覺得最好不要太快殺了她，先去查證一下她的說法。留著她一條命，可能意味著自己可以逃過死刑。

但是伊恩不會永遠留著她這條命。殺害帕雷先、貝洛瓦、絲黛芬妮・安德司的五個人裡頭，寇利可以指認出四個。那個白髮駕駛人是喬治・艾弗斯哥哥史丹。第五個人沒出現，不過她已經曉得他叫巴森。

寇利知道太多了，他們不可能讓她活。等到伊恩一查清她是撒謊，就會下手殺了她，然後想出一個辦法解釋她的死。

所以現在寇利在後行李廂裡，氣得要命，努力忍著疼痛。她不笨，也不想當被害人，無論是今天或任何一天。

那塑膠手銬緊緊嵌進她的肉裡。她一手刮掉了好深一塊肉，但是設法掙脫了手套。她找到後行李廂的緊急開關，爬了出去。血從她的手流下來，像水龍頭的水似的。

伊恩和史丹把各自的車停在倉庫後頭。寇利的手槍和手機都被拿走了，於是她設法想進入他們的車去找，但是兩輛車都鎖起來了。她在伊恩車子的後行李廂裡找到了一把輪胎扳手。

寇利仍在加州的強烈陽光下眨著眼睛時，聽到倉庫裡傳來槍聲。她可以跑到街上求救，但是她知道伊恩已經利用她的手機傳簡訊給史考特。伊恩計畫今天要殺了他們，他可能現在就要殺史考特了。

寇利跑向倉庫，在泥土地裡留下一道血跡。

瑪姬

瑪姬躍入那個陰暗的房間，來到錐形遺嗅區的頂端。那入侵者聳然而立，又高又大，氣味強烈又鮮明，像是整個人著了火似的。瑪姬認得第二個男人的氣味，但是沒理會，儘管他開口講話了。

「小心！有狗！」

那入侵者轉身，但是緩慢又沉重。

瑪姬張嘴撲過去，那男人舉起兩手。

瑪姬咬住他一隻手肘下方，咬得很深，一邊狠狠地搖著頭，一邊吼叫咆哮。那鮮血的滋味是她的獎賞。

那男人踉蹌後退，嘶喊著。

「把牠弄開！快點！」

另一個人移動，但只是一個影子。

瑪姬扭著頭，想把那入侵者撂倒。他踉蹌退靠在一面牆上，揮著雙手嘶喊，但是沒倒下。

另一個男人大喊。

「我不能開槍！你自己開槍！該死！殺了牠！」

他們的話都是一些無意義的聲音，同時瑪姬努力想拖倒他。

「殺了牠！」

史考特・詹姆斯

史考特拚命跑，擔心他的狗。她受過單獨進屋、獨自面對危險的訓練，但是她不明白自己面對的是什麼。史考特知道，很替她和自己擔心。

「瑪姬，**退開**！等等我，該死！」

史考特進門時，聽到她的吼叫聲，發現自己面對著一條短廊。一個男人嘶喊著。

一個轟隆的槍聲從他後方傳來，一顆子彈擊中牆壁。史考特回頭看了一眼。那個穿著獵裝的男人追上來了。

史考特靠門穩住手，扣下扳機開了一槍。此時瑪姬的吼聲和男人的嘶喊聲更大了。

獵裝男人倒下，史考特轉身走向瑪姬的吼聲。

伊恩・米爾斯大喊。

「我沒辦法開槍！你自己射牠，該死！殺了牠！」

史考特心想，我來了。他奔向那聲音。

那條短廊盡頭是一個搬空的大雜物室，裡頭有幾扇髒兮兮的窗子。伊恩・米爾斯在房間另一頭，揮著手槍。喬治・艾弗斯沿著牆壁往旁踉蹌而行，瑪姬從他手臂垂掛下來。艾弗斯是個大塊頭的強壯男人，有個大大的肚子，或許甚至比史考特記憶中更大，但是他甩不掉她。然後史考特看到他的手槍，正揮向瑪姬。

那槍口碰觸她的肩頭。

史考特腦袋裡一個聲音狂喊，也可能是他自己的聲音，或是絲黛芬妮的聲音。

我不會丟下你。

我會保護你。

一個男人不會讓自己的搭檔死掉。

史考特衝向那槍，感覺那槍開火了。他沒感覺到子彈，也沒感覺到子彈進入他體內時、擊斷他的肋骨。他只感覺到熱氣的壓力吹進他的皮膚。

史考特倒地時開槍擊中喬治・艾弗斯。他看到艾弗斯臉一皺，抓住自己的身側。史考特撞上水泥地時，艾弗斯繼續往旁邊踉蹌。自我男在陰影裡，但是一扇外頭的門打開，燈光掃過他。喬依思・寇利可能進來了，但是史考特不確定。瑪姬站在他上方，哀求著他不要死。

他說，「你好棒，寶貝。你是有史以來最棒的狗。」

她是他看到的最後一個畫面，然後世界逐漸轉為全黑。

喬依思・寇利

那槍聲好大，大得寇利知道他們在門內另一頭。她推門衝進去，發現伊恩・米爾斯在她面前。史考特在地板上，艾弗斯單膝跪地，那隻狗則發瘋了。

米爾斯聽到推門聲便轉身，看到她的表情很驚訝。他手裡有槍，但是指著另一個方向。

寇利用力一揮，那把輪胎扳手擊破他的額頭。他往旁搖晃著走了兩步，手槍落地。寇利又揮出第二記，擊中他的右耳上方，這回他倒地了。她撿起他的槍，檢查他身上是否還有別的武器，結果找到他的手機。

那狗站在史考特旁邊，瘋狂地吠叫又空咬，同時艾弗斯往旁邊爬著經過，想走到另一頭的門邊。

寇利的手槍指著他，但是那隻該死的狗擋在中間。

「艾弗斯！把槍放下。放下吧，你玩完了。」

「操你的。」

那狗兇得像是想撲上去把艾弗斯撕爛，但是不肯離開史考特身邊。

「你中槍了。我會叫救護車來。」

「操你的。」

艾弗斯隨便亂開一槍，匆忙爬向外頭的倉庫。

寇利打電話給中央區警局的緊急號碼，報上她的名字和警徽編號，說這裡有警察倒下了，要求派人來援助。

她又檢查了一下米爾斯，然後跑去想幫史考特。但是那狗猛撲過來，完全不讓寇利接近。

瑪姬的雙眼發瘋且狂野。她又叫又吼，露出牙齒，但是史考特躺在血泊裡，而且那灘紅色的血愈來愈擴大。

「瑪姬？你認得我的。好乖，瑪姬。他在流血快死了。讓我幫他。」

寇利走近，但是瑪姬又撲過來。她撕破寇利的一隻袖子，又回去護在史考特旁邊。她的爪子都沾了血。

寇利握著槍，覺得淚水湧上雙眼。

「你得讓開，狗兒。要是你不讓開，他很快就會死掉了。」

那狗繼續吠叫，又吼又咬，充滿了瘋狂的怒氣。

寇利看了一下手槍，確定保險打開了，淚水流出眼睛。

「別逼我這麼做，狗兒，好嗎？拜託不要。」

那狗不肯移動。她不肯走遠一點，不肯離開。

「狗兒，拜託。他快死了。」

瑪姬又撲向她。

寇利瞄準，哭得更厲害了，此時史考特舉起一手。

史考特・詹姆斯

史考特飄浮在一片黑暗中，忽然聽見她喊著。

史考特，回來。

別離開我，史考特。

史考特飄向她的聲音。

我不會離開你。

我從來沒有離開。

我現在也不會離開你。

他飄得更近，黑暗變成光亮。

那聲音變成吠叫。

史考特睜開眼睛，伸出手。

瑪姬

瑪姬之前以一種原始的兇殘攻擊那個入侵者，努力把他撂倒。她的犬牙生來就是要做這件事的。那些犬牙又長又利，而且向內微彎。她的牙深深咬住他，而當他想抽回手臂，他自己的掙扎使得犬牙陷得更深，更不可能脫逃。她的犬牙，就像她能咬碎骨頭的下頷，都是源自她那些被馴化之前的野生老祖先。她的基因裡有殺戮的工具。

史考特安全。

團隊安全。

她之前衝在前頭要保護他，但現在史考特進入這個房間，她的心臟狂跳。

他們是團隊。

兩個成員的團隊，合二為一。

史考特攻擊，在她旁邊為她奮戰，團隊一起奮戰，瑪姬狂跳的心中充滿幸福。

一個響亮、尖銳的脆響，讓那種幸福感告終。

史考特倒下，他氣味的改變令她困惑。他的疼痛和恐懼淹沒她，彷彿那是她自己的疼痛和恐懼。他鮮血的氣味像火似的充滿她。

老大受傷了。

老大快死了。

瑪姬的世界縮小到只剩史考特。

保護。保護與捍衛。

瑪姬放開那入侵者，轉向史考特。她猛舔他的臉，發出低鳴和哭聲，當那入侵者爬過旁邊時，她朝他憤怒地大吼。她站在史考特旁邊守護，下頜空咬幾下，以示警告。

保護。

捍衛。

入侵者跑掉了，但那女人走近。瑪姬認識她，但是那女人不是團隊。

瑪姬大吼，警告那女人。她吠叫又空咬。瑪姬的爪子劃過那女人的手臂，防止她接近。然後她感覺到史考特安撫的碰觸。

瑪姬的心臟狂喜地猛跳。她舔著他的臉，用她的心療癒他，而他的心現在也在療癒她。

史考特睜開眼睛。

「瑪姬。」

她立刻警覺起來。

瑪姬望進他的雙眼，觀察著，等待著，希望他下令。

「去逮他們。」

瑪姬毫不猶豫跳過史考特，衝向那個入侵者。他的鮮血氣味很容易追蹤。

她加速奔向錐形遺嗅區，撒開四腿往前跑，幾秒鐘就逼近他。她閃電般穿過倉庫，出了門，來到陽光下，看到剛剛傷害史考特的那男人正踉蹌走向一輛汽車。

瑪姬更奮力往前跑，心中充滿喜悅，因為這是史考特想要的。

她會逮到他們。

那男人看到她跑來，舉起槍。瑪姬知道這是侵略的舉動，但也只知道這樣。他的侵略讓她更加憤怒，忘記了她的目的。

她盯著他的喉嚨。

她會逮到他們。

史考特安全。

團隊安全。

瑪姬跳向空中，露出犬牙，下頜張得好大，她心中充滿了一種可怕又完美的幸福。

她看到槍口發出閃光。

44

十一個小時後

南加大凱克醫學中心

艾瑪．威爾森，加護病房／恢復室護理師

三個女護理師和兩個女外科醫師都跟她說，等候室擠滿了年輕強壯的猛男警察。艾瑪好想去看，即使他們也警告她說有個壞脾氣的老警佐在那邊臭著臉吼叫。他會像一隻攻擊的狗跑來兇你，他們這麼告訴她。

艾瑪最感到好奇的就是他，而且一點都不怕。她當這層樓的護士長有將近二十年了，很少醫師有膽子敢對抗她。

她放下詹姆斯警員的病歷，跟其他護理師說她離開一下，然後推開雙扇門，進入大廳。

艾瑪．威爾森以前見識過警察被送進醫院的狀況。但是那個景象，每次看到都還是令她深深感動。深藍色的制服從等候室湧出來，擠在大廳裡。男警察，女警察，腰間扣著警徽的便衣警察。

「裡頭到底怎麼樣了？」

他的聲音穿過大廳，每個警察都轉頭看。

艾瑪轉身，心想，是了，就是你。

一名穿著制服的高瘦警佐擠過人群。頭頂禿了，兩側殘留的灰髮剪得短短的，還有她這輩子所見過最臭的臭臉。

艾瑪舉起一手，示意他站住，但是他還是氣沖沖朝她走來，直到他的胸部碰到她的手。他高高的臭臉往下看著。

「我是多明尼克·李蘭警佐，詹姆斯警員是歸我管的。他現在狀況怎麼樣？」

艾瑪往上瞪著他，壓低嗓門。

「後退一步。」

「該死，如果還要我回去——」

「後、退、一、步。」

他眼睛瞪得好大，她以為他眼珠都要彈出來了。

「拜託。」

李蘭後退了。

「外科醫師稍後會出來告訴你們更多細節，但是我可以告訴你們，他的手術很順利。幾分鐘前他甦醒了，不過現在又睡著了。這很正常。」

一陣低語聲在擠滿大廳的警察間擴散。

李蘭說，「他沒事吧？」

「醫師會回答你的其他問題，但是，沒錯，他看起來還好。」

那張凌厲的臭臉柔和了些，那名警佐放鬆地垮下身子。艾瑪覺得他似乎更老了些，而且疲倦，而且沒那麼可怕了。

「那就好。謝謝你——」

他看了她的名牌一眼。

「威爾森護理師。謝謝你幫他。」

「瑪姬在這裡嗎？」

李蘭站直身子，雙眼又凌厲起來。

「詹姆斯警員屬於我的警犬隊。瑪姬是他的警犬。」

艾瑪沒想到瑪姬是一隻狗，但是她感動地點點頭。

「他之前甦醒時，問起瑪姬是不是平安。」

那警佐瞪著眼睛，似乎說不出話來。他的雙眼盈滿淚水，努力眨著不讓眼淚掉下。

「他問起他的狗？」

「是的，警佐。我之前跟他在一起。他說，『瑪姬平安嗎？』他沒說其他的。等他又醒來時，我該怎麼跟他說？」

李蘭回答前先擦了眼睛，艾瑪看到他缺了兩根手指。

「你告訴他，瑪姬很平安。告訴他李蘭警佐會照顧她，保護她平安無事，直到他回來。」

「我會告訴他的，警佐。現在，就像我之前說的，外科醫師很快就會出來。你們大家都放心吧。」

艾瑪回頭轉向雙扇門，但是李蘭叫住她。

「威爾森護理師，還有一件事。」

她轉過身來，李蘭雙眼又充滿淚水了。

「什麼事，警佐？」

「跟他說，我會繼續假裝沒看到那隻狗跛著腿。請告訴他，他會懂的。」

艾瑪猜想這是他們私下的笑話，所以也沒有要求解釋。

「我會告訴他，警佐。我相信他聽了會很高興的。」

艾瑪．威爾森穿過雙扇門，想著大家對那位臭臉警佐有多麼大的誤解。他是個甜心，一旦你看透那張兇狠的臭臉，勇敢面對他。

會叫的狗不會咬人。

45

十六個星期後

史考特・詹姆斯慢跑過警犬隊訓練所的操場。經歷過第二次槍擊後，現在他的身側比第一次槍擊之後更痛了。他的訪客屋裡頭又有一整罐止痛藥。他告訴自己別再那麼頑固，乖乖吃藥就是了。但是他沒有。頑固是好事。他堅持要頑固下去。

多明尼克・李蘭臭臉看著史考特踉蹌停下。

「我看到我的狗對打針的反應不錯。我已經將近兩個月沒看過她跛行了。」

「她是我的狗，不是你的。」

李蘭鼓起腮幫子，臭臉變成瞪眼。

「聽你在放屁！這裡每一隻了不起的動物都是我的狗。你最好別忘記這點。」

瑪姬朝李蘭發出低沉、威脅性的吼叫。

史考特摸摸她的耳朵，微笑看著她搖尾巴。

「你說了算，警佐。」

「你可能是我所見過最強悍、最頑固的王八蛋。」

「謝謝，警佐。」

李蘭看了瑪姬一眼。

「獸醫跟我說，她的聽力改善了。」

倉庫那天之後，李蘭和巴爵斯注意到瑪姬的左耳聽力不太好。獸醫幫她測試，檢查她的耳朵，認為她的聽力受損。是神經損傷的問題，不過只是暫時的。獸醫開了藥水，早晚各點一滴。

李蘭和巴爵斯判斷她聽力受損是倉庫那天，她在停車場撲倒喬治．艾弗斯時發生的。他想在近距離朝她開槍，沒射中。但是他開火時，她離槍只有幾吋。艾弗斯沒死，被判三個連續終身監禁，正在服刑，另外伊恩．米爾斯、大衛．史耐爾，還有他們那票人的第五個成員麥可．巴森也一樣。這是他們為了避免死刑而接受的認罪條件。史考特很失望。他本來想在他們庭審時出庭作證。史丹．艾弗斯已經死在倉庫裡了。

史考特摸摸瑪姬的頭。好險她沒死。

「她的聽力沒問題，警佐。我一喊她，她就會過來。」

「你有幫她滴那些藥？」

「早上一滴，晚上一滴。從來沒錯過。」

李蘭讚許地咕噥著。

「你都乖乖照做了。另外，他們跟我說，你還是拒絕接受因傷退休。」

「是的，長官。沒有錯。」

「很好。你繼續這樣頑固和強悍吧，詹姆斯警員，每個步驟我都會陪著你。我會當你百分之百的後盾。」

「你要支持我？」

「如果你要那樣看的話。然後，等到所有的支持都做完了，你可以移動得比我這樣的老頭快，你和這隻漂亮的狗還是會在這裡。你是愛狗人。你屬於這裡。」

「謝謝，警佐。瑪姬也謝謝你。」

「沒必要謝我，小子。」

史考特伸出一手，李蘭握了。

瑪姬又發出吼叫，李蘭露出大大的笑容。

「拜託看看你自己，吼成那樣？你住在我家將近兩個月，還老是賴在我膝上！現在你回到你這位朋友身邊，對我就只會吼！」

瑪姬又吼。

李蘭大笑起來，然後回頭走向辦公室。

「老天，我好愛這些狗。我真的好愛這些畜牲。」

「警佐——」

李蘭繼續走。

「謝謝你假裝。還有其他的一切。」史考特說。

李蘭抬起一隻手，回頭大聲開口。

「沒必要謝我。」

史考特目送他離開，然後彎腰摸摸瑪姬的頭。彎腰會痛，但是史考特不在乎。疼痛是痊癒的必經過程。

「要不要慢跑一下？」

瑪姬搖尾巴。

史考特開始緩緩往前。他跑得好慢，瑪姬用走的就能跟上。

「你喜歡喬依思嗎？」

瑪姬搖尾巴。

「我也喜歡，但是我要你記住。你是我最愛的小妞。永遠都會是。」

瑪姬的鼻子碰觸史考特的手，他露出微笑。

他們是團隊，而且雙方都知道。

作者說明

了解洛杉磯市警局警犬隊或創傷後壓力症候群的讀者會發現，這兩個主題的事實和本書中所描寫的有所差距。這些差距不是因為沒做好功課，而是為了加強戲劇性，或者為了讓全書鋪陳順暢，而刻意做出的選擇。

人類與狗的創傷後壓力症候群是真實存在的。諸如誇張的驚嚇反應，這類症狀很難治療，而且改善的時間要比本書中所呈現的要久。

洛杉磯市警局警犬隊是一個由訓練有素的警察與警犬所構成的菁英單位。我要謝謝負責警犬隊的主管Lt. Gerardo Lopez的協助與合作。史考特成為合格警犬隊領犬員的所需時間，在本書中被壓縮了。實際的洛杉磯市警局訓練所，一般也通稱為「警犬隊操場」或「方山」，位於警察學院附近的Elysian Park。本書中所描繪的訓練所其實不存在。有關警犬照顧、餵食、住宿的種種規定，在洛杉磯市警局的《警犬隊處理程序與指導準則手冊》中均詳細記載。認可的警犬食物不包括波隆那香腸。另外要謝謝都會司的指揮官Deputy Chief Michael Downing與Capt. John Incontro。

另外我要再度向Meredith Dros和她的製作團隊致謝，包括Linda Rosenberg（文字編輯主任）與Rob Sternitzky（校對）在工作上的不懈努力。文稿編輯Patricia Crais碰到了出版界最困難的文字編輯任務，從她損失的睡眠時間便可以證明這一點。Neil Nyren與Ivan Held對我不遺餘力地支持，他們一定覺得我精神不正常了，不是沒有理由的。Aaron Priest仍是我的英雄。多謝Diane Barshop分享她有關德國牧羊犬的知識。另外也要謝謝Joanie Fryman、Kate Stark、Michael Barson、Kim Dower相信我。

本書中若有任何錯誤，都是我的責任。

Storytella 166

嫌疑犯

Suspect

嫌疑犯/羅伯.克萊斯作 ; 尤傳莉譯. -- 初版. -- 臺北市 : 春天出版國際文化有限公司, 2023.09
面； 公分. -- (Storytella ; 166)
譯自 : Suspect.
ISBN 978-957-741-699-5(平裝)

74.57 112006723

ISBN 978-957-741-699-5
Printed in Taiwan

作　者　羅伯・克萊斯
譯　者　尤傳莉
總編輯　莊宜勳
主　編　鍾靈

出版者　春天出版國際文化有限公司
地　址　台北市大安區忠孝東路四段303號4樓之1
電　話　02-7733-4070
傳　眞　02-7733-4069
E－mail　bookspring@bookspring.com.tw
網　址　http://www.bookspring.com.tw
部落格　http://blog.pixnet.net/bookspring
郵政帳號　19705538
戶　名　春天出版國際文化有限公司
法律顧問　蕭顯忠律師事務所
出版日期　二〇二三年九月初版

定　價　440元

總經銷　楨德圖書事業有限公司
地　址　新北市新店區中興路二段196號8樓
電　話　02-8919-3186
傳　眞　02-8914-5524
香港總代理　一代匯集
地　址　九龍旺角塘尾道64號 龍駒企業大廈10 B&D室
電　話　852-2783-8102
傳　眞　852-2396-0050